花溪古今诗词选

秀美季霖·文化循踪

中共贵阳市花溪区委宣传部　花溪区文学艺术界联合会　编

孔学堂书局

图书在版编目（CIP）数据

花溪古今诗词选 / 中共贵阳市花溪区委宣传部,
花溪区文学艺术界联合会编. — 贵阳 : 孔学堂书局,
2023.5

ISBN 978-7-80770-414-0

Ⅰ.①花… Ⅱ.①中… ②花… Ⅲ.①诗词—作品
集—中国—当代 Ⅳ.①I227

中国国家版本馆CIP数据核字(2023)第020001号

花溪古今诗词选

HUAXI GUJIN SHICIXUAN

中共贵阳市花溪区委宣传部 花溪区文学艺术界联合会 编

责任编辑：黄文华
责任校对：陈　倩
书籍设计：刘思妤
责任印制：张　莹

出　　品：贵州日报当代融媒体集团
出版发行：孔学堂书局
地　　址：贵阳市乌当区大坡路26号
印　　制：贵阳精彩数字印刷有限公司
开　　本：787mm×1092mm　1/16
字　　数：340千字
印　　张：21.75
印　　次：2023年5月第1版
版　　次：2023年5月第1次
书　　号：ISBN 978-7-80770-414-0
定　　价：89.00 元

编委会

序：诗花溪·花溪诗

花溪区委提出花溪要传承弘扬红色、传统、状元、民族、古镇、名人、美食、生态等特色文化。此书主要着眼于传统文化，内容涵盖其他文化，以诗词为载体编纂而成。现本书基本完成，勉为其难，权为之序。

我未见花溪时，一闻"花溪"之名，已觉是诗：花本身是诗，溪本身亦是诗。花溪，临水照花，动静相宜，境界顿出，似王维"涧户寂无人，纷纷开且落"的花、"当时只记入山深，青溪几曲到云林"的溪……

及见花溪时，自十里河滩溯流而上，花开不绝，溪水如镜；花溪公园四山麟凤龟蛇，带一水花溪，诗情画意，不过如此："或以麟为名，角端形遍肖；或以蛇为称，常山颈曲拗；中权独号龟，曾入宣尼操；人踏背上行，登楼堪寄傲"——真山真水间，"叠石为坝，潴水为潭，疏浅渚为洲，修隙地为屿，缀以亭台楼阁"，建坝上桥、放鹤洲、棋亭、飞云阁等，因势利导，并赋之以嘉名。一代一代建设者，以心血为墨，创造了一个诗意蓬勃的世界。这里，青山是诗，流水是诗；花开是诗，鸟唱是诗；甚至氤氲的薄雾和映在水中的白云，都翻卷飘荡着诗意……

编此诗集时，与昔日游花溪公园的印象摩空激荡，"桃花香透一溪风""瀑雪明牛背，山花宠马蹄""一枝初照水，明月上麟山"，这样的风花雪月，怎不令人沉醉其中。而读"生聚教训"和"无防空即无国防"摩崖，始识全国第一所防空学校防空亭；复读"扬鞭遥指花如许，诸葛前身今又来""始识雷霆皆雨露，要乘风雪看天山""春风二月城南陌，伫听诗歌猃狁平"诸诗句，火焰悉作清池，直觉豪气干云，兼有畅快平生的潇洒豁达，这何尝不是另一场风花雪月。

以诗眼观，花溪灵秀浪漫，无处不诗，无处无诗人。花溪公园有周奎、周石藩、罗浮仙、刘剑魂，他们建设了它，为之吟咏不绝；"黄埔之英，民族之魂"的戴安澜将军，也是一位诗人，曾长眠于此，如今衣冠冢仍在。而因缘际会逗留此地的人们，如徐悲鸿、廖静文情定花溪，巴金、萧珊喜结连理等，留下无数佳话、无数浪漫！也留下无数的诗，比如郭沫若、任可澄、杨恩元、陈恒安、王蘐华、聂树楷……

当我们走出公园，仅就目前的花溪区范围而言，贵州大学、贵州民族大学、清华中学有李独清等众多师生；青岩有赵以炯、平刚；黔陶有周渔璜、周钟瑄；孟关有刘清；石板有吴中蕃；合朋有谢庭薰；到久安，有姚茫父……

本诗集特别选入林青等革命者的诗。从形式上看，他们较少雕琢，常常直抒胸臆，直击人心，给人以心灵的震撼；他们用青春、热血以至生命，把对国家民族的热爱，写在大地、写入青史，令后人感而奋发。特致以崇高的敬意！

贵州在明代以前，以少数民族文化为主，多口耳相传，虽无文字，也是灿烂辉煌，博大精深。对汉文化而言，似属于"蛮荒"之地。建省以来，汉文化受到空前重视，人才日盛，在外面做事做官的人增多，交游日广，心胸眼界自然有别，体现在诗词上，境界也自然不同。从花溪、贵筑、贵阳，以至贵州，乃至全国，随诗人们之所见，可以增眼界学识、大胸襟怀抱。

诗词余事耳，但诗词亦载道。愿以此书为引，我们能诗意栖居，于这风与月里、花与溪间。

张忠杰

岁次癸卯春节于花溪兰桂居

凡 例

一、本书采撷与花溪（原贵筑）、贵阳、贵州人文风物有关的部分古今诗词，力求探索花溪古今诗词源流。

二、选录诗词，一般不作注释，原作有的注释或序，尽量保留。地名与今有差异者，用圆括号注明，如"明朝贵州卫（今贵阳）"。

三、引用资料中的繁体字、异体字等，改为简化字；无法改动的，保留原貌。

四、所选诗词，用平水韵、词林正韵、中原音韵、中华通韵等均可，不标韵典。

五、原资料中明显的脱漏讹衍，经检验核查后，进行增补改删和乙正；无法核实的作注说明，保留待考。

六、同题有多首诗词的，标题后用圆括号注明"X首"，题下标序号。

七、作者简介，姓名后用圆括号标注生卒年；无相关信息的不标注。

八、公元纪年用圆括号标注，如"弘治二年（1489）"。

| 目 录 |

火编　民国之部

特辑　雅集花溪

苗族古歌诗

Tid Waix Xit Dad
开天辟地

Hfud dongd dliel lot ot,
悠悠太初头年份，

Mux hxib dol bongt wat;
最初最初古时期；

Nangx ghaib bil dot dangt,
草草芭茅还不长，

Bangx vob bil dot cait;
花花野菜还没生；

Fangb waix ax bil xit,
天上还没有造就，

Fangb dab ax bil dangt;
地上还没有造成；

Bil dib nix dangt dongt,
没打银柱来撑天，

Bil liub hnaib dangt hlat;
没造日月来照明；

Diel deis niangb bil dangt,
什么都还没有造，

Bub diangl diel deis vut!
不知生些什么好！

注：节选自苗族古歌《开天辟地》。

布依古歌诗

造天造地

虎的那年造天上，
造云片悬挂空中，
看四方没有太阳，
没有白天和晚上，
没有早上和夜晚。
用云片造天，
用云片造地。

造火

石头为什么这样大？
石头为什么这样好？
它有什么宝贝？
李千斤拿锤来打，
拿钢锤来敲，
来打它出火。
打铁不用砧子，
摆铁放膝盖，
口吹就出火，
打来做火镰，
拿一粒放腰夹，
拿一粒放口袋，
留给后人使用。

孟郊

孟郊（751—814），字东野，湖州武康人，一说洛阳人。唐代著名诗人。存《孟东野诗集》10卷，诗歌500多首，以五言为主，代表作有《游子吟》。

赠黔府王中丞楚

旧说天下山，半在黔中青。
又闻天下泉，半落黔中鸣。
山水千万绕，中有君子行。
儒风一以扇，污俗心皆平。
我愿中国春，化从异方生。
昔为阴草毒，今为阳华英。
嘉实缀绿蔓，凉湍泄清声。
逍遥物景胜，视听空旷并。
困骥犹在辕，沉珠尚隐情。
路遐莫及眄，泥污日已盈。
岁晏将何从，落叶甘自轻。

白居易

白居易（772—846），字乐天，号称香山居士，河南郑州新郑人。我国唐代伟大的现实主义诗人。官至翰林学士、太子左赞善大夫。有《白氏长庆集》。代表作有《长恨歌》《卖炭翁》《琵琶行》等。

送萧处士游黔南

能文好饮老萧郎，身似浮云鬓似霜。
生计抛来诗是业，家园忘却酒为乡。
江从巴峡初成字，猿过巫阳始断肠。
不醉黔中争去得，磨围山月正苍苍。

薛涛

薛涛（约768—832），字洪度，一作宏度。长安人。父郧宦蜀，父殁，她与母亲流寓蜀中，后入乐籍。韦皋奏请授她秘书省校书郎，未果，但人往往以女校书称之。有"薛涛井"，至今犹存。有《锦江集》五卷，今佚，《全唐诗》录存诗一卷。

题竹郎庙

竹王庙前多古木，夕阳沉沉山更绿。
何处江村有笛声，声声尽是迎郎曲。

黄庭坚

黄庭坚（1045—1105），字鲁直，号山谷老人，世称黄山谷、黄太史、黄文节、豫章先生。宋江南西路洪州府分宁人（今江西省九江市修水县）人。祖籍浙江省金华市。诗称"山谷体"。有《山谷词》《豫章黄先生文集》等。

定风波·次高左藏使君韵

万里黔中一漏天，屋居终日似乘船。及至重阳天也霁，催醉，鬼门关外蜀江前。

莫笑老翁犹气岸，君看，几人黄菊上华颠？戏马台南追两谢，驰射，风流犹拍古人肩。

送李文清之官八番宣慰司幕府（三首）

其一

马谙旧路不崎岖，草色新袍是故吾。
山鸟山花总相识，莫将诗句咏嫩隅。

其二

西南边徼渺烟霞，星土列疆道正赊。
羁思宦情应等尔，锦城虽乐不如家。

其三

武昌门外柳如丝，曾见吴侬笑咏时。
张绪而今渐憔悴，定应不似昔年枝。

注：八番宣慰司，花溪区在元代属八番宣慰司、顺元等路军民宣慰司、中曹百纳等处长官司。

宋褧

宋褧（1294—1346），字显夫，元朝大都人。泰定帝泰定元年进士，任秘书监校书郎。顺帝至元初，历监察御史，遇事敢言。累拜翰林待制，迁国子司业，参与修宋辽金三史，以翰林直学士兼经筵讲官卒，谥文清。有《燕石集》。

范梈

范梈（1272—1330），字亨父，一字德机，人称文白先生，清江（今江西省樟树）人。与虞集、杨载、揭傒斯并称"元诗四大家"。有《范德机诗集》。

贵州

离思久不惬，幽情晚旋添。
天宜明月独，山与宿云兼。
蛩语通支柱，蛛丝映卷帘。
若无光霁在，何以破朱炎。

注：此为作者羁旅贵阳时所作。

水编 —— 明朝之部

幽花傍晚烟暝　深树新晴雨未

杨彝

杨彝（1338—1417），字宗彝，别号银塘生，自号万松老人，浙江余姚人，晚居普安卫。少卓荦，擅诗名，工书画。在贵州有《贵竹》《东屯》二集。

寄邓氏养拙斋

贵竹城中养拙斋，开窗树色映丹崖。
常时有约论幽事，几岁无书慰老怀。
身逐暝云登蜀道，梦随寒雨落秦淮。
英才况出功臣裔，早晚除书下玉阶。

注：贵竹，明洪武五年（1372）正月，设置贵竹长官司，属贵州宣慰司，三月置金筑长官司。万历十四年（1586）二月，以贵竹平伐长官司地置新贵县，属贵阳府。下同。

皇甫汸

皇甫汸（1497—1582），字子循，号百泉，江南长洲人，皇甫涍弟，嘉靖八年进士，官至云南按察司佥事。政余不废吟咏，尤工书法。有《皇甫司勋集》《百泉子绪论》《解颐新语》等。

贵竹道中赠别汪光禄（二首）

其一

忆昔走马长安道，与君看花并年少。
别来岁月那可留，老至风波已难料。

其二

君衔新诏谒明光，余始驱车入瘴乡。
曾记碧鸡挥手处，愿为黄鹄共高翔。

王训

王训（约1409—1488），字继善，号寓庵，贵州宣慰司（今贵阳）人。明宣宗宣德十年（1435）云南乡试举人，官贵州卫训导。英宗正统十四年（1449）入贵州总督侯琎幕，因功升贵州卫学教授。有《寓庵文集》三十卷。

南庵

净度招提旧结茅，地偏应不近尘嚣。
山腰倒接城边路，水口斜通阁外桥。
深院落花无客扫，空门掩日有谁敲？
忘怀好结莲花社，分付山僧早见招。

编者注：南庵，在贵阳城东南，后改叫水月庵观音寺。

客夜（三首）

其一

瘦马轻鞭控朔风，山如列戟路如弓。

穷荒未必尧封到，绝域曾劳汉使通。

暴客尚存愁逆旅，奸谀不死恨英雄。

玉关牢落天门远，谁献平蛮第一功。

其二

百战休题马上劳，烽尘久不到征袍。

曾于丹徼提三尺，羞向青铜见二毛。

壮志于今成潦倒，芳名自古属英豪。

夜窗独坐谁知己，银汉无声北斗高。

其三

野猿啼断夜沉沉，山馆挑灯只苦吟。

填海已无精卫力，忧天空有杞人心。

亡羊路险豺当道，倦鹊巢寒雪满林。

和得阳春徒自尔，更阑无处觅知音。

詹英

　　詹英（1413—1484），字秀实，号止庵，明朝贵州卫（今贵州贵阳）人。明承务郎大理寺左寺副詹恩之祖父。明英宗正统三年（1438）举人，后三试礼部不第。历任会川卫（今四川会理一带）训导、云南河西县教谕。有《止庵集》。

除夕

五十明朝是，兹宵不得眠。

杯盘分节序，火炬照村田。

春色来何处，梅花在目前。

自然添白发，岂为惜流年。

爱闲

一生心事只求闲，求得闲来鬓已斑。

更欲破除闲耳目，要听流水要看山。

林泉归隐图

居山岂为山，只爱此中闲。

野菜何消种，柴门不要关。

饭余听涧落，经罢看云还。

恐有寒山句，多题藓石间。

柳词

莫折东风杨柳枝，枝间叶叶是愁眉。

游人不省愁何事，曾向东风笛里吹。

回星节

滇中六月廿四日，烧松火云光矗矗。

脂流满地光彻天，万家钟磬声寒栗。

辍春罢市虔祭赛，生啖牛羊口血溢。
云是当时六诏强，九十九部蚕食亡。
同姓六人齐称王，犬豕宁保鸿雁行。
遵赕诏主推丰咩，浪穹施浪称三浪。
中遵赕惟差仁柔，夫人慈善礼法优。
奸雄叵测皮罗阁，笙歌召会松明楼。
脱簪牵裾不得留，铁钏约臂红泪流。
阿奴火攻洒半发，炎鸟螱煨飞神邱。
残蛾埃煤一彗扫，精钢触腕遗骸收。
贻来琴瑟同心结，谩许同衾誓同穴。
祁连塚土血流霞，娘子军旗光夺雪。
守死何殊巡远坚，忍饿甘同夷叔洁。
南诏羞惭心尚存，妃封宁北城德源。
至今生气凛白日，赤龙黯澹风烟昏。
一炬摧残万劫灰，琼瑶台上招星回。
不敢举火竞生食，炮燔恐助夫人哀。
喋血誓啮仇雠肉，生吞活剥遍山谷。
烟林白鸦湘水龙，寒食天中中外从。
不谓蛮烟炳星日，令节直继前贤踪。

吁嗟！

夜郎牂牁化日余，贞禽羽族犹堪书。
后宫宠冠晋羊后，司马家儿笑不如。

孔镛

孔镛（1417—1489），字韶文，南直隶苏州府长洲（今江苏苏州）人。景泰五年进士。历任都昌知县、高州知府、右副都御史、贵州巡抚。

贵阳洪边（二首）

其一

贵阳佳景说洪边，
云满青天水满田。
持节偶来巡视处，
清风万道散狼烟。

其二

肩舆十里到洪边，
绿水青山别有天。
道士不知何处去，
空留一榻傍云眠。

吕渊

吕渊（1418—1484），字希颜，直隶苏州府常熟县人。正统四年（1439）己未科进士，授行人司行人，擢监察御史，迁湖广副使，官至云南布政使。

贵阳山色

贵阳山色最清幽，客里看山信马游。
蛾黛千层朝雨过，螺青一抹暮云收。
人家结屋连村住，涧水浮花绕郭流。
佳兴满怀清可掬，诗成频向锦囊投。

童轩

　　童轩（1425—1498）字志昂，明江西鄱阳人。景泰二年进士，授南京吏科给事中，累进右副都御史，提督西川松潘军务，弘治中官至南京礼部尚书。工书能诗，有《清风亭稿》《枕肱集》《纪梦要览》。

沧浪深隐卷为贵阳林都阃题

百战功成已白头，沧浪深处足夷犹。
晚风啼鸟花连屋，春雨浮鸥水满洲。
地远不牵荣辱梦，身闲羞中利名钩。
几回鼓枻烟波上，傲杀元勋十八侯。

吴宽

　　吴宽（1435—1504），字原博，号匏庵。明苏州府长洲（今江苏苏州）人。成化八年会试廷试皆第一，授翰林修撰。官至礼部尚书。有《匏庵集》。

送秦廷赞副使

万里遥瞻贵竹行，九重垂念远人情。
昆山片玉浑无价，画省清风最有声。
杯送夜筵歌宛转，棹移秋水击空明。
臬司不是投闲地，莫过长沙问贾生。

送张济民擢知思南

豫章已作甘棠咏，潞渚初从贵竹行。
万里思南称上郡，寸心拱北望神京。
绯袍金带娱慈母，皂盖朱幡候远氓。
他日汉家循吏传，虚名应不比王成。

秦玽

　　秦玽（生卒年不详），字廷赞，昆山人。成化乙未进士，官至贵州按察副使。

闲居

弦桐不终曲，坐起囊我琴。
非惮摩拊劳，所嗟无赏音。

中心潜郁陶，曳杖循空林。

松风有古意，石泉清俗心。

爱此憺忘归，前山生夕阴。

宋昂

宋昂（？—1484），字从俯，号省斋，明朝贵州城（今贵州贵阳市）人。明英宗正统七年（1442），世袭贵州宣慰使司同知职，爱民礼士。明宪宗成化初年（1465），建济番桥（今花溪桥）。重金延聘文士教授子弟。与弟宋昱合著《联芳类稿》。

贵阳出征

金印垂鞍事远征，霜威凛冽路澄清。

寇公门下多英俊，范老胸中富甲兵。

旌节漫随霞彩动，戈矛争向日光明。

春风二月城南陌，伫听诗歌猰㹠平。

送赵逊敏东归

琴鹤先生乐自然，故山归去白云边。

柴门柳忆陶元亮，玉洞人迎葛稚川。

行色苍茫林影外，离情萧索酒杯前。

欲知别后相思意，疏竹寒梅锁暮烟。

焦溪舟夜不寐

西风吹老白蘋洲，倦客初停一叶舟。

暝色苍苍随雁去，沧江渺渺听猿愁。

疏砧残月孤村夕，衰草平沙两岸秋。

触起乡愁眠不得，蓬窗欹枕五更头。

题狮峰秋色赠别

狮峰越绝镇炎方，装点秋容接混茫。

万仞层崖涵积翠，一林寒叶醉清霜。

岚光掩映归鸦障，曙色熹微起雁行。

正是行人分手处，桂花香满薜萝裳。

征师凯旋宿宣慰司官署

柝声初起暮筇残，且向公庭暂解鞍。

归路旌旗方弄影，破窗风雨却生寒。

何人尽佩苏秦印，此夜空弹贡禹冠。

灯火渐稀宾渐退，笑看饥鼠上危栏。

宋昱

宋昱（生卒年不详），字如晦，号宜奄，明朝贵州城（今贵阳）人。诗人。贵州宣慰使同知宋昂之弟。自幼聪明好学，德操良好。曾注《郁离子》。《黔诗纪略》录其诗二首。

忆旧游

记得曾游蜀路时，两川人物尽相知。
联镳共访杨雄宅，携酒同登杜甫祠。
月夜楼台飞逸兴，春风花柳入新诗。
于今回首真成暮，独立苍苔有所思。

山行晓景

林深一径入巉岩，隔断尘喧境不凡。
黔戍清秋闻鼓角，烟村日出露松杉。
雨余落叶红流涧，晓起浮岚翠滴衫。
领略山行风景好，不须水驿羡轻帆。

送汪公子还嘉禾

城上栖乌下女墙，城边行客醉壶觞。
一尊风雨秋萧飒，千里关河路渺茫。
乡梦已随云去好，离情空与日添长。
凭谁为报南湖好，早晚还来理钓航。

宋炫

宋炫（生卒年不详），字廷采，号钝窝，明朝贵州水东（今天贵阳市）人。宋昂之子，宋钦的玄孙，嘉靖初以诗名。

题涣矶二绝（选一）

烟霞常作画图看，尽日矶头俯仰宽。
钓罢归来天欲暮，笑呼稚子接渔竿。

注：涣矶，即今甲秀楼基鳌矶石。

王杏

王杏（生卒年不详），字少坛，号鲤湖，浙江奉化人。嘉靖二年（1523）进士，嘉靖十三年（1534），任贵州巡按。思南人田秋上疏请设贡院于贵州，贵州独立举行乡试，朝廷批准，但未实施，王杏到任，皆得落实，贵州从此人才日盛。有《新建阳明书院记》。

谒武侯祠

殊方通道是谁功？汉相威灵望眼中。
八阵风云布时雨，七擒牛马壮秋风。
豆笾远垒溪苹绿，灯火幽祠夕照红。
千载孤贞独凛烈，口碑时听蜀山翁。

注：武侯祠，最早建于贵阳铜鼓山崖壁上的仙人洞下。据清康熙《贵州通志》载："武侯祠在南郊外，旧为忠烈祠。明万历间，改武侯祠。"

至贵阳

二月莺花满桂林，行空骢马此初临。

晚霞红放千江霁，寒涧清悬万树森。

夹道旌旗山曙色，负前弓弩野人心。

正愁谳落孤优寄，金鼓何须报远音。

卢龙云

卢龙云（生卒年不详），字少从，明广东南海人。万历十一年（1538）进士。累官至贵州布政司参议。有《四留堂稿》三十卷、《尚论全编》一百余卷、《谈诗类要》等。

贵竹署中忆薛德茂侍御（二首）

德茂曾令长乐，以忧去，而余继其后，再令文安，以征入，而余赠之行，不闻问者十年，竟成隔世。读署中留咏，笔迹宛然，大有山阳之感矣。

其一

法署今如昨，题诗墨尚鲜。

万山曾历涉，一别已长捐。

激浊多违愿，修文或有权。

不堪闻笛意，霜露转凄然。

其二

文酒难重晤，泉台更奈何。

君今为异物，余复出烟萝。

世路悲浮梗，流年感掷梭。

诸孤谁嗣业，雨露看庭柯。

夜泊洸口昔回自贵竹时所取道也感赋（三首选二）

其一

陇树收残雨，江舟带暮烟。

客程今夜宿，乡梦几宵悬。

水接湖南路，山开岭外天。

昔时孤骑绕，过此重凄然。

其二

二水浈阳合，千峰楚甸分。

驱车曾鸟道，弭棹此鸥群。

作客春多雨，怀人树有云。

江声缘瀑急，永夜此中闻。

行役贵竹轺中杂占

轺车六月出炎荒，极目西南驿路长。

孺子亭前方祖别，滕王阁外又他乡。

琴囊书箧非天使，瘴雨蛮烟总夜郎。

剑引丰城牛斗气，杯沾湘泽芷兰香。

五溪疆域通殊服，六诏衣冠接越裳。
时听啼猿过楚峡，不逢回雁自衡阳。
云山在处皆王土，械朴多年遍鬼方。
周室作人歌寿考，汉家求士待贤良。
文章谁解称司命，留滞余方困太行。
雌伏尔时甘守黑，骏图谬寄得飞黄。
黔中自古称遐俗，徼外于今息启疆。
罗网并收麟凤侣，干戈已易艺文场。
坐看茅茹征王国，兼采葑菲重帝廊。
荐士敢当车马锡，贤书亦欲有辉光。

别杨弼泰进士归汉中杨久谪贵筑

秦越山川万里遥，临岐杯酒别魂销。
喜看客舍萍初合，愁见离亭柳半凋。
多士正投知己遇，孤卧终恋圣明朝。
我因同病相期切，听尔除书下九霄。

易贵

易贵（生卒年不详），字天爵，贵竹长官司（今贵阳）人。明景泰甲戌（1454）进士，官辰州知府。《黔诗纪略》载："先生淹贯群经，尤长于《易》，尝构别业于贵阳城北二里许，读《易》岩谷中，至今称点易岩。"有《竹泉文集》十五卷等。

路入中曹石磴崇

路入中曹石磴崇，琼瑶界破碧山雄。
一条练色拖银瀑，万叠涛纹卧玉虹。
步步高临霄汉府，层层直接斗牛宫。
天开当郡存何意，要与群英折桂红。

注：梯岭，在治城南五里许，石级如梯。故称为梯岭。中曹路经过梯岭。

别辰阳士民

明时多良循，美化接州郡。
惟予拙无如，窃守已逾分。
喜兹十民好，敦朴肯我近。
深惭教养疏，百一未能尽。
引退缘避贤，遮留愧斑斑。
人生有本业，努力勤自奋。
诗书守儒术，名业可腾振。
田畴勤力作，衣食天肯靳。
我归亦无事，把卷一农畯。
勉作尧舜民，常常记迂论。

陈克侯

陈克侯（生卒年不详），字士鹄，广东顺德人。明世宗嘉靖三十七年（1558）举人。有《南墅集》。

贵阳道中值雪

南地冬多暖，胡然雪转骄。

霏霏浮野暗，袅袅飔风遥。

素影随孤骑，轻花敛上貂。

所之吾兴在，休问灞陵桥。

贵州城

亦是一都会，人烟不万家。

声音蛮语杂，风俗鬼祠华。

兵饷资荆蜀，夷犹贡马茶。

群才自经略，过客莫深嗟。

往予经贵筑严镇宁苏普安各留欢信宿别忽十载二君皆泉下人矣流涕赋此

此日山河色，垆头不可凭。

甃舟潜并徙，郡阁傍谁登。

世路深惊骨，交情倍拊膺。

重过金筑路，千嶂暮云凝。

徐节

徐节（？—1516），字时中，贵阳人。明朝天顺三年（1459）举人，成化八年（1472）进士。历官河南内乡知县、福建道御史、云南右参政、山西巡抚。以直忤刘瑾，瑾矫制削秩罢归。瑾诛，复职，寻致仕。有《蝉噪集》。

简李美中索其疏草

才听人人说，南州有"硬黄"。

至今闻"铁李"，喜复在吾乡。

义命君能澈，升沉我亦忘。

不须焚谏草，留取式维桑。

注：简，同柬，用如动词。"硬黄"，指黄绂，明朝平越卫（今贵州福泉）人，明英宗正统十三年进士。官至南京户部尚书兼左都御史，操行廉洁、公正严明、不畏权贵、疾恶如仇、敢于碰硬，人称"硬黄"。"铁李"，李美中，名珉，贵州威宁人，与作者同为成化八年进士，曾官御史。刚直敢言，人称美中为"铁李"。疏草，奏章的底稿。

祁顺

祁顺（1434—1497），字致和，号巽川，明广东东莞人。天顺四年（1460）进士。弘治年间为云南知府。作与贵阳有关诗词数十首。有《巽川集》二十卷，《石阡志》十卷。

自述用萧文明韵

才艺空疏德最凉，全生恩重荷吾皇。

贵阳谪地殊儋耳，庾岭飞云近太行。

不为鼎珍题杂兴，懒将江水比愁肠。

养慵颇觉山中静，翻笑从前史事忙。

寄题圣泉

泉在贵州城南五里许，消长不时，莫窥其妙。前人置石鼓以验之。余与翠渠欲游不果，因寄一律。

一脉灵泉妙莫寻，倏然清浅倏然深。

痕从石鼓知消长，源出青山自古今。

十载尘襟思浣濯，几朝风雨阻登临。

贵阳八景兹尤胜，莫惜新题寄赏心。

次陈宪副五十六韵
述其历履并近日朝京往返之概
而期勉于篇末云

正气今寥落，斯人喜在前。

诗书偿夙志，科第占青年。

家世陈文范，才情李谪仙。

好贤常折节，重义不论钱。

棘寺初登仕，芳名众所传。

蕙兰香入佩，翰墨惯开筵。

平法司刑典，修辞陋太玄。

书林时践跺，文苑日联翩。

道守宣尼辙，诗齐杜甫肩。

八荒归眼界，一德在心田。

进秩金台宪，乘轺向楚天。

先声随处满，品物待春妍。

岁月劳行斾，湖山映画船。

人夸真一手，功造上乘禅。

北觐恩重叠，西来路几千。

亲庭频梦积，帝阙只心悬。

鼓瑟经湘浦，调琴和舜弦。

行携清献鹤，食有汉江鳊。

险径云边度，佳吟石上镌。

三苗虽异域，一视本同然。

不说居夷陋，还知务学先。

夜窗横蠹简，午篆袅龙涎。

秉笔能扛鼎，持身若涉渊。

廉勤谐众论，威爱洽民廛。

俗易由风动，官闲觉地偏。

阳和真有脚，月露信连篇。

百度咸修饬，何人敢矫虔。

清扬贪可激，善举恶堪捐。

为国常思报，忧民不暇眠。

福星当道灿，卿月照人圆。

乌府惟栽柏，濂溪也爱莲。

圜扉饶草色，绝徼息烽烟。

匡济心何极，幽寻性亦便。

乾坤宁有碍，风月尽无边。

白雪聊赓咏，浮云任变迁。

坐留松下寺，渴饮涧中泉。
宝镜光难掩，苍筠老更坚。
物情推练达，至理尽覃研。
忠孝怀双美，公私得两全。
如京天咫尺，去路月婵娟。
汉殿奔趋早，尧阶拜贺专。
光华争快睹，喜舞欲成颠。
宴锡宫壶滟，朝回晓骑连。
箫韶闻凤鸟，冠佩近貂蝉。
家庆双亲老，衷情寸草牵。
王程甘跋涉，子职暂缠绵。
岁晏归期迫，途长望眼穿。
马前占喜鹊，车后载鸣鸾。
览胜添新句，荣乡是旧缘。
贵阳重按部，王政诞昭宣。
世治民应乐，时和序靡愆。
一方殊辑睦，寸虑尚勤拳。
未许三边滞，行看万里骞。
位兼名赫奕，身与道周旋。
刚直终无馁，公平自不偏。
勋庸从此大，千载耀山川。

二月十五日别贵州贡士汪汉
陈玑辈饯于驻节亭

春初来贵阳，春半即回首。
群英集亭馆，劝我尊中酒。

斯文意味深，谈笑不知久。
仆夫催出门，风动河桥柳。

贵阳雅颂二十四首同翠渠作（选三）

其四　贵竹斥贺

文本位中书，责重有忧色。
敏中除仆射，门阑悄无客。
贵阳得中丞，迎贺纷如织。
公心不为乐，一见尽麾斥。
古道幸斯存，非徒耐官职。

其十七　兴举废坠

公事苦难了，世俗相因仍。
千疮与百孔，废坠畴能兴。
贵阳幸遭际，都宪多才能。
前规毕修复，功业何恢弘。
谁能纪成绩，刻向高崚嶒。

其二十　锄强扶弱

惩恶欲劝善，扶弱先锄强。
粮莠既芟薙，嘉谷斯丰穰。
任棠思拔薤，卜式善牧羊。
弱强两得所，坐见民俗康。
贵阳仁义政，可以式四方。

李东阳

李东阳（1447—1516），字宾之，号西涯，湖广茶陵（今属湖南）人，迁籍北京。历官礼部、户部、吏部尚书，文澜殿、谨身殿、华盖殿大学士，居相位十五年。谥文正。以宰臣而领袖文坛。其诗开"茶陵派"。有《怀麓堂集》《怀麓堂诗话》。

邓程番遗爱图

贵州有府名程番，天子命置新流官。
邓侯佩印出九寺，五马遍历千巉岏。
诸夷异姓十七种，始识汉节瞻衣冠。
喜有锡赉怒有罚，顷刻号令随毫端。
坐令府藏足贡赋，野少劫掠无饥寒。
邓侯去郡民拥道，力挽飞棹回奔澜。
舟行欲动掣不动，咫尺如度百丈滩。
攀辕卧辙古亦有，夷夏之治孰易难。
谁图彩笔遗冰纨，彼夷之酋宋与安。
侯名去比雪山重，远道未觉行囊单。
侯今出佐六州伯，舍舟跃马复据鞍。
明年持此向齐鲁，应有东人为聚看。

注：《明史》："贵阳府，旧为程番长官司。洪武初，置贵州宣慰司，隶四川。永乐十一年改隶贵州。成化十二年置程番府。隆庆三年移程番府为贵阳府，与宣慰司同城，府辖城北，司辖城南。"

沧海谣，寿秦廷赞秋官母七十

东南何所有，海与天河通。
天河散作亿万派，下界九土分衡从。
江淮河济作四渎，长流赴海皆朝宗。
尾闾泄气石沃水，其下无底归虚空。
上来磅礴接混沌，周环八方此其东。
东乃扶桑出日之所在，
金乌三蹴浴影乎其中。
蜃气朝浮万家市，鳌背夜戴三山峰。
千年老鱼化为龙，层波叠浪藏龙宫。
鲛绡织窗雾气白，蚌甲吐月珠光红。
鼋鼍喧呼鳅鳝舞，
复有三百六十鳞朋羽族纷追从。
咸阳西来男女童，有船不进遭回风。
王母西池不盈勺，敢以浅眼窥方蓬。
霞冠云帔不可以仿佛，俯视寰宇空尘蒙。
巫山老婆年七十，家居近海圆丘同。
挹瓢为浆酿为酒，海水照见双青瞳。
烹鱼炮鳖荐芳错，蛟涎香雾飘蒙茸。
世人有眼不得见，
但见琅函宝轴名姓照耀金泥封。
西曹郎君美风度，皎若出海珊瑚丛。
揽衣望海欲东迈，须臾鞭石成长虹。
三神之山不老之药倘可得，
愿教一粒千岁岁岁无终穷。

杨廉

杨廉（1452—1525），字方震，号畏轩，江西丰城人。官至礼部尚书，卒谥文恪。为居敬穷理之学，文必据六经，博通礼乐、钱谷、星历、算数，学者称其为月湖先生。有《月湖集》《大学衍义节略》《皇明名臣言行录》。

送贵州镇守牛总兵

十四章飞众所推，贵州南去拥旌麾。
蛮夷向后依山少，军卫从前改郡宜。
上策恐无逾镇静，先声早已肃偏裨。
轻裘缓带委蛇地，端为羊公远大期。

边贡

边贡（1476—1532）字廷实，号华泉。山东历城（今济南）人。与李梦阳、何景明等并称明代文学"前七子"。有《华泉集》。

守郭老先生进阶三品寄贺长句

朝赏冶城花，晚折长干柳。
邂逅相逢太史君，逍遥却忆程番守。
程番老翁垂八龄，头颅半白双瞳青。

看山远步时忘返，中酒高眠日少醒。
昔在先朝岁庚午，投荆自愧分铜虎。
翁寿才交六旬一，我齿恰当三十五。
忘年结好心绸缪，峡月巴猿两见秋。
吊古同寻庾亮宅，怀乡并倚仲宣楼。
那知世事多迁变，倏忽还如零雨散。
金紫翁方拜国恩，衰麻我适遭家难。
家难迤遭涕泪余，传经重驾法台车。
兰阳夜火黄精饭，汴水春风锦字书。
问翁北归今几载，可念江陵旧僚采。
太史遥从故里过，里中争贺新衔改。
新衔故里树新坊，白日门庭彩绣光。
岳峰苍翠河流曲，暮景优游共短长。

王阳明

王阳明（1472—1529），名守仁，字伯安，世称阳明先生。浙江余姚人。著名哲学家、教育家、文学家、政治家和军事家。明武宗正德元年（1506），因反对宦官刘瑾，被廷杖四十，谪贬至贵州龙场。正德十二年（1517），江西、广东等地爆发民乱，被朝廷重新启用，并平定了宁王等叛乱，立下赫赫战功。有《王阳明全集》《传习录》《大学问》《王文成公全书》等传世。

次韵送陆文顺金宪

贵阳东望楚山平，无奈天涯又送行。
杯酒豫期倾盖日，封书烦慰倚门情。
心驰魏阙星辰迥，路绕乡山草木荣。
京国交游零落尽，空将秋月寄猿声。

兴隆卫书壁

山城高下见楼台，野戍参差暮角催。
贵竹路从峰顶入，夜郎人自日边来。
莺花夹道惊春老，雉堞连云向晚开。
尺素屡题还屡掷，衡南那有雁飞回？

夜宿汪氏园

小阁藏身一斗方，夜深虚白自生光。
梁间来下徐生榻，座上惭无荀令香。
驿树雨声翻屋瓦，龙池月色浸书床。
他年贵竹传遗事，应说阳明旧草堂。

注：上三首为正德丁卯年（1507）赴
谪贵阳龙场驿作。

徐都宪同游南庵次韵

岩寺藏春长不夏，江花映日艳于桃。
山阴入户川光暮，林影浮空暑气高。
树老岂能知岁月，溪清真可鉴秋毫。

但逢佳境须行乐，墨遗风霜着鬓毛。

注：南庵，即今甲秀楼附近的翠微园。

太子桥

乍寒乍暖早春天，随意寻芳到水边。
树里茅亭藏小景，竹间石溜引清泉。
汀花照日犹含雨，岸柳垂阴渐满川。
欲把桥名寻野老，凄凉空说建文年。

注：太子桥，即今太慈桥处的原老石桥。

夏日登易氏万卷楼

高楼六月自生寒，沓嶂峰回拥碧阑。
久客已忘非故土，此身兼喜是闲官。
幽花傍晚烟初暝，深树新晴雨未干。
极目海天家万里，风尘关塞欲归难。

注：易氏万卷楼，明代贵阳人易贵建
的藏书楼，今已不存。

赠陈宗鲁

学文须学古，脱俗去陈言。
譬若千丈木，勿为藤蔓缠。
又如昆仑派，一泻成大川。

人言古今异，此语皆虚传。
吾苟得其意，今古何异焉。
子才良可进，望汝师圣贤。
学文乃余事，聊云子所偏。

陈宗鲁

陈宗鲁（1482—1558），名文学，字宗鲁，别号五粟，贵阳人。正德丙子（1516）举人。曾任耀州知州。王阳明谪龙场驿丞，贵州提学副使席书请居文明书院讲知行合一之学，得其传者，首推宗鲁。宗鲁罢官，杜门治学。有《耀归存稿》《余生续稿》《懒籍闲录》。

春兴寄范唐山

花事惊狼藉，春游未放杯。
一年正月过，同乐几人来。
细雨肥蔬甲，和风长竹胎。
短吟殊草草，怀抱为君开。

注：范唐山，字季修，贵州宣慰司（今贵阳）人。正德丁卯（1519）举人。授巴县教谕，擢遂宁知县，迁雅州知州，再迁重庆同知。后归，与乡人结溪山诗社。

黄衷

黄衷（1474—1553），字子和，号铁桥病叟，广东南海人。弘治九年（1496）进士。抚云南、镇湖广皆有政绩，官至兵部右侍郎。有《海语》《矩洲集》等。

观稼

七月贵阳道，畇畇我稼宜。
脉潜华始秀，气早穗先垂。
灭裂行堪戒，污邪旧有辞。
理人如种树，何处访农师。

将至贵阳喜竹溪再会凭轼有赋

漓江为别贵阳逢，将遇还同未别惊。
书剑偶来方远驾，宫墙曾许扣洪钟。
共知世仰昌黎斗，安得云从东野龙。
肯为穷荒阻幽逸，碧山诗思更重重。

送刘丹厓中丞巡抚贵竹

千里金汤楚蜀资，百蛮君长拜前麾。
殷王自振三年旅，汉将无劳五月师。
经略从容樽俎振，等威凝峻纪纲司。
粤人只护甘棠树，款得阳和遍海涯。

辰州病中见慎轩辞报

故人新上乞休书，邸报遥传伏枕初。
戎马已成芒部捷，勋阶仍就贵阳除。
幽期定忆江心寺，小构容连水尾居。
只恐岩廊虚左日，未应贤达向樵渔。

越英

越英（生卒年不详），字德充，贵州宣慰司（今贵阳市）人。明孝宗弘治十七年（1504）中举。历官衡阳教谕、蜀渝州知州、泸州刺史等。

和杨金唐山洞韵

风日晴和漾碧川，水光山色两相连。
人间寻胜惟斯地，洞里乾坤别有天。
野寺月明禅榻寂，崖阳春至薜萝悬。
清流古洞无穷意，上智应能识本源。

注：杨金，当时镇守贵州之太监。唐山洞，为贵阳黔灵山麒麟洞原名。

何景明

何景明（1483—1521），字仲默，号白坡，又号大复山人，信阳人。弘治十五年（1502）进士，授中书舍人，官至陕西提学副使，曾督学云贵。明代"文坛四杰"中的重要人物，"前七子"之一。有《雍大集》《四箴杂言》《大复集》等。

平夷二首（其一）

滇南八月中，绿林何萋萋。
居人亦相矗，数里闻鸣鸡。
路转无诘曲，山行少攀跻。
回瞻贵阳道，咫尺蹊塍迷。

蒋信

蒋信（1483—1559），字卿实，号道林，人称正学先生，常德（今属湖南）人。嘉靖进士，曾任贵州提学副使。有《桃冈日录》，合著有《新泉向辨录》。

除夕

却来海上过除夜，十载漂浮一客身。
形影幸余灯剑吊，梦魂只剩枕衾亲。
祭诗此例仍嫌俗，听镜无灵莫问神。
明岁春风吹草绿，声声爆竹触羁人。

元旦

又从旧历话新年，霁日微云晓海天。
南北一家成组织，军民万劫解颠连。
看他应运兴龙虎，笑我忘机爱石泉。
镜里须眉犹健在，春风生怕听啼鹃。

杨慎

　　杨慎（1488—1559），字用修，号升庵，四川新都（今成都市新都区）人。正德六年（1511）状元及第。后谪戍云南。有《升庵全集》《升庵外集》，散曲集《陶情乐府》《廿一史弹词》。

寄张风泉侍御

贵阳天马远行空，元是兰台鲍氏骢。
未奉谈犀恒北望，忽传书鲤到南中。
龙筋旧识文成丽，蟹爪争看定武工。
谁道停云形影隔，戍楼明月梦魂通。

辛丑新正

贵竹逢新岁，寂寥空馆时。
泉声为滴漏，原烧作晨曦。
野戍击柝早，山衙开印迟。
春盘罗鬼菜，冻体欲流澌。

赠永宁白参戎

贵竹新疆古蔺州，分弓上将拥貔貅。
笙歌城郭天无夜，耒耜郊原岁有秋。
界首江清春洗马，海漫山翠晚当楼。
锐头勋业君家事，四十登坛早拜侯。

贵竹杂咏（其四）

保甸坡前不可留，盘江渡头惟一舟。
驱黾役鹊无奇术，谁是寻源博望侯。

罗甸吟

苴兰方号鬼，贵竹甸名罗。
牛涔枉称海，骏坂犹题坡。
林余楚筚辂，杙识汉牂牁。
久戍劳行恻，天高奈若何。

马廷锡

　　马廷锡（生卒年不详），字朝宠，号心庵，贵阳人。王阳明再传弟子，明嘉靖庚子（1540）举人，授四川内江知县。于贵阳文明、正学两书院讲学，前后达三十余年（约1540—1570）。有《警愚录》《渔矶集》，惜不传。

矶上

悠然坐矶石，尘虑忽以祛。

垂纶不设饵，渊鳞方跃于。

亦知君子心，在适不在鱼。

君不见，

沙边鸥鸟解忘机，物类浮沉宜不殊。

登山

为学如登山，且欲跻其巅。

望道如望洋，谁能涉其渊。

振衣上高台，善也风泠然。

兹行良有得，不在山水间。

知音苦辽绝，俯仰复何言。

寒夜（二首）

其一

寒夜窗前听雨时，暗思往事坐如痴。

穷愁百结随年长，人在虚空老不知。

其二

睡眼蒙眬看远山，不知身尚寄尘寰。

他年观化应何处，想在虚无缥缈间。

万士和

　　万士和（1516—1586），字思节，号履庵，江苏宜兴人。嘉靖二十年（1541）进士。曾任贵州提学副使，官至礼部左侍郎。谥文恭。有《履庵集》《续万履庵集》《万文恭摘稿》。

重访马心庵精舍（二首）

其一

浮沉经月厌嚣尘，匹马还寻野外春。

炼性也须居鬼窟，参心直欲转水轮。

江流静照观时影，竹径闲留步里身。

日暮忽迷归去路，如君岂是避秦人。

其二

烦君应接莫嫌频，落落乾坤共两身。

溪鸟浴波时正午，山云让日气将春。

坐同净几因忘我，行到深林更少人。

对景欣然非着相，从来萧散本吾真。

　　注：马心庵，即马廷锡。

同梧冈访马心庵周微庵二道人

忆卧云林性遂耽，十年丘壑恣奇探。

未知面目于今在，且喜朋徒出定参。

避世幽人三草径，了心居士一茅庵。

问君试借胡床坐，却恐顽躯又落贪。

袁应福

袁应福（生卒年不详），明穆宗隆庆四年（1570）举人。曾任湖广来凤县、云南昆明县知县。后在贵阳城南渔矶湾水石幽胜处居住，与其弟应钟钓鱼为乐。擅诗。有《渔矶诗草》。

栖云亭

邻人马朝宠（廷锡）新作一亭，名以栖云，距余家后园才数武，余喜便于登览，得朝夕与共乐之，因为赋诗。

作亭在荒陂，丛茶乱其址。

修然林莽间，空翠来不已。

入门苔径滑，疏篱间多枳。

亭前挂长松，墙西放郁李。

花鸥与药栏，一一位置美。

吾园及此亭，相距咫尺耳。

来不问主人，相见翻共喜。

尤爱修竹林，摇碧映窗几。

想见六月凉，风露浩如洗。

剔藓露奇石，高怀缅长史。

解组内江归，息影栖于此。

窭歌真自适，穷愁未应耻。

杨金

杨金（生卒年不详），字子声，益都人（今山东省青州）。明嘉靖间贡生。历官丘县县丞、两淮盐运通判等，镇守贵州太监，清正廉洁。有《梓橦事迹》。

唐山洞

白云深隐一唐川，枕石烟萝洞口连。

策杖适情寻古迹，分云乘兴见壶天。

千重岚气千峰翠，万颗垂珠万象悬。

柯烂棋终事已往，吾身来复入桃源。

张翀

张翀（1525—1579），字子仪，号鹤楼，广西柳州府马平县（今广西柳州市）人，"柳州八贤"之一。嘉靖三十二年（1553）进士，官至刑部侍郎。谪戍贵州都匀。有《鹤楼集》《张翀文集》《浑然子》等。

别贵竹诸友

十年与君游，千里与君别。

把袂意不言，含杯气欲绝。

渐隔潇湘云，空留夜郎月。

一曲瑶琴弹，知音对谁说。

范沆

范沆（生卒年不详），字东生，明浙江乌程人。太学生。家为乡里权豪蹈藉而破，移居吴门。好唐人诗。万历（1573—1620）末，以家贫落魄，愤懑不得志而卒，年四十四。

贵筑憩越孝廉别业

结宇数峰间，泓渟一水湾。

谷风过午冷，原树入秋闲。

苔动璟鳞戏，花摇翠羽还。

谁知于役者，弥日此开颜。

孙应鳌

孙应鳌（1527—1584），字山甫，号淮海，贵州清平（今凯里市炉山）人。嘉靖二十五（1546）二十岁举乡试第一，三十二年（1553）进士。官至国子监祭酒、南京工部尚书。与贵阳马廷锡等交游唱和。追谥文恭。有《学孔精舍汇稿》。

闻心庵欲来同隐

白头愿得一心人，万岁为期属所亲。

对榻平分孤月影，杖藜偕赏四时春。

苏门啸罢能同调，彭泽归来不厌贫。

漫道渔矶烟水阔，玄亭风物更清真。

怀马心庵

万桃冈上共歌游，十载离心绕故邱。

得意烟霞今税驾，有时风雨独登楼。

东西南北知音少，泉石沙汀卜地幽。

折尽梅花难寄与，停云落月两悠悠。

注：马心庵，即马廷锡。

喜接明卿

别久怜愁断，名高想德馨。

输心头欲白，对面眼全青。

乐府回风雅，儒林重典型。

看君振文教，多士待传经。

注：明卿，即吴国伦。

吴明卿

吴明卿（1524—1593），名国伦，

一字川楼，武昌府兴国州（今湖北省阳新县）人。嘉靖二十九年（1550）进士。隆庆六年（1572）迁贵州提学副使，课士以礼让为先，风气为之一变。官至河南左参政。有《西征杂述》《甋甄洞稿》。

次奢香驿因咏其事

我闻水西奢香氏，奉诏曾谒高皇宫。
承恩一诺九驿通，凿山刊木穿蒙茸。
至今承平二百载，牂牁僰道犹同风。
西溪东流石齿齿，呜咽犹哀奢香死。
中州男儿忍巾帼，何物老妪亦青史。
君不见蜀道之辟五丁神，僰为万卒迷无津。
帐中坐叱山川走，谁道奢香一妇人。

孙山甫中丞道故

壮岁簪貂出总戎，行筹清切在隆中。
即看西岘碑重勒，岂是南阳战未工。
解组尚悬明主问，悬车真与古人同。
却惭青琐追陪客，垂老无闻自转蓬。

注：孙山甫，即孙应鳌。

谒王右史墓

铜鼓山前霜露深，玄台白石昼阴阴。

十年问字三湘梦，匹马将刍万里心。
日落松楸闻野苗，风生猿鹤助哀音。
行藏差拟长沙傅，不必新书重士林。

江东之

江东之（？—1599），字长信，安徽歙县人。明朝万历五年（1577）进士，官至贵州巡抚。购置官田，积资济贫，助寒士"锐意向学"；取"科甲挺秀、人才辈出"之寓意，建贵阳甲秀楼。有《瑞阳阿集》。

甲秀楼

明河清浅水悠悠，新筑沙堤接远洲。
秀出三狮连凤翼，雄驱双骏踞鳌头。
渔郎矶曲桃花浪，丞相祠前巨壑舟。
此日临渊何所羡，擎天砥柱在中流。

郭子章

郭子章（1543—1618），江西泰和人，字相奎，号青螺。自号蠙衣生。隆庆五年（1571）进士。曾任贵州巡抚。有《黔草》《青螺集》《豫章诗话》等。

霁虹桥

仿佛中流驾巨鳌，独撑春水跨江皋。

只疑蝃蝀乘仙渚，那畏城龙挟怒涛。

声击桃花红涨偃，色摇柳树绿云高。

千镇远行人称颂，不独当年画六韬。

注：霁虹桥，乾隆《贵州通志·艺文志》云："霁虹桥，在城外南明河上，明永乐二年镇远侯顾成建。"

舟中

三春滞水渍，鱼鸟狎成群。

江浊流新雨，山晴敛薄云。

村春幽涧急，岸草夕阳薰。

何处城头角，偏令倦客闻。

钟惺

钟惺（1574—1624），字伯敬，湖广竟陵（今湖北天门县）人。万历年间进士，官至福建提学佥事。万历四十三年（1615），以工部主事出任贵州乡试副主考。工诗，与同里谭元春齐名，为"竟陵派"首领。其诗幽深孤峭，世称"竟陵体"。

黔闱事竣示同事者

勿云黔士少，相士者何如。

寡昧叨衡鉴，公勤答简书。

百灵灯烛后，一字肾肠余。

心力犹堪共，恩私不自居。

每于经目处，各念致身初。

挂漏吾知免，诸公远胜予。

汤显祖

汤显祖（1550—1616），江西临川人，字义仍，号海若、若士、清远道人。祖籍临川县云山乡，后迁居汤家山（今抚州市）。其《还魂记》《紫钗记》《南柯记》《邯郸记》合称"临川四梦"。有《玉茗堂全集》四卷、《红泉逸草》一卷、《问棘邮草》二卷。

养龙歌，送谢玄瑞吴越游，兼呈郭开府

君不见，

养龙之墟有灵窟，云雾晦冥龙子出。

首高三尺长丈余，汗花如云气腾勃。

何因得入小明王，天与皇明守英物。

不可控御当如何？囊沙压之初灭没。

久乃驯习如游龙，清凉山中来九重。

时平初行夕月礼，一尘不动怡天容。

皇帝赐名"飞越峰"，

烟绡貌取云溶溶。

神奇会合自有数，沙苑万里随遭逢。

何得贵阳谢生美如此，

齿至龙媒尚边鄙。

亦有东山坐安石，兼以采芝学黄绮。

谭深具晓经略材，世浅安知游侠旨。

江湘放客心盈盈，吴越怀人春霍霍。

为君一击珊瑚树，壮不如人今老矣。

君不见，

黔台水镜留青螺，一人知己将无多。

但是汉家天子远相致，

办作《芝房》《天马》歌。

注：谢玄瑞，即谢三秀。

送玄瑞游吴

几年空谷少闻莺，恰恰惊春得友声。

家在东山留远色，客来南国见高情。

尊开元夕花灯喜，坐对前池雪水清。

万里龙坑有云气，飞腾那得傍人行。

谢三秀

谢三秀（1550—1624），字君采，又字玄端。贵阳人，诗人。贡生出身，任过县学教谕。著《雪鸿堂集》，已佚，唯《远条堂稿》三卷行世。《黔诗纪略》存诗180首。

寒夜饮杨愿之太史石林精舍醉歌

关西嫡裔杨夫子，片语千秋称太史。

为园近在宅之隅，怪石林林白云起。

踞如虎兮伏如象，仙掌芙蓉不可状。

鬼斧何年劈洞开，峭壁嶙峋几千丈。

池曲双双下白鸥，寒漪不动镜光浮。

竹石逍遥袁粲宅，图书容与米颠舟。

有亭聊以寄寥廓，斜阳晚映青山郭。

只知幽处生烟霞，不谓胸中具丘壑。

江南携得圆吭禽，晏坐时闻九皋音。

主人对之吹玉笙，恍疑明月缑山岑。

忆昔垂髫与君友，君才长虹贯北斗。

昨年我亦赋明光，悲歌对饮金台酒。

酒人之名不易得，意气凭凌燕市北。

英雄若不倾肺肝，筑傍睥睨无颜色。

结夏相期入翠微，棕鞋桐帽紫烟衣。

听泉松下科头坐，洗药潭边濯足归。

听泉洗药何萧爽，住山且作西山长。

秋风我忽问刀环，沙裳之舟木兰桨。

别后闻君谒帝阍，青藜阁里拜新恩。

侍从谁言官未达，岁星元自隐金门。

读礼西归旧溪曲，绕屋龙湫漱寒玉。

闭门剥啄无人声，日炷名香理仙箓。

二三兄弟号博雅，相看总是素心者。

人人手握灵蛇珠，诗篇拟结兰亭社。

君今留客醉深宵，洞口寒梅压板桥。

一枝两枝冻欲雪，笑折琼芳入酒瓢。

饮君酒，为君歌，与君更尽金叵罗。

世上浮名且奈何！吁嗟乎！

白日亦易驰，朱颜不常好，

丈夫相逢那得复草草！

注：杨愿之太史，即杨龙友之父杨师孔。石林精舍：在今石岭街的中段，即过去的凹字街的"杨家花园"。

西屯玩酒珠泉因游白龙洞作

野老相逢一破颜，壶觞问水与看山。

寒泉碧泻鲛人泪，古洞青低玉女鬟。

龙去定因行雨出，客来虚拟弄珠还。

何缘刘阮天台路，却在城西十亩间。

注：龙洞在贵阳城西北十五里，岩石玲珑。

夜宿西屯人家

西村襆被酒初香，寒逼莎鸡渐入床。

深巷犬声如豹吠，空田鹤影似人长。

山楼笛起家家月，野浦砧残夜夜霜。

垂老生涯耕稼在，衡茅吾拟托柴桑。

注：西村，即诗题中之西屯，在贵阳西郊。

春病（二首）

其一

忽忽春将老，轻寒透薄衣。

闭门花落尽，止酒客来稀。

竹杖供行药，芒鞋负采薇。

多情双燕子，还傍旧巢飞。

其二

伏枕喧啼鸠，山窗喜载阳。

长贫逋药债，久病礼医王。

厨宿煎茶火，炉添点易香。

晚风吹不定，飞絮满绳床。

还家理圃（三首）

其一

一月车尘两鬓丝，还山都忘别山时。

儿童问我春深浅，过尽樱桃也不知。

其二

千个琅玕荫白茅，翠寒新长过墙梢。

闲情都付床头《易》，细玩虞翻梦里爻。

其三

环堵萧然独宴如，芭蕉深巷闭门居。
干时无计谋生拙，朝雨锄瓜夜读书。

王祚远

　　王祚远（生卒年不详），字无近，号琼明，明朝普安州人。万历四十一年（1613）进士，官历祭酒礼路右侍郎转吏部左侍郎（省志作吏部尚书）。

偕谢君采三一溪寻花

　　踏春何处好，一路逐溪长。
　　水漾溶溶暖，花飞片片香。
　　径宜携谢屐，诗好贮奚囊。
　　美景寻难尽，归来更举觞。

　　注：谢君采，即谢三秀。

马文卿

　　马文卿（1557—1640），字瑞符，贵阳人。万历壬辰（1592）进士，改庶吉士，授御史，按粤东。以憨直忤时辈被谪，遂不赴铨补。居乡数十年，杜门却扫，绝迹公庭，年八十三卒。有《马侍御稿》。

守城诗（六首选四）

其二

青山白骨乱红尘，效死还余击楫人。
河上逍遥空负国，掌中筹画已如神。
投醪为鼓从王气，献馘终须御侮臣。
谁仗天威驱小丑，不知何事方逡巡。

其三

孤城降帜肯教悬，十月支撑大义全。
岂是纶巾擒孟获，顿令草木走苻坚。
病中骨肉向能保，乱后沧桑亦可怜。
欲问天阴鬼哭夜，何人更赋返魂篇。

其四

猘犬猖狂虐焰横，城头鼓角送悲声。
况当罗雀无由日，莫保亲疏共此生。
饿死冰魂饶磊砢，穷时大节倍峥嵘。
应知泉壤凄凉后，青史犹能著姓名。

其五

朝朝焚祷待龙骧，不见貔貅下夜郎。
编户倒悬嗟命绝，缙绅减食助军粮。
黑云起处千骸爨，瘴雾迷时百骨伤。
竚听圣朝隆将帅，稔知一怒净岩疆。

　　注：城，指贵阳城。

石屋看花

山间奇石讶凌空，恰好栖迟一亩宫。
何待编茅劳野客，春来桃杏遍山红。

潘润民

潘润民（1572—1641），字用霖，一字朗陵，贵州前卫（今贵阳市）人。明万历丁未（1607）进士，历官广东按察使、云南布政使等。有《味澹轩诗集》。

越卓凡将归白门以诗言别 依韵奉赠

停舟未久又帆开，不禁归心万里催。
鹢首旌旄冲雪去，雁头书讯带霜来。
人情到处堪挥泪，世难何时共举杯。
后会安知黔与楚，羁怀别绪总难裁。

注：越卓凡，即越其杰。

闲身堪自适期从野老采山薇

十年浪迹叹萍浮，此日还家已白头。
开径乍惊群犬吠，入门犹喜四松留。
长贫那复营金谷，垂老吾将向菟裘。
烽燧渐消耕钓隐，不归端负此林邱。

杂诗

吟罢倚修竹，醉余盘古藤。
补巢妨堕鸟，解网纵飞蝇。
静室发孤磬，晚窗明一灯。
诸缘俱淡尽，拟作在家僧。

代庖选士次杨霞标韵

万里昆明圣化翔，彬彬俊乂郁相望。
云边早下弓旌诏，徼外争依日月光。
健翮鹓鹏思振翼，空群骥骊自腾骧。
玉衡水镜非吾事，越俎题材浪笑狂。

注：乂指才能出众的人，才德过千人为俊，过百人为乂。《黔诗纪略》按："朗陵权提学时当选拔，有携千金求贡者，闻使者潘公也，废然去曰：是虽万金亦安用哉！试卷必亲阅，不假幕客，黜者无怨言。"

别东粤父老

一枝栖未稳，万里觐神京。
彩鹢乘风驰，朱幡映日明。
疮痍方起色，调剂最关情。
回首珠崖远，骊歌百感生。

注：东粤，即广东。珠崖，今海南省海口市。

乡愁

痛定还思痛，惊魂忆昔时。

亲朋半宿草，弟妹尚分歧。

狐兔凭三径，鹪鹩借一枝。

刀环空有约，未敢卜归期。

送从孙学海还黔

尔来未久话犹长，底事匆匆遽束装。

单骑风霜辞百越，轻槎风雨渡三湘。

更无余物充行李，唯有新诗佐别觞。

去后家山悬梦寐，勤书身世慰相望。

围中次史磐石侍御韵（四首选一）

雉堞荒凉形影孤，凄风冷露剥征襦。

四郊密垒腥膻恶，十月重围雀鸟无。

敌忾有心才已尽，叩阍何路泪将枯。

牂牁亦是西南郡，应遣貔貅破豕狐。

注：围中，围困之中。指明代天启二年（1622）贵州水西土司头目安邦彦兵围贵阳事。史磐石侍御，史磐石，即史永安，当时为御史。牂牁，郡名，汉武帝元鼎六年（前111）置，辖境包括今贵州大部及云南东境和广西北境。

喜盘江铁桥成

黑水由来波浪狂，何人石上架飞梁？

千寻铁锁横银汉，百尺丹楼跨彩凰。

可信临流无病涉，因知济世有慈航。

澜沧胜迹今重见，遗爱讴歌满夜郎。

注：盘江，分南北两支，在贵州省西部。

春日郊游

春郊晴正丽，逸兴野偏长。

曳履过渔浦，寻僧到雁堂。

一篙新水绿，半面远山苍。

云淡疑无影，花深别有香。

多情忘潦倒，小醉发疏狂。

恰好前溪月，归途晚未妨。

越其杰

越其杰（？—1645），字自兴，一字卓凡，又字汉房，贵州宣慰司（今贵州贵阳）人。明朝名臣。明末抗清英雄杨龙友之舅。万历三十四年（1606）举人。曾巡抚河南。有《蓟门》《知非》诸集，已佚。

晚游宿田家

云香深染帻，花气暗沾衣。

村犬随人吠，山蜂逐客飞。

柴门新月上，荷筿晚耘归。

暂就田家宿，欣然进蕨薇。

新荷

对深几出语，极静若沉思。

丽外含芳韵，清中带艳姿。

翻生欲落想，恐到尽开时。

不染成真性，香光似可遗。

题杨龙友《山水移》四律（选二）

其一

无穷冰雪句，都赖山水成。

独赏思维运，孤情耻借名。

炉锤非我设，造化自心生。

展向空庭读，犹闻冷瀑声。

其三

冲襟步自远，慧识淡弥幽。

岚翠无心染，高寒以意收。

正于离处合，不在似中求。

笔墨堪消歇，无言亦对酬。

利害

从来利害因，相反实相比。

要知得意场，即是伤心事。

爵位患不高，一高丛指视。

君恩患不隆，一隆多责备。

何以岩下人，能为日中睡。

移怪石

嵌空发清音，光润生寒琭。

高才盈尺余，岩壑势奔蠹。

古拙与我宜，犹存未雕璞。

携归伴琴书，几案如深谷。

昔为山中遗，今比席上玉。

虽然蒙鉴赏，无乃汙尘俗。

犹胜弃道傍，腐朽同草木。

君看璠玙姿，三献仍劳哭。

宇宙今寥寥，任耳不任目。

王尊德

王尊德（？—1630），字存思，贵州前卫（今贵阳市）人。明万历二十二年（1594）举人，万历三十二年（1604）进士。历任中书舍人、监察御史、刑部侍郎、兵部侍郎等职。有《疏草》，惜不传。《黔诗纪略》录其诗二首。

立夏

惊心寻胜事，转眼易佳辰。

人喜初来夏，花留不尽春。

临池翻帖始，改火瀹茶新。

高枕西窗下，绿阴何负人。

宋珏

宋珏（1576—1632），明代诗人，书画家。字比玉，号荔支子、浪道人、国子仙，福建莆田人。国子监生。漫游吴越，客死吴地。工书画篆刻。山水学米氏、黄公望、吴镇，用笔苍老秀逸，不拘于法，兼善画松。

送行诗

双柑才喜共嘤鸣，赋罢闲居动远征。

簇簇夭桃如欲诉，丝丝弱柳各牵情。

舟过三塔蓴冰滑，路入天台箨粉明。

早晚趋庭仍北上，浣萍亭畔听秋声。

注：此为送行杨龙友诗。

许善所

许善所（1582—1664），字元夫，号明谷，明朝贵州卫（今贵阳市）人。万历四十年（1612）举人。官至河南南召知县。时有河北诸贼骚扰，亲冒矢石，誓死守城。后被劾归。明亡，与吴中蕃等归隐山林，朝廷催出，不就。《黔诗纪略》录其诗一首。

题画菊

廿年栖息在东篱，人影花阴两不离。

多谢徐翁新作画，那能陶令与题诗。

疏烟冷雨传香处，短梦长愁欲澹时。

帘卷南山浑不似，肃斋愁对一枝枝。

钱谦益

钱谦益（1582—1664），字受之，号牧斋，常熟人。明万历三十八年（1610）一甲三名进士，历官礼部侍郎。福王时，为礼部尚书。入清，以礼部侍郎署秘书院学士。有《初学集》《有学集》等。

为友沂题杨龙友画册

扬生倜傥权奇者，万里骁腾渥洼马。

双耳朝批贵筑云，四蹄夕刷金支野。
空坑师溃缙云山，流星飞兔不可还。
即看汗血归天上，肯余翰墨污人间。
人间翰墨已星散，十幅流传六丁叹。
披图涧岫几重掩，过眼烟岚尚凌乱。
杨生作画师巨然，隐囊纱帽如列仙。
大儿聪明添树石，侍女窈窕皱云烟。
忆昔龙蛇起平陆，奋身捋施乌鸢肉。
已无丹燐并黄土，况乃牙签与玉轴。
赵郎藏弄缃帙新，摩挲看画如写真。
每于剩粉残缣里，想见刳肝化碧人。
赵郎赵郎快收取，长将石压并手抚。
莫令匣近亲身剑，夜半相将作风雨。

张明弼

张明弼（1584—1652），明文学
家、学者。字公亮，金坛人。崇祯六年
（1633）举人。十年进士。授广东揭阳
县令。天启六年（1626）因作《獮狂国
记》，隐指魏忠贤，几乎获祸。《避风
岩记》为名篇。有《兔角诠》《萤芝全
集》《蕉书》等。

赠言诗

我来西湖水，君登天台峰。

湖山千里不可接，惟有风烟自相通。
西湖多妩媚，不及金庭石梁有异致。
从来儿女情，不入神仙地。
吁嗟神仙亦是儿女作，烟情花气殊不恶。
他日君归来，我馈君西湖之晓光，
　　君答我赤霄天姥之寥廓。

注：此诗赠杨龙友。

沈颢

沈颢（1586—1661），字朗倩，号石
天朗道人，吴县（今江苏苏州）人。补博
士弟子员。能诗歌，精古文辞及书法真行
篆籀，更精绘事，深究画理。有《画尘》
《画传灯》《枕瓢》《焚砚》等。

赠言诗

石梁曾梦霜风夜，月下逢君细语迟。
危屐啸惊巉虎室，瘦筇吟过冻猿枝。
乍关人境闲相失，微着山心冷自移。
拭眼并提幽讨案，晓空招取有形诗。

注：此诗赠杨龙友。

阮大铖

阮大铖（1587—1646），字集之。怀宁人。万历四十四年（1616）进士，官吏科给事中，坐魏党禁锢后，以兵部尚书起用。与马士英打击东林党人，是以结怨。有《咏怀堂集》。

同越卓凡饮马瑶草水亭闻寇警感赋

避地踰宽物外身，相从抱膝览烽尘。

淮流遍饮红巾马，春墅双闲白羽人。

快集月霞能导酒，薄寒花气转冯裯。

狂来拟奏俞儿舞，野旷星高未忍陈。

马士英

马士英（约1591—1646），字瑶草。明朝贵阳人。万历四十七年进士。清兵破北京，与江北诸镇将拥立福王朱由崧，进东阁大学士兼兵部尚书。有《永城纪略》（含《永牍》）及部分诗文书画作品传世。

题扇五言诗

内省不厌事，且于山水深。

萍踪虽屡迁，岂阻幽人心。

胜概天地咨，高士犹披寻。

矧可当吾世，听其归湮沉。

亭台不及古，水木但随今。

静境理玄味，远心寄幽林。

松代至友言，声响殊相钦。

丁肇亨

丁肇亨（生卒年不详），原名文美，字茂嘉，一作懋嘉，号肩吾。明长洲（今江苏苏州）人。万历二十二年（1594）举人。有《白门草》。

越卓凡招饮高座寺登看竹轩松风阁同席者钟伯敬马瑶草贺斗虚李新宇乘月而归

高座隐山岑，千层楼阁深。

衔杯同览胜，说剑复成吟。

竹影连苔色，松声和鸟音。

乱花迎面舞，飞蝶趁风侵。

屈曲通幽径，逶迤入茂林。

沉酣犹未已，萝月满衣襟。

注：越卓凡，即越其杰；马瑶草，即马士英。

何腾蛟

何腾蛟（1591—1649），贵州黎平卫（今贵州黎平）人，南明重臣。福王时，总督湖广、四川、云南、贵州、广西军务。抗清被俘，绝食七日后自缢而死，永历帝追赠为中湘王，谥文烈。有《明中湘王何腾蛟集》一卷。

述怀

列祖艰难业，诸臣败乱重。

揭竿何太伙，制挺竟谁从。

国是成剜肉，军谋竟养痈。

剧惭心力竭，无计扫群凶。

绝命词

天乎人世苦难留，眉锁湘江水不流。

炼石有心嗟一木，凌云无计慰三洲。

河山赤地风悲角，社稷怀人雨溢秋。

尽瘁未能时已逝，年年鹃血染宗周。

莫天麟

莫天麟，字瑞明，贵阳人。万历三十一年（1603）举人。历官阳寿县知县，禹州知州、潮州府同知。善属文，工吟咏，与同郡潘润民、杨师孔齐名。《黔诗纪略》录其诗二首。

日夜喜客至

风萝飘似带，月树影微波。

适有怀人意，欣逢高士过。

共酬新景物，不用俗笙歌。

试问尘中客，欢惊谁最多。

闻王斗瞻南溪报最以蔺乱未行寄之（斗瞻自有传）

闻道南溪令，廉声满蜀中。

照人黔右月，最治汉循风。

夷蠢干铁钺，书生习战攻。

会看当一面，旗鼓树边功。

杨龙友

杨龙友（1596—1646），名文骢，字山子、龙友。贵阳人。杨师孔之子。万历四十七年（1619）举人，官至浙闽总督，清兵入闽，被执不屈而死。博学好古，善画山水，为"画中九友"之一；与董其昌、王时敏等并称"金陵九子"。诗书画三绝，有《洵美堂集》、诗文集《山水移》。

灯下看马生习字

弱态自可怜，吮毫拂轻纸。
灯花不敢移，墨气随香徙。
立画将会心，百媚传于指。
停思若有光，顾我添池水。

注：马生，应指马士英之子，即杨龙友内侄。

送鼎儿乡试南中

桃花为汗紫连钱，削玉蹄高莫待鞭。
福泽不诬原至理，科名须早趁芳年。
父书读过言诠耳，祖德传来报或然。
戈甲满前天地窄，成名好简六韬篇。

春日同谢君采先生、唐大来、熊庭阶、李卓如、蔡湘渚诸词人游燕子矶

春光期懒人，日入肆幽讨。
舍策理轻舠，缆解胡不早。
夕阳衔晚山，霞与烟相抱。
推蓬拭双眸，兔魄来疏岛。
石矶水中峙，四顾空浩渺。
孤钟发远山，野唱催归道。
吾将谢友生，矫袂凌青昊。

注：谢君采，即谢三秀。

寄马瑶草

洛阳太守腰横金，少年同学称同心。
自子鞭先祖逖影，遗余爨下中郎琴。
石云飞去打幽户，梁月落来照孤衾。
扬鳞怒臂学尺鲤，自笑龌龊牛蹄涔。

赠又新

忆昔出国门，陆沉隐下吏。
幽讨惬孤征，中分吴越地。
子栖会稽山，予拾九峰翠。
马融与郑虔，淡宕聊如是。
功名薄浮云，性情各有寄。
黄齑饭朝昏，横经选佳士。
裙从学士书，奇问玄亭字。
丘壑在胸中，笔端时一试。
长男猎文词，才能识大义。
中男跃冶姿，如蝉学鼓翅。
上奉太夫人，妻妾喻我意。
悠悠二年余，不知何所事！
自谓太平民，冠带都委弃。
无奈虏寇横，中外悉惊悸。
风鹤溃层城，豺虎正猛鸷。
圣人独忧危，终夜急求治。
百万挥帑金，尚方出隆赐。
嗟哉百官愚，功少但多议！
勇者逐尘奔，怯者逍遥戏。

顾此盗如毛，不必尽魑魅。

穷原思其终，宁忍事头会。

仰看燕雀巢，日日忧天坠。

近闻辟山求，蜩螗满殿陛。

谁人秉国成，呼之若浓寐。

功令新抡才，文武一躬瘁。

半生穷孤经，尚尔思磨淬。

幸昔挽强弓，今犹余健臂。

走马若星飞，在手有六辔。

岂无一腔血，愿言难直遂。

浊沼束潜蛟，老绳缚良骥。

虽非终军年，颇饶贾生泪。

闻子数年来，大海决胸次。

尽探禹穴灵，眼光如电利。

昂藏千里驹，高奇信国器。

宁容巢许心，躬耕夺壮志！

注：又新，作者妹丈周又新。

石林小仇池

静穆重扃古石林，终年花篆自幽深。

云疑米老寻袍笏，月上稺生弄玉琴。

蝴蝶觅香黏玉髓，鸳鸯爱羽秘归浔。

低回细读先人句，多半支头此处吟。

片玉亭

磴缘西下小池边，冷翠横拖太华莲。

不独鱼龙蒸老碧，且驱花草带孤烟。

承光秘作藏书窟，任客题为载画船。

太白静严无俗物，苦遭白月竟未眠。

翠屏山

权奇古阜郁城中，乔木阴森倚碧空。

结夏支持千丈日，及秋消受一林风。

浊醪时过邻人醉，野芋能周牧子穷。

更喜高寒隆雪后，枯吟叉手学坡公。

投赠董思伯先生

香茗饮尽似寻春，今日龙门喜自亲。

一代文章推共主，四朝礼乐属元臣。

西邻笔驾梅前墓，北苑灵传月后身。

万里扫门依绛帐，可能为渡出迷津。

注：董思伯，即董其昌。作者曾以师事之。

投赠陈眉公先生

野水含烟渺一方，溯洄无计始登堂。

秋依高士愈疏荡，山借幽人信郁苍。

独鹤放时为出处，潜龙无用是行藏。

皈依我自从天末，亦学凡雏绕凤皇。

注：陈眉公（1558—1639），名继儒，字仲醇，号眉公。华亭人。隐居从事著述。工诗善文，兼善绘画。龙友师事之。

胥口拜伍大夫祠

飒飒英风古木祠，澄湖万顷列阶墀。
生争君父称男子，死掌蛟龙笑种蠡。
月过峰头浇马鬣，云归胥口吊鸱夷，
中原今日狼烟炽，敢借霜鞭靖四陲。

谒文信国祠

祠前古木长龙鳞，丞相英风尚带辛。
心捧一诚留日月，身当九死定君臣。
只须海上三千里，已胜田横五百人。
夜雨不须嫌寂寞，卓家地主在东邻。

注：文信国，即文天祥。

醉后画兰

十字都将酒气通，吐成醉墨卧春风。
枝枝潦倒闲窗下，不向繁华乱鞠躬。

钱旃

钱旃（1597—1647），字彦林，一字钝庵，号檀子。明末清初浙江嘉善人。钱士晋子。

《山水移》赠言诗

我家梅花里，君上天台峰。
高寒本一气，夜梦时溶溶。
君携天台画，来游梅花里。
笔笔作幽香，欲唤梅花起。
我从梅花里，阅游天台画。
仍复遇梅花，水月万纸挂。
画理如花理，万叶归于根。
游道如友道，登临因其亲。
君交天下士，腕自出古人。
天下半君足，烟云自不贫。
梅花和尚不可作，游天台者岂后身？
我尚徘徊乎和尚之墓，以捉雁宕之仙神。

注：《山水移》，指杨龙友诗画集《山水移》。下同。

魏学濂

魏学濂（1608—1644），明代官员。字子一，号内斋，一作容斋，浙江嘉善人，魏大中次子，崇祯十六年（1643）进士，擢庶吉士，明亡后先降李自成，不久又羞愧自缢。平生擅画山水，兼工花鸟。

《山水移》赠言诗

晤游天台人，阅游天台画。

寤寐不能舍，梦入天台隘。

我所晤伊人，姗姗来相邂。

境界仍纸上，而乃任所届。

光景不寻常，笑歌还自怪。

鸟啼梦归来，月光窗纸挂。

蔡如蘅

蔡如蘅（生卒年不详），字香君，号湘渚，又号玉林。贵阳人。天启七年（1627）举人。历官教谕江南安庐兵备副使。儒雅风流，善诗词。

赠言诗

溟濛一夜风雷吼，电孔闪烁星河走。

驱使五丁下宫阙，鞭策六鳌出海口。

杨君愚类愚公愚，移将雁宕问长途。

犹怪嶙峋费收拾，凿成片片付奚奴。

奚奴之囊大于斗，双鸾瑞鹿无不有。

玉女思上载花船，老僧欲醉天涯酒。

烟深草湿长莓苔，霞城秋色自西来。

百尺乔松千丈瀑，更藏余力摧天台。

钟阜落孤雨，幽人今已还。

倾囊坐我茗炉间，高堂层叠吐空山。

不见斑痕留鬼斧，但闻石梁之水鸣潺潺。

王月

王月（生卒年不详），女，字微波，又字月生，南京人，生活于明末天启、崇祯年间。"秦淮八艳"之首。工书善画。填词度曲，名动公卿。晚明诗人王端淑《名媛诗纬初编》录七律《赠香君》一首。

赠香君

岂无冠盖日相亲，恰有知音懒认真。

夜半琴声能滞客，醉余花影独依人。

歌喉已试无双调，兰谱偏留未了音。

此际柳丝还折否，愿为可继许来春。

注：香君，即蔡如蘅。

马銮

马銮（？—1677），字伯和。贵阳人。马士英之子。明亡，垂帘金陵，卖卜为业。

闻蛩

秋夜已凄清，空阶尔复鸣。

故催砧响乱，如与客愁争。

酒浅梦难续，家贫心易惊。

灯前儿女笑，同听各为情。

徐必升

徐必升（生卒年不详），字扶九，贵阳人。崇祯九年（1636）举人。明亡，不求仕进，自号五溪山樵，以诗酒自放终。

咏梅花

十年清梦一花寒，浅酌琵琶春酒干。

江女神祠邀岭月，青山白袷卧仙官。

宵灯翦落新风雨，陇字钗横古凤鸾。

我自幅巾常病道，窗前移日尔阑干。

胡天玉

胡天玉（生卒年不详），字石函，贵州五开卫（今贵州黎平）人。明思宗崇祯十二年（1639）举人。少年从学何腾蛟。中举，授保宁府推官，升辰州道副使，监军湖广，隶属于何腾蛟麾下，积极抗清。何腾蛟全家殉难后，遂长匿不出。《黔诗纪略》录其诗一首。

拜何文烈公墓

别来惟幄几经秋，痛哭今朝拜古丘。

门客三千凭自散，雄师十万落谁收。

哀猿叫月三更苦，枯叶鸣风五夜愁。

只有孤忠在天地，长随湘水共悠悠。

注：何文烈，即何腾蛟。

潘驯

潘驯（1610—1681），字士雅，号韵人。明朝贵州前卫（今贵州贵阳）人。云南左布政使潘润民之子。崇祯十二年（1639）举人。参与补修《贵州通志》，有《回文诗》一卷、《瘦竹亭诗集》四卷、《出岫草》《瘦竹亭文集》等。

送吴大身赴遵义令

劝驾初无意，临歧聊赠言。
才高微露颖，世乱易为恩。
太白仙曾谪，平原谱尚存。
知君同肺腑，特此代加餐。

早起登东山

繄余遭世乱，窘迫非一状。
独有山水缘，梦寐不能放。
无才合幽栖，岂曰抱微尚？
迩日秋正清，诸峰竞殊相。
泼墨两三重，拔翠几千丈。
奇光入我怀，高兴遂难量。
晨起揽衣裙，历历穿林上。
四际天宇宽，元气恣洸漾。
忽讶青山移，始知白云涨。
少焉发初暾，明媚互争让。
恰似丹砂丸，跃出碧瑶盘。
暂领心颜开，久坐形神畅。
天地尚干戈，风尘日凋丧。
世俗固称险，江海未云旷。
安得生羽翰，直往凌元阆。

回文诗（二首）

其一　檐前噪鹊

檐前噪鹊报声欢，宁伫凭栏夜景残。
帘卷半窗芸案冷，锦裁双袖翠衫单。
纤钩月影烟迷岫，小叶荷殊露滴盘。
添恨晚灯孤对坐，淹留客路远漫漫。

其二　湾前绿水

湾前绿水一归帆，目极朝云接翠岩。
山远带烟回嶂合，树芳堆锦簇花嵌。
闲窗倚石欹寒枕，曲槛飞岚浸薄衫。
颜改几年频恨别，还期梦后寄书缄。

潘骧

潘骧（生卒年不详），字子襄，贵州前卫（今贵阳市）人。润民子。明末贡生。与其兄潘驯皆有文名。甲午（1654）春二月，谒永历行在，试一等，授云南罗次知县，晋四川崇庆州知州。1658年，清兵入川贵，弃官归。有《淡远亭诗集》，但十无一存。

春晴

晴朝新盥试轻衣，一屐穿林入翠微。
风引泉渠归碧落，山含旭日散清晖。

平原嘶马草初绿，深树啼莺花未飞。
港映须眉真不俗，烦忧涤尽淡忘归。

雾

蛮山多毒雾，大宇为之昏。
狡狯疑蚩尤，壅塞施妖氛。
咫尺不可辨，遑向谷与陵。
欲往穷目力，静观劳心神。
翻念浑沌初，元黄良未分。
万物基于中，安安何纷纭。
厉阶盘古氏，苦为奠乾坤。
日月勤往来，血气滋斗争。
安得凭封夷，净扫无纤尘。
不然长如此，相将游冥冥。

菊

南国木微落，东篱花始妍。
数枝斜倚月，一径冷生烟。
傲骨谁怜瘦，霜心本耐坚。
欲知开晚意，为待色香全。

郊行

千林啼鸟尽春声，客里招寻仗友生。
漫对青山消旧恨，闲从白社订新盟。
花源有路通渔子，泽畔何人问屈平。

见说故园风景好，绿杨芳草总关情。

潕水放舟

袂分黔竹雨，香接楚兰风。
一派涵清浅，千峰划碧空。
地移星始辨，天少月难中。
怪石奇于鬼，枯泉倒作虹。
学人猿揖让，避客鸟西东。
寇警居无定，田硗耦不工。
阴云当霁合，春翳与秋同。
忽听渔歌起，沅湘思未穷。

钱邦芑

钱邦芑（1602—1673），字开少，江南丹徒人，明崇祯诸生。隆武朝官御史，永历朝迁副都御史，巡抚贵州。孙可望入贵阳，其为僧，号大错和尚，退贵州东部余庆县蒲村隐居。曾参编《永州府志》《宝庆府志》。今存《大错和尚遗集》四卷。

还山

忽然出城郭，遂见无数山。
散步随云适，轻身趁鸟还。

遥知隐沦者，待我泉石间。

乘月浩歌去，柴门未应关。

玉簪花

白玉新簪样，佳名自有因。

忽惊春蕊发，便觉晓妆新。

木笔难成字，金钱不疗贫。

何如此花巧，采插便成真。

吴伟业

吴伟业（1609—1672），字骏公，号梅村。江南太仓（今江苏太仓）人。崇祯四年（1631）进士。授编修，迁左庶子。南明弘光朝授少詹事。顺治十一年（1654）被迫出仕，历官秘书院侍讲、国子监祭酒。后乞假归。工诗。今人辑有《吴梅村全集》。

读友人旧题走马诗于邮壁漫次其韵
（二首选一）

其二

君是黄骢最少年，骅骝凋丧使人怜。

当时只望勋名贵，后日谁知书画传。

十载盐车悲道路，一朝天马蹴风烟。

军书已报韩擒虎，夜半新林早着鞭。

注：此论杨龙友。

画中九友歌

华亭尚书天人流，墨花五色风云浮。

至尊含笑黄金投，残膏剩馥鸡林求。

太常妙迹兼银钩，乐郊拥卷高堂秋。

真宰欲诉穷雕搜，解衣盘礴堪忘忧。

谁其匹者王廉州，神姿玉树三山头。

摆落万象烟霞收，尊彝斑剥探商周。

得意换却千金裘，檀园著述夸前修。

丹青余事追营丘，平生书画置两舟。

湖山胜处供淹留，阿龙北固持双矛。

披图赤壁思曹刘，酒醉洒墨横江楼。

蒜山月落空悠悠，姑苏太守今僧繇。

问事不省张两眸，振笔忽起风飕飕。

连纸十丈神明遒，松圆诗老通清讴。

墨庄自画归田游，一犁黄海鸣春鸠。

长笛倒骑乌特牛，花龛巨幅千峰稠。

小景点出林塘幽，晚年笔力凌沧洲。

幅巾鹤发轻王侯，风流已矣吾瓜畴。

一生迂癖为人尤，僮仆窃骂妻孥愁。

瘦如黄鹄闲如鸥，烟驱墨染何曾休。

注：龙友，即杨龙友。

陈梁

陈梁（生卒年不详），字则梁，号浣公，一号仑者，又号梁父，晚号散木子。初名昌应，字梦张。明末清初浙江海盐人。幼年曾出家，法名广籍。喜读异书，凡书画著作皆自创。明亡后造庵居住，称个亭和尚，僧服茹荤。有《觅园集》《个亭集》。

《山水移》赠言诗

昨语琴张叟，人心皆是狗。

所以著绝交，所以独饮酒。

杨子一石才，小哲望之走。

贵以古人心，而有通身手。

我欲游天台，与影谋之久。

于今乘传去，昂昂飞马首。

西湖三日聚，良宴洵非偶。

冠带多矜庄，相从亦觉丑。

阿林犹妒我，三日不可有。

寄书何鞅鞅，报言星指酉。

兹游固不恶，昆弟情难负。

更无山与齐，五就龙为友。

爱台反憎台，为其夺吾耦。

岂不念湖堤，青柳变黄柳。

陈炜

陈炜（1430—1484），字文耀，号耻庵，叔刚长子。天顺四年（1460）登进士，授御史职。成化二十年（1484），迁浙江左布政使，命未下而卒。

赠龙友诗五首（选一）

其二

一揖灯前两快人，万山孤月子精神。

蓝舆到后欣良晤，笋板参时得素臣。

预卜名山多画意，久推吾友是诗身。

诘朝方广无他事，叫破青天入翠茵。

谢上选

谢上选（生卒年不详），字文若，号鹤岑，别号鹤里，明朝贵州前卫（今贵州贵阳）人。贵州著名诗人谢三秀从子。万历三十七年（1609）举人，四十七年（1619）进士。累官吏部郎中、广东参政等。《黔诗纪略》录其诗一首。

《山水移集》题辞

凡物不解移，天地成彳亍。

世法不能移，尘踪纷仆仆。

能移能不移，所重超流俗。

触手挥五弦，聚精良易笃。

先生移我情，乃在沧海曲。

循此测至人，名胜胪仙箓。

君才贯白虹，追琢美片玉。

矫然凌霄姿，高韵餐霞旭。

杖履许同人，神情随境属。

标建赤城奇，石梁不容撰。

雁阵湖影秋，水帘时断续。

听雨复看云，邀月供醾醁。

幽胜不胜收，奚囊文锦缛。

剪水削芙蓉，川岩归结束。

灵异不自知，子春宛相勖。

贻我碧琅函，启函星斗烛。

错落玉盘珠，蔷薇露频浴。

陈元纶

陈元纶（生卒年不详），字道掌。明末福建人。《雪交亭正气录》卷三"丙戌纪"载其"名重士林者三十年。闻变，不食死；世之名下如陈先生者少矣！"

送别诗

一帆迢递自江湾，王谢高风尚可扳。

玉岘瀑飞千岭表，丹霞峰峙四溪间。

藏山标义由来度，勒石分题未得闲。

闽客相思湖上梦，早携方竹踏烟还。

注：此为送别杨龙友诗。

周祚新

周祚新（生卒年不详），字又新，号墨农，或呼墨龙，贵州卫（今贵阳）人。明朝崇祯丁丑（1637）进士。授户部主事。杨龙友之妹夫，工绘画，尤擅墨竹。《黔诗纪略》录其诗七首。

明霞洞

岩岩石洞透青霞，清沚微芳峙一涯。

芟径漫留书带草，延阶须植合欢花。

雨声滴沥欺残箨，雪意潆洄斗晓茶。

寂寂洞门春色隐，谁从沧海问桑麻？

折枝牡丹

绰约新承雨露泽，名葩应自粲琼台。

何人忍下并州剪，剪取春风枝上来。

落花诗（二首）

其一

丁丁伐木应青峦，樵径花香锦似攒。

谷口漫迷红紫雾，不知家在几千盘。

其二

鱼竿袅袅钓丝柔，花港潆洄放叶舟。

月午渔歌声彻浦，层层锦浪打船头。

周镐

周镐（生卒年不详），字瞿瞿，新贵县（今贵阳市）人。祚新子也。

东越咏怀

梦想当年倚碧桐，此生何事道终穷。

小窗雪压堪幽独，大地回春少异同。

寂寂琴声谁共语，棱棱鹤骨自翔空。

归来重续山前道，三过梅花岭上风。

别苕溪

荒城十里桑，相对溪光久。

莫作来朝云，暂时且握手。

斗屋

聚敛精光一室中，携将两耳不随风。

高人击竹还长啸，未许天花散太空。

钱点

钱点（生卒年不详），字鉴涛，丹徒（今江苏镇江市）人。明末官监纪。钱邦芑之侄，随侍叔父邦芑隐居余庆蒲村。有《勖庵集》。

出洪边门

重来下马扣荆扉，半亩荒园蝶乱飞。

桥北数家留过客，青山如旧主人非。

注：洪边门，今又写作"红边门"。明天启六年（1626）张鹤鸣建，是当时贵阳外城的四门之一，位于东北隅，城门已毁，仅存名为地名。

他山感旧

山头谁种树参天，种树人今去几年。

树老逢春枝尽发，可怜人去不知还。

原注：他山诸树俱开少叔手种，今叔
去为南岳僧且十年矣。

编者注：他山在余庆蒲村。

李司宪

李司宪（生卒年不详），字明允，
贵阳人。崇祯末年（1644）岁贡。唐、
桂王时为纳溪知县。未儿乞归，教书
乡里。有《省躬录》《拟陶集》，皆
不传。

黄宾纶见访明日即别

欲通远梦隔山河，意外翛然一杖过。

语竭漏声长夜晓，吟残花影满庭波。

回思尚忆前游迫，难别翻嫌此会多。

乱世不堪论聚散，生前相见且高歌。

木编 —— 清朝之部

风流拟见灵和柳　大雅还闻正始音

吴中蕃

吴中蕃（1618—1695），字滋大，一字大身，晚年别号今是山人。贵阳人。著名学者、诗人。崇祯十五年（1642）举人。南明永历年间出任遵义、重庆知府、礼部仪制司郎中兼吏部文选司郎中。后隐居芦荻（今石板镇芦荻村）。入清，主纂《贵州通志》。有《敝帚集》《响怀集》《断砚草》《断砚草二集》。

赠周载公起渭

两世通家虽在昔，一时聚首却从今。
风流拟见灵和柳，大雅还闻正始音。
欲觅替人欣已得，可知倒屣自难禁。
愿将绝俗超凡事，慰我相期无限心。

龙山六咏

钻姆愚丘以子厚而得名，名固视其人哉！然钻姆愚丘之得名，子厚之不幸也。余避地龙山十有七年，溪山涧谷，助我非少，而未尝一字酬之，岂人之不足名耶？抑溪山涧谷之未易名也！癸卯（1663）夏初，游泳之次，一拳一勺，不至辱吾墨渖者，辄予以品题，又各锡之以嘉名。或以形，或以致，或以意，要使境足运吾笔而不惭笔，可永斯境而无憾！后之人按吾诗以索境而境传；按斯境以索诗而诗亦传，两相待而两相寿，岂偶然欤！虽然，名者造物所忌，陵且迁矣，又安知境与诗之必传哉！即使必传，又安有废放次且十七年于此，如吾之久习者哉！则诗可以不作，境可以不名也。抑又思之，钻姆愚丘未必人人至之，而或人人至之者，子厚之记为之也。即钻姆愚丘今且荡为冷烟，鞠为茂草矣，而尺策陈煤，犹若见其铮泓而突伏，则非子厚之记为之，子厚之人为之也！夫子厚少年躁进，晚乃见道，然已虽悔靡追后之人，犹因其文而重其人，以悲其遇焉，则诗又何可不作，是役也，境凡有六，诗亦如之。

款端峦

小室面苍峦，岩威独改观。
都无昵物意，时作伟人看。
静对祛浮妄，微吟领秀寒。
幽踪千古秘，犹怨墨光残。

旅瑰岑

水已循溪去，陀犹逆浪争。
一团苍水璧，万古冷烟萍。
竹箭充庭至，丝萝列槛呈。
是山能住我，未免为多情。

蟆颐泉

乳窦似蟾蜍，盎浆同皎魄。
娟娟未尽施，瀺瀺仍无迹。
一饮换肝脾，频看起痼癖。
谁怜风雨宵，此处存寒碧。

却月洲

山麓展元洲，回环抱碧流。
乍疑蟾下饮，长见魄沉钩。
芳草无非荘，幽怀不但秋。
无人坚一卧，才让与凫鸥。

箔春洞

裂壁吐谽谺，千年猿狖家。
偶来探石髓，遂得饭胡麻。
不欲人皆尽，时开壁一罅。
应知深僻处，别自有榴花。

瀺炎瀑

一缕注山脐，晴空见舞霓。
豪情余洒落，冷态自凄迷。
莫近热中客，应将洗耳题。
秋风且勿忌，夺我响玻璃。

原注：夏泻，秋伏。

尤爱溪晚泛（二首）

其一

从此生涯付小舠，自操两桨弄轻涛。
傍人野鸷如仙侣，到耳寒泷胜楚骚。
水意未甘终石隐，云情偏喜斗峰高。
安卑岂必皆贤达，尽阅浮沉悔昔劳。

其二

晴溪一曲足流连，忽听渔歌起暮烟。
峡转暗将山态换，藤垂暂许石心坚。
孤云来住翻如累，好月窥临实未全。
拼掷此身鱼鸟内，不劳车马愧林泉。

徙居芦荻（四首）

其一

扫迹何辞竟入林，堪怜世态使人深。
轻披太古烟霞色，始遂当年泉石心。
花径药栏看鸭斗，笔床茶灶梦鱼沉。
平生自笑休回首，识面山灵讶自今。

其二

不必名山始可藏，山名原不乐人扬。
只兹历落崎岖地，岂许寻常浅近方。
天念无归才付与，予因有竹始成行。
但须引手聊芟补，已类花溪旧草堂。

其三

乞得清虚第一丘，层层松菊裹烟绸。

路迷乍可凭香引，客至还多仗鸟留。

石傍梅根还自起，鹿闻琴响不成游。

盘餐况有溪堪采，任是王公莫与羞。

其四

自来行止等游丝，但着烟林但觉宜。

屡有寻求将客误，渐无名字与人知。

耕渔足了半身事，木石才堪百世师。

每坐溪头向水笑，遑遑舍此欲何之？

草堂成（三首）

其一

更辟层峦数亩余，半栽梧竹半杉桐。

固非求洁难容唾，亦未全孤尚有书。

侍母每将身作杖，课儿且用笔作锄。

不知天上仙何似，料只穷荒乐隐居。

其二

离却纷拏梦不难，山中事事结清欢。

新移美蒨搜岚活，渐去枝蔓纵月宽。

隔暮小虫能报雨，未秋暗壁已生寒。

大鹏斥鷃逍遥一，无用中天七宝栏。

其三

买天半角不须楼，竹屋三楹亦自幽。

惨碧深笼人面失，秾香初谢客衣镂。

只容日月生怜爱，不向丹青觅卧游。

风雨寒炎都懒出，汲泉或可到溪头。

竹天

　　坤山以芦荻名，而所得乃在竹，熊掌之取，讵燕婉之求云乎哉！于其所命之以天，是盖能自全其天者。

贵竹之贵贵以竹，自昔归来少寓目。

即令搜讨时一逢，不过寻常两三簇。

那能快眼况满意，每笑此君真落穆。

未及买山先问竹，意谓无竹荻亦足。

岂知荻反是虚名，户户琅玕媚幽独。

屯阴积晦自为天，裹石穿篱气难束。

清风何曾一去林，稠烟惯傍深丛宿。

奇光洒洒扑面流，鉴我须眉尽成绿。

游眺未已杂坐卧，恍然对彼人如玉。

乃知此物具遐心，不在嚣尘在空谷。

春深紫箨迸苍苔，能使肌肠不见促。

一蛇一蚹防护周，见谓食笋宁食肉。

非关好语出痴腹，自是君家原疗俗。

虽或知爱未知敬，劳劳为尔还叮嘱。

移家尚觉隔日遥，盈亩恨莫终朝速。

徒乞纷纷恕一贪，犹胜时贤苦征逐。

众香园（三首）

其一

才承虎让与云贻，便觉壶丘远逊兹。

一叶也须劳想置，寸峦那得苟施为！

倘无仙骨休来此，不为花愁且任之。

年憩石床忘出去，园林何苦太幽奇！

其二

一花未尽一花开，碧冷红腥孰剪裁？

心与化工争气运，力为草木达英才。

独行频得云相伴，欲语旋呼鸟下来。

何处更寻干净地，此间除却或蓬莱。

其三

新栽竹树渐成林，草软苔腥履迹沉。

况有好峰能供目，更无一事可关心。

已知行乐无如早，谁谓居山不在深？

我欲看花花看我，轻飔一瓣使思寻。

山居（二首）

其一

谷转溪回费客寻，偏于路尽得平林。

山川亦有嗜奇癖，竹树原无媚俗心。

落笔窗前云怒起，挥弦石上月沉吟。

奚奴局蹐撼忠谠，为述前岗虎迹深。

其二

丁年避乱偶经过，遥望林峦翠一窝。

口渴思浆如玉液，足穿得屐胜云靴。

傲人鸡犬窥天上，拒客荆榛满路阿。

今日移家来此住，回思三十九年多。

岂凡岩

今古山川具，何人识此岩。

夹天成一线，蘸影曳孤帆。

猿每来争坐，藤犹切固缄。

非关乐奇僻，髓骨岂能凡！

注：岂凡岩，今象鼻岩。

尤爱溪

是可忘机处，何须定大川。

岩巉防虎斗，縠软畅鸥眠。

屡至神皆易，言归足未前。

莫将余影去，一过市城边。

注：尤爱溪，今天河潭翠溪。

天桥

水穴山而出，人行其上。

水弱无强遇，去疏山作桥。

流行俱不碍，鞭架总何消。

未觉身飞渡，空闻涉待招。

幽人原履坦，世见谓凌霄。

蜃洞

山水相为幻，成桥复结宫。

已能宏吐纳，安肯不玲珑。

几讶游天上，谁云入地中。

足萝兼胆瓠，蜂蚁事无穷。

潘一桂

潘一桂（1620—1687），明末清初著名诗人，字豹人，号溉堂，陕西三原人。因其家乡关中有焦获泽，时人因以焦获称之。有《遥闻姬人作歌》《冬日·数椽茅屋闭寒烟》《送钱受之宫詹北上》《大店驿·一身随物役》等。

《山水移》赞

索月于指，谥之日愚。

执声于弦，谥之曰侏。

弱豪陋墨，烟霞之奴。

天地之迹，蒙而不舒。

龙友郁兴，玄照天迪。

含美既深，奋之于笔。

自舞自蹈，以举胸臆。

志气为真，雁宕为影。

精旷以启，虚微独领。

形去影归，灵心隽永。

朱文

朱文（生卒年不详），字湄云，号大傲。明末清初广顺州（大部为今长顺）人，崇祯时诸生。明亡，弃冠服隐居。与吴中蕃友好，长于写诗，弟子李专传其诗法。《黔诗纪略》录其诗十七首。

游相宝山示息知上人

乘醉逃禅散步游，闲云笑我碧山头。

忘年古木栖玄鹤，超劫朱栏卧白牛。

开路昔人沉电火，弹丸故国事蜉蝣。

欲来就此同君住，弄月吟风任岁流。

新秋过饮南明河有感

杖藜随兴俯江沱，白发临风感慨多。

醉后有心怀北地，倦游无梦到南柯。

垂杨隔岸飞黄叶，短棹横流破碧波。

七十余年减瞬息，桑田沧海竟如何？

曹价人状头招饮以诗见嘲和之

我爱曹公子，风流多蕴藉。

二十夺状头，三十称诗伯。

长剑倚青天，高门列画戟。

叱咤生风云，六诏流惠泽。

富贵不骄人，功名垂竹帛。

玩世余青眼，襟怀原自白。

广交天下士，美酒能招客。

好景不独赏，良辰各须惜。

捧出紫霞杯，相逢倾玉液。

觥筹相交错，追欢忘形迹。

漫漫雨花天，天乐奏于席。

暑气顿然消，凉风生两腋。

不减禊兰亭，今朝兴共适。

诘朝期南明，仍话松间石。

我归倩人扶，倒著软沙帻。

童子双鼓掌，笑同山公癖。

毛奇龄

毛奇龄（1623—1716），字大可，又字于一、齐于，号西河，又号秋晴、僧弥、春迟等。萧山人。康熙十八年（1679）举人。与毛先舒、毛际可并称

"浙中三毛"，博学鸿词，授检讨，与修《明史》。有《西河合集》，分经集、史集、文集、杂著，共四百余卷；词集《毛翰林词》。

送钱刑部提学贵州

都官视学本含鸡，帝里春风惜解携。

五卫兵踰关索岭，诸生试待犵獠溪。

城连箐竹蛮云暗，岩畔芭蕉瘴雨迷。

一曲湘灵应听去，龙荒原在洞庭西。

黎彭祖

黎彭祖（1629—？），字务光。番禺人。遂球次子。明思宗崇祯间贡生。有《醇曜堂集》。清同治《番禺县志》卷四二有传。

赵宪副说于贵筑遇天竺僧命作诗记之

不识人间字，遍寻中国泉。

发长能一丈，齿少亦千年。

山辟居牙气，舟消黑蜮烟。

绝餐知几度，危坐未曾眠。

杨雍建

　　杨雍建（1631—1704），字自西，号以斋，浙江海宁人。清顺治十二年（1655）进士。曾任贵州巡抚兵部左侍郎。有《抚黔奏疏》《弗过轩诗钞》等。

观风台

城上高台接混茫，天都风物郁苍苍。
云封雉堞千村绕，地并乌聊六水长。
见说春溪仍乐土，安知歙浦一残疆。
黄峰极目徒相望，赢得愁恩满客囊。

　　注：观风台，又名观象台，位于今省委侧面小山，下临南明河。相传蜀汉诸葛亮南征牂牁时，大将马忠驻兵于此。清代贵阳八景之一。

黔灵山题壁（二首）

其一

青山隐隐白云横，一片闲花野色晴。
溪上数椽茅屋稳，绿阴清昼存书声。

其二

翠嶂清溪跨白牛，乐眠水草已忘忧。
横吹铁笛无腔调，水月松风一韵收。

檀山涧

夕阳西下万山低，但有飞鸦向客啼。
那似檀山幽涧水，和烟和月响前溪。

洗钵池

万斛泉源一鉴明，闲来洗钵有余情。
照心不待澄波月，鸟语松风趣自生。

释赤松

　　释赤松（1634—1706），俗姓韩，法名道领，号赤松，祖籍浙江。少习儒，性嗜佛，得临济法，誉为佛门颜回。其先由浙迁长沙，经潼川，后随父定居贵阳。康熙十一年（1672）创建黔灵山弘福寺，为该山主持以终。曾著《黔灵山志》。有诗集《游行草》二卷。

王士祯

　　王士祯（1634—1711），原名王士禛，字子真，一字贻上，号阮亭，又号渔洋山人，世称王渔洋。山东新城（今山东桓台县）人。清顺治十五年（1658）进士。官至刑部尚书。"神韵说"集大成者。有《渔洋诗集》等数十种。

题田纶霞漪亭读书图

清远如苕雪，檀栾即渭川。

卷帘度沙鸟，倚槛集江船。

渔父歌相答，郊居赋早传。

披图忆田叔，幽思满林泉。

田雯

田雯（1635—1704），字纶霞，又字子纶、紫纶，号漪亭，晚号蒙斋。山东德州人。顺治十八年（1661）进士。康熙二十七年（1688）至三十年（1691）任贵州巡抚。有《山薑诗选》《古欢堂集》《黔书》。

阳明祠落成诗

年少非凡灶，波澜是大儒。

文章真挺拔，事业不枝梧。

经术探微奥，人伦立楷模。

官从驿吏谪，路向夜郎趋。

箐黑人行少，云黄鬼昼呼。

抗言飞瘴雨，流恨听山鹧。

石郭身心契，龙场岁月徂。

庭频来呴舌，书可射封狐。

何陋清嘲解，寅宾道貌臞。

晴岚半轩白，斜日一川乌。

每作奇才叹，空怜善后图。

知音劳典午，贝锦耻狂奴。

逼塞遗祠破，苍茫胜国吁。

名臣新建少，前辈晋溪无。

剥蚀搜残碣，精灵谒大巫。

娉婷防妒忌，魑魅苦揶揄。

莎沼安鱼婢，风亭放鼠姑。

绿匀含竹粉，红腻妥桃须。

地酹蛮官酪，笙吹僰女芦。

四山夕排闼，怅望蹋春芜。

春灯词（八选三）

其一

春声乍沸夜如雷，报道寒花带火开。

三寸酸黄柑价贱，一盘蒟酱并传来。

其三

城北城南接老鸦，细腰社鼓不停挝。

踏歌角抵蛮村戏，椎髻花铃唱采茶。

其四

白纳乌蒙旧有名，水西柳畔是龙坑。

奚官金勒连钱马，串作花灯蹀躞行。

注：白纳，指白纳长官司。

送徐道冲

黔山无雁到，秋色正堪怜。
之子忽相访，万峰生夕烟。
鸣蛩金筑夜，凉雨菊花天。
送尔东归去，临行割半毡。

碧峣书院歌吊杨升庵先生

堁风菵露哀牢疆，山川瘴疠难禁当。
新都公子老戍客，孤臣万里堪悲伤。
年七十二金鸡杳，白头摇落西南羌。
当时世庙议大礼，撼门痛哭千夫强。
仗节抗疏言矫矫，手触蚕尾投蛮荒。
程子不作朱子死，今昔濮议谁斟量。
大礼未定大狱起，批鳞折槛空激昂。
璁萼诸人耻同列，讵知作俑来丰坊。
明堂秋飨复聚讼，余毒林甫争拍张。
呜呼先生遂不返，箐酋峒獠群相将。
木弩含沙火云热，天教老啖红槟榔。
吴粉傅面两丫髻，簪花拥伎何徜徉。
都卢倒吹泼醉墨，樊儿观者如堵墙。
白狼啖咷鸟嘫弄，百斛文鼎非寻常。
雷硠光焰留南诏，好手浓煎班马香。
我摭残编罗几案，如嗅艾纳兼都梁。
藻采标格称绝调，矧于大节尤堂堂。
海庄故墟碧鸡麓，猩猩白昼啼书仓。
巾杖逍遥须眉古，图画遗像生光铓。

竹桧一径夹流水，菊干枫落寒云僵。
潮州儋耳同一辙，祠庙屃赑摩青苍。
小子作茧自裹缚，形骸枯槁眠黔阳。
焉得升阶更剪纸，招魂归送蚕凫乡。
高吟死去谁怜句，呆呆冬日朝在房。

陆次云

陆次云（生卒年不详），字云士，浙江杭州人。康熙诸生，授河南郏县知县，曾两游贵州。有《澄江集》《玉山词》《峒溪纤志》等。

夜郎竹枝词

油柞关西油柞东，夜郎王去夜郎空。
芦管做笙铜做鼓，苗童唱歌苗女舞。

注：油柞关，今名图云关。

陈廷敬

陈廷敬（1638—1712），本名陈敬，字子端，号说岩、午亭，泽州阳城（今山西省晋城市阳城县）人。清代宰相、学者，《康熙字典》总修官。顺治十五年（1658）进士。官至文渊阁大学士、吏部尚书。有《午亭文编》五十卷，其中诗歌二十卷；《午亭山人第二集》三卷等。

金山怀史蕉饮却寄周桐埜（二首）

其一

空明浮玉插青霄，姑射仙人近可招。
却望芜城诗思好，大江钟送海门潮。

其二

青山犹是六朝非，走马金陵昨日归。
万古澄江净如练，有人解忆谢元晖。

原注：始余订交桐埜以《午亭文编》卷十九《金陵怀古诗》。

编者注：周桐埜，即周渔璜，号起渭，一字桐埜，康熙时贵州著名诗人、学者。贵阳花溪有桐埜书屋，为周渔璜儿时读书处。本书中"桐埜"或指周渔璜其人，或指桐埜书屋。

江阁

江阁（1634—1701），榜名越阁，字辰六，别号祥㭏生，明朝新贵县（今贵州贵阳）人。康熙二年（1663）举人，举博学鸿词不第，任益阳知县、解州知州，有善政。有《江辰六文集》《春芜词》。《黔诗纪略后编》选其诗二十一首。

舟过罗家河

倚棹愁荒寂，空江到画屏。
真山翻似假，顽石亦皆灵。
村杪拖烟白，云颠嵌树青。
水禽知选胜，独占此沙汀。

戊辰除夕

虎符新在手，驽骑尚依然。
凋瘵真难挽，疮痍剧可怜。
忧劳唯此日，蹂躏始何年。
自笑砧砧者，无鱼那待悬。

涉海螺山诸滩

缘溪回短棹，是境尽移情。
云日从峰变，雷霆入地生。
穿林通野市，隔岸见孤城。
只为耽幽思，湍流绝不惊。

喜吴天章至自蒲坂

久违冰雪后，相对两萧然。
有榻留徐稚，无钱与郑虔。
更深重话旧，烛剪欲忘眠。
不识千秋后，诗篇若个传？

上巳吕仪部招游平山堂分赋

嫩草芊芊满径生，故宫三月未闻莺。
几行绿树连东楚，万叠青山出石城。
曲岸花深歌舫慢，小桥风定酒旗明。
封侯平固真潇洒，郊外流觞宴步兵。

越珣

越珣（生卒年不详），字山公，贵阳人。康熙壬子（1672）举人。有《澹峤轩集》。

秋日游凭虚洞

一龛藏古洞，陟礚为寻幽。
云气忽然合，天风吹不休。
水争三峡险，山使五丁愁。
览胜真清绝，新凉况入秋。

潘德征

潘德征（1640—1713），字道子，号亦，贵阳人。潘驯之子。清朝康熙八年（1669）举人。官云南罗次知县，署武定知府，后归隐。有《玉树亭诗集》《贫居集》。

早发

万峰藏冷月，匹马度荒城。
偶忆家园梦，难禁客邸情。
鸦翻残影出，风突乱烟生。
自笑何为者，劳劳又远征。

夕阳

万壑生烟后，寒空返照时。
岚光纷历乱，秋色共参差。
寻寺孤僧远，归林独鸟迟。
凭高吟望久，处处画中诗。

送王佐人还贵阳

晚来霜月冷，处处捣衣声。
送友还三径，愁余到五更。
明朝云里路，冬夜酒中情。
欲慰相思意，秋风鹿早鸣。

登东山

危峰开曲径，步步入烟深。

寺古资禅悦，人闲长道心。

当杯残馨落，依杖宿云侵。

归路斜阳里，飞鸦返旧林。

王式丹

王式丹（1645—1718），字方若，号楼村。江苏宝应人。年近六十中举，为康熙四十二年（1703）状元，授修撰。参与编修《明史》《大清一统志》《皇舆图表》《渊鉴类函》《佩文韵府》等。有《楼村诗集》（查慎行编）二十五卷，收录诗词1836首。《四书直音》一卷及《灵豆录》。

云月篇·送桐埜前辈视学畿南

我爱云在天，又爱月在水。

云影高莫攀，月色清无比。

先生神妙姿，云月襟袖里。

早岁富文章，大名黔中起。

翔步瀛洲亭，光采一何绮！

搜材吴山巅，罗阶悉杞梓。

今兹秉文衡，冰壶剔尘滓。

奎璧照畿圻，矩矱被多士。

我生快追随，余论常震耳。

词场建大旗，下走奉尺箠。

一咏与一觞，淋漓忘我尔。

外人不得知，真气互终始。

凤翔自威仪，鹤立在神理。

梦想结岩林，气味接兰芷。

往往诵新篇，莫逆笑相视。

薰风挈海榴，行旌出帝里。

纵不隔关河，竟须违杖履。

古人重别离，三日生咨鄙。

况乃历岁时，后会方偻指。

朋好每过从，思君曷能已。

春空云细生，秋渚月如咫。

玩丹复看云，晨夕缅遥企。

查慎行

查慎行（1650—1727），初名嗣琏，字夏重，号查田；后改名慎行，字悔余，号他山，赐号烟波钓徒，晚年居于初白庵，故称查初白。浙江海宁人。康熙四十二年（1703）进士。有《他山诗钞》《敬业堂集》《黔中风物记》。诗见《敬业堂诗集》卷三十八《槐簃集》。

周桐埜前辈督学顺天

先生人中龙，天与君子性。
平时颇跌宕，临事乃刚正。
忆昨典浙闱，量涵江海净。
无私消谤焰，冰雪久弥净。
至今桃李门，得士最称盛。
数椽居帝里，贫过荥阳郑。
俸钱付书估，斗酒谋主孟。
时复召朋侪，琅琅发高咏。
弹丸跃奇句，传写宁待竟。
李杜韩白苏，篇篇资考证。
他文率称是，手笔谁能倩！
以此彻主知，蓬山复无并。
趋营几新辈，时事梳妆靓。
恬澹其素然，卓哉觇品行。
国家设遣补，拔擢半长令。
庶常间改授，历职例不更。
敢云著作庭，迁转薄谏诤。
于公实久次，事异初征聘。
比者适乏人，铨曹列名请。
终焉寝前议，上赖天子圣。
宫坊俄晋秩，侍读继申命。
小试惜宏才，留为作人庆。
使星不莅蜀，畿辅亲为政。
古来豪右区，当代儒风竞。
文通山后族，武达代来姓。
一一操管从，妍媸归皎镜。
将空冀野群，往矣执衡柄。

弦琴祝拂拭，匣剑待磨铿。
苞苴自不入，篱棘何妨摒。
必若振先声，务须厘疾病。
朱衣群吏导，绛帐诸生迎。
讵非稽古力，荣宠一时并。
公貌谦愈冲，公怀直且劲。
和光得人爱，严气生我敬。
良辰乍招携，临别心炳炳。
城南好亭榭，快若披画帧。
每来必迟留，天水互澄映。
饮徒散将尽，自此稀游泳。
计公还朝日，吾已理归榜。
赠言抒所怀，甘被俗嘲评。

黔阳踏灯词（五首选一）

其一

川主庙前喧笑来，花蛮狡狯学裙衩。
马鞭拦入北门去，闲杀新城普定街。

注：普定街，在今云岩区黔灵西路。

同赤松上人登黔灵山最高峰
（四首选二）

其三

诸将开边振鼓鼙，几时京观筑鲸鲵？

巴赉未脱金牛险，上贡长闻枥马嘶。
事异汶阳休许鲁，谋新曹沫恐轻齐。
乱山中有豺狼穴，曲突何人议水西。

其四

渡泸沟畔辟新阡，瘦棘荒苔半石田。
渐有疏烟生郭外，那无一雁到天边。
蛮方对景怜佳节，客路登高感去年。
落帽台孤风雨暗，短裘长路又三千。

齐天乐·辛酉贵阳立春

东风两度年头尾，新春旧春如替。
雪点湘苹，烟开湖柳，又看山梅到此。
蛮妆绾髻，待踏月场开，芦笙旋起。铜
鼓声中，青红儿女且欢喜。

乡风处处都别，岁花频改换，只添
憔悴。鱼上冰鲜，酒迎腊白，略似溪肴
村味。东君有意，感就我他乡。依依万
里，也拟郊游，鞭丝谁共理。

次韵答周渔璜前辈见寄

结习多生未易捐，得公投句喜跫然。
远山拥髻潭如镜，秋水平阶屋似船。
已外形骸犹有梦，不离文字岂能禅。
祇应借佛论诗境，何法真超色界天。

西河·春晴偕彭南陔吴雁山登照壁山佛阁

春乍霁。漏天景色清美。岩峦无
树可栖烟，翠屏凝紫。出郊未惜马蹄
遥，举鞭直上岧硗。怀古意，登眺耳。
程番今又何地。风云满眼几人歌，几人
雪涕。

桑沧陵谷两无情，危栏讵忍长倚。
战场草、浅尘不起。变青红、血痕初
洗。下瞰孤城井底。笑井蛙、曾此跳
梁，只在夕阳边、鹃声里。

注：程番，指贵阳。贵阳府曾名程番府。

高其倬

高其倬（1676—1738），字章之，
号美沼、种筠，辽宁铁岭人，隶汉军镶
黄旗。康熙三十三年（1694）进士，迁
内阁学士，历任云贵、闽浙、两江总
督，乾隆初官至工部尚书，卒谥文良。
有奏疏及《味和堂诗集》。

宿翠微寺

林樾互蔽亏，冈峦相枕带。
径回云磴高，溪转石梁隘。

进泉溅人衣，冲风振松籁。

烟生墟里间，日下牛羊外。

步屐随昏鸦，闻钟宿香界。

咏香与顾书宣陈南麓汪安公同赋

掩冉清芬散，缊缊薄雾微。

未浓飘欲断，渐远拟仍飞。

侵晓生芳径，因春上舞衣。

轻呵妆后镜，寒下夜浑帏。

汤殿融融水，兰釭夜夜辉。

一星篝火炧，六曲绣屏围。

月榭初经雨，邻花不掩扉。

蝶回知有恨，风定若无依。

锦荐余温在，罗巾旧事非。

背人匀麝罢，临水握兰归。

荡子同韩嫣，名娃胜鲍徽。

辟邪须作佩，莫只重珠玑。

送陈南麓同年之奉天府丞任

甲午夏月次鹑火，陈君东去丞陪京。

月题之轮约青幰，翩翩白马悬朱缨。

风吹苍髯拂肩领，长身突兀双颧赪。

后车轮困载坟卷，前驱合沓罗旗旌。

路人如堵看祖帐，客前陈辞酒再行。

山海之东富奇诡，水产陆孕纷千形。

熊肪三寸削玉白，鲟鳇一丈如龙狞。

活掎挺鹿掣生尾，痴掩雏雉披柔翎。

巨蛤腴腹莹见子，芽蕨拳饱肥税萌。

八梢偏口略粗俗，黄羊水獭犹膻腥。

君到正遇八九月，应饕北食忘南烹。

郭外日红看放猎，月轮压地排千兵。

鹊弓可手称鸾箭，驯驹口熟知人情。

马上射生下草橄，吏卒喈嗻官寮惊。

书生如此良不恶，行矣最乐余何营。

我时避坐亦为寿，敢有所献君吾听。

蒲河铁岭我故土，身虽不到心能明。

皇家大业首辽沈，有汉关陕唐汾并。

膏原块圠二千里，崇墉岌嶪一十城。

薇局中开应箕尾，王气直上联魁衡。

已闻方召降乔岳，宜有董贾钟菁英。

后生无师孰埏铸，适喜硕彦司胶黉。

愿稀射猎课文史，数亲短椠疏长荣。

别裁讹体定涂轨，披汰瓦砾搜璜珩。

中和乐职正宜作，子渊之后君再生。

大海泱泱浸日出，长山矗矗撑天青。

纵探极目厉其气，推排河岳鞭风霆。

发为声诗被弦管，常武是弟绵是兄。

便就童子觅何武，或有骨骼堪公卿。

采风九牧贡轩陛，升歌一阕通神灵。

咸池云门见光景，金泥玉简基云亭。

君不见，

元和韩碑睨典诰，刘诗柳雅窥齐盟。

生平羞与曹桧伍，归其视我当继声。

吴旦

吴旦（生卒年不详），字复旦，贵州贵筑（今长顺）人。康熙甲子举人，隐居广顺。明末清初贵州著名诗人吴中蕃之子，有《漱石草》。

晚夏纳凉

梧阴已过墙，推枕别羲皇。

树脚留残雨，山眉媚夕阳。

私蛙登草阁，幺凤宿花房。

野色苍茫至，迎风闻暗香。

送人归吴

丈夫不得意，掉首说当归。

久被浮名误，谁言耕钓非。

野花迷驿路，秋日上征衣。

去去休回首，江南蟹正肥。

刘子章

刘子章（1655—1707），字道闇，别号豹南。贵州贵筑（今贵阳市）人。清康熙辛酉（1681）解元。选玉屏教谕，迁镇远教授，擢襄城知县、山西道监察御史、山西正考官。曾奉命巡视河东盐课。有《豹南诗集》《又忆录》。

逐酒篇

与尔征逐四十载，瓮盎几百觥几千。

半生作客常独宿，一夕无尔不成眠。

催诗每嫌叵罗窄，对月常怕鳟罍悭。

小院春回爱畦绿，东篱秋老怜菊妍。

如此情景更宜尔，兴酣其何能弃捐。

尔乃乘机肆奸宄，内攻外讧陈戈铤。

平日守口如瓶人，飙忽倾倒惊四筵。

几事不密成转败，动令经旬膏火煎。

吾腹本是尔窟宅，沧海岂合为桑田。

包藏祸心乃至此，向衰元气不复完。

昔者大禹疏仪狄，此生更勿来吾前。

寸田尺宅待重整，方隅位正中枢坚。

从兹日食一盂粥，青蔬白水佐芳鲜。

神清力健解诵读，次第还我腹便便。

李专

李专（1655—1741），字知山、知三、艺三，号白云居士，贵州黄平人，一说息烽人。拔贡。鄂尔泰督贵州，聘其议助军政，后监修《贵州通志》。有《白云居士集》。

东山

望里招提别有天，楼台隐隐隔苍烟。

短筇出郭寻幽径，野鸟呼人上极巅。

摩诘不来谁作画，生公如到许栖禅。

只愁灵谷钟山水，未免嘲讥此地偏。

都门访樊昆来侍读

芳杜洲边叫子规，满城宫柳绿参差。

曾为王粲登楼处，尚忆中郎倒屣时。

几水重逢成久别，罗浮窃听有新诗。

鱼书一向无由寄，最喜今朝近凤池。

题墨竹

琅玕三尺凡五节，节节思化仙陂龙。

谓非与可不能办，竟是黔人周墨农。

祚新其名又新字，诗歌行草人推崇。

注：祚新，指周祚新。

潘淳

潘淳（？—1749），字元亮，一字南坨。贵州贵筑（今贵阳）人。善书法。自幼聪敏，颇负大才。清康熙二十六年（1687）乡试副榜，历任湄潭、施秉教谕，清镇卫教授。康熙五十四年（1715）进士，改翰林院庶吉士，官散馆检讨。曾有《春明草》《橡林诗集》。《黔诗纪略后编》收有其诗六十五首。

水西

鸭池渡过登雄关，层层石蹬摩青天。

回看江水碧玉带，束以翠嶂浮晴烟。

东西画界一水阻，卢鹿窟宅纷绵延。

北连三巴西六诏，夜郎自大由何年？

往者明祖片定鼎，愿置九驿奢香传。

贵荣妄谋清减驿，阳明片纸温犀然。

封狼生躯曰邦彦，与奢阳恶阴句连。

深沟绝屯凭险固，长枪硬弩资凶顽。

犯滇犯蜀困金筑，涨空虐焰几无前。

太原中丞误深入，逾年弭节无声援。

雄兵十万内庄没，以身殉国垂青编。

桓桓山阴朱司马，出奇制胜功名全。

苗薅发栉遗孽尽，渠长列壤安穷边。

区区安坤谋叛逆，前车之覆懵懵焉。

皇朝赫赫布圣武，犁庭扫穴文命宣。

置兵置吏规制备，不苛不欲官司廉。

势弱不难就羁络，力小容易加箠鞭。

至今帖伏八十载，弦歌响彻长林间。

衣冠尽变毡笠陋，山川亦觉云霞鲜。

乔木幽谷迥异处，断头掉尾成空言。

安氏不断仅如线，一顺一逆存亡悬。

一语更寄抚夷者，服膺以德毋忘旃。

注：金筑，即贵阳。

王瓒

王瓒（生卒年不详），字尔爵，贵州贵筑（今贵阳）人。康熙五十三年（1714）举人，康熙五十七年（1718）进士，改庶吉士，授检讨，改监察御史，转刑科给事中。

雪涯洞次陈方伯韵

凭虚身在白云边，杰阁峥嵘势插天。

一抹残霞日欲暮，数星渔火夜初然。

豪吟不碍庾楼兴，净业新逃鹿苑禅。

谁驾铁船浮黑海，愿将七日换千年。

注：雪涯洞，在贵阳次南门外，前临南明河，后附"金杯玉盏坡"（今文化路斜坡）。洞系明人开凿，深广不过七米。洞上有玉皇殿，洞前有来仙阁，清代时"雪涯秋柳"为贵阳八景之一。

宋至

宋至（1656—1725），字山言，晚号方庵，河南商丘人，著名藏书家宋荦次子，宋筠弟，藏书家。康熙四十二年（1703）进士，授翰林院编修，以翰林任贵州副主考。著《纬萧草堂诗集》《牂牁集》《瓯钵罗室书画过目考》。

抵黔界

楚泽猿声听已哀，可叹又入瘴云堆。

千峰紫翠浑无定，一日阴晴便几回。

谕蜀相如推赋手，开边庄跻擅长才。

愧予报国成何事，旌节空教万里来。

张其瑾

张其瑾（生卒年不详），字惟庸，贵州贵筑（今贵阳）人，康熙年间诸生。

招酒篇

今世之可与饮者，耐堂先生（《逐酒篇》作者刘子章）一人而已。昨忽有《逐酒》之作，虽非其本意，然唐突酒星不小。韦山酒徒闻之恚甚。亟作《招酒篇》寄之，庶几李斯谏逐客之意。

明月有亏日有蚀，酒星皙皙千万年。
江河可竭海可陆，不涸不溢惟酒泉。
就中一种真淳味，顽者可圣凡者仙。
不识不知不揖滚，直驾黄虞追葛天。
尧舜禹汤及周孔，千钟百榼由来传。
亘古英雄赤帝子，乘醉奋剑大泽边。
厥后伯伦称酒帝，酒诰典谟相后先。
淮南子孙实仙侣，平生乐圣兼乐贤。
胡为一旦废家法，无情竟著绝交篇。
体有不平或自取，何乃于酒相尤愆。
此论一出祸天下，和气何当肆铲镌。
华胥有国忽不祀，群仙走诉通明前。
我生于世竟何有，止于欢伯真有缘。
举杯曾与誓天地，海枯石烂无弃捐。
欲向杜康乞灵曲，酿酒沧溟成酒田。
昨日忽闻此恶语，惊怪叹息不成眠。
愿公持酒遍祭告，且喜且饮且被湎。
更招狂奴作巫祝，醉倒大叫李青莲。

再招

招酒之明日，蜀中名士范与石见之叹为奇绝。且曰："此堂堂之论，耐堂心折矣，然试更以情言之，庶逐者自悔计之左乎。"因成斯篇，与石且读且饮，大醉而去。

昔日相如归成都，鹔鹴曾脱典市酤。

长安贺监逢李白，为欢亦解金貂沽。
千古高人推五柳，白社无酒足趑趄。
汉家相国日饮醇，民歌宁一原非诬。
神仙只在酒杯中，枉用入海求方壶。
市上醉人真至瑞，卿云彩凤徒区区。
酒中七贤与八仙，姓氏直与山河俱。
古来多少独醒者，一例长往毋乃愚。
人生天地何所有，功名富贵皆子虚。
谁起鲁阳挥白日，举觞痛饮真良图。
一年三百六十日，一日不饮犹非天。
兴来那复问升斗，耳热但知歌乌乌。
拔剑斫地亦多事，醉倒但用春风扶。
身后有名竟何用，况为后世谋田庐。
请问后事谁能计，房杜子孙今何如。

吴昂

吴昂（生卒年不详），字霞举，贵阳人。康熙年间人，官福建晋江知县。

偶然作

见书随意读，得酒不须留。
但适当前兴，何劳千岁忧。

史申义

史申义（1661—1712），原名伸，字叔时，号蕉饮，江南江都（今江苏扬州）人。康熙二十七年（1688）进士，充云南乡试考官，转礼科掌印给事中。与周起渭并称"翰苑两诗人"。诗学陆放翁，有《芜城》《使滇》《过江》等集。

金山寄桐埜

青山犹是六朝非，走马金陵昨日归。
万古澄江静如练，有人解忆谢玄晖。

瞿脉

瞿脉（1662—1725），俗姓笪，生于黔北，二十余岁即出家，拜赤松和尚为师，遍参海内名禅。清康熙四十三年（1704），继赤松和尚主持黔灵山法席。工诗、善书法，与当时名士周起渭、潘德征等交游唱和。

黔灵山题壁

行李萧萧两鬓华，担头犹自插梅花。
会稽踏遍无人问，还访孤山处士家。

刘青藜

刘青藜（1664—1707），字太乙，一字卧庐，号啸月，清河南襄城人。康熙四十五年（1706）进士，官庶吉士。有《高阳山人诗文集》《金石续录》。

寄周渔璜检讨

昔年得君诗，携自梅啖熊。
桃源笑荒唐，哮豁开群蒙。
讽谕寄蚁夺，莫邪试铦锋。
两章交璀璨，星月蟠秋空。
歌罢再三叹，常恨不相逢。
时君方计偕，献赋蓬莱宫。
旋受凌云知，吐气如长虹。
浊水清路尘，悬隔更重重。
何意逃空人，倏闻足间跫。
况乃凤所慕，长蒿遂倚松。
箧底出新诗，纵横老弥工。
就中榷关吏，排比见始终。
怒瘿知有人，吾自快心胸。
青镜变黑髭，斋房芝何功。
作者不出世，韩杜文息踪。
獭祭戏兰苕，一例抹青红。
扣椠与学步，如鸟羁樊笼。
改辙就宋元，扶醉西复东。
捋扯仅皮毛，屈杀剑南翁。
买椟还其珠，郑人自瞽聋。

阿谁擎金翅，颔底摘骊龙。

辞章虽小技，雅颂匪雕虫。

百川方横流，捧土岂能壅。

旄纛树大将，兜鍪孰不从？

方今圣明代，挥弦歌南风。

新城与绵津，韶濩叶笙镛。

公随鸾鹤群，鸣和声雍雍。

淫哇及浮靡，刬削何所容！

我生困蓬荜，分知坐诗穷。

送君汝水岸，紫燕摇绿鬃。

谈舌久不掉，寸筳聊撞钟。

雌声愿终赐，莫负南飞鸿。

周起渭

　　周起渭（1665—1714），字渔璜，号桐埜，贵州贵筑（今花溪区黔陶乡骑龙村）人，著名学者、诗人。康熙二十六年（1687）乡试解元，参与编修《贵州通志》；三十三年（1694）进士；四十一年（1702）入翰林院，参与增修《皇舆表》；四十四年（1705）任浙江乡试正考官；五十一年（1712）擢侍读学士，充日讲起居注官，翌年晋詹事府詹事，参与编修《康熙字典》，奉命祭禹陵和明孝陵。有《桐埜诗集》。

郊游即事

晓起山光绿向西，出城幽鸟傍人啼。

阑珊杏蕊红千片，淡浅梨花白一蹊。

林际有风烟漠漠，路旁无草麦萋萋。

游人点缀春如画，醉后垂鞭上柳堤。

送宣子族叔令邵武（四首）

其一

家世久衰落，今逢振起人。

一官何足重，宿志此当伸。

车后千山雨，怀中万户春。

他年郁林石，归路不羞贫。

其二

忆昔家居日，为农兼读书。

儒风真素有，民瘼比何如。

身贵亦常事，士心当念初。

赢余定无益，家有旧田庐。

其三

地是无诸国，途经黯淡滩。

闽商富茶荈，越女竞萧兰。

水课征鱼户，香包问桔官。

传闻通海舶，奇异不须看。

其四

在山本同志，为客重相依。

恨折青门柳，知心此日违。

家书难寄远，杯酒为沾衣。

努力辞林鸟，烟霄各自飞。

注：宣子，即周钟瑄。

送马河宗令巴陵（二首）

其一

一舸湖南去，官间事事幽。

山川麋子国，烟雨岳阳楼。

橘社龙宫近，江花帝女游。

鼋鼍春浪阔，窗外看渔舟。

其二

老漕争衡地，鱼龙战血腥。

廿年烽火尽，千里稻田青。

水驿通吴会，云帆满洞庭。

恩波流处远，更勒纪功铭。

注：马河宗，名羲浩，明御史马文卿之孙，以贵阳府定番州籍中康熙二十七年（1688）举人，任巴陵砀山知县。周渔璜为其侄婿。

题查声山学士花溪石漾图（二首）

其一

落落长松阴，清溪一道深。

潺潺历危石，宛转入花林。

素鮞乐空水，凫鸥卧烟浔。

石上垂纶客，临渊非世心。

其二

春风吹钓丝，偶逐蜻蛉起。

还同花溪鱼，演漾花溪水。

长空写潭影，澄怀澹如此。

出处偶然事，论心付葭苇。

武陵为人写北窗高卧图

陶公卧北窗，梦寐无今人。

岂惟无今人，颓然非此身。

何处无北窗，卧者少真淳。

胸中失佳趣，几榻俱埃尘。

吾子虽今人，宛然葛天民。

携枕入华胥，遂卜紫桑邻。

萧条掩三径，松菊相与春。

可知梦醒间，庄蝶孰为真。

偶然南风来，吹堕漉酒巾。

春日游黔灵山示赤松和尚

尘土无因到上方，亭林风日净年光。
轻烟作阵扶杨柳，细雨如丝浴海棠。
忽听鸟吟天籁发，更闻禅语竹风凉。
桃花作饭终须悟，曲几何因着漫郎。

送张志尹暂假还黔

鸡肋功名可奈何，黄尘岁月屡消磨。
身于位业图中寄，心在溪山胜处多。
汐社人归思旧雨，秋江水阔足鱼蓑。
樽前苦觉尘缨在，且对沧浪一放歌。

注：张志尹，即张元臣，号豆村。贵州丙子举人，康熙三十六年（1697）联捷成进士，改翰林院庶吉士，授检讨。历官左谕德，充《佩文韵府》纂修。

扬州

竹西歌吹古扬州，倦客空怀驾鹤游。
十里春风千里恨，二分明月八分愁。
半天婀娜垂新柳，何处迷藏是旧楼？
今日断难留杜牧，盐烟金气暗邗沟。

泛舟西湖，夜半始归（七首选一）

天边明月光难并，人世西湖景不同。
直把西湖比明月，湖心亭是广寒宫。

注：袁枚《随园诗话》云："断句入耳，有终身不能忘者，写景则周起渭"。《西湖》云："若把西湖比明月，湖心亭是广寒宫"。

漫兴

九陌轻尘走钿车，闭门书帙任横斜。
茶香易醒朝来酒，睡美妨看郭外花。
垂柳渐浓莺识路，画帘初卷燕知家。
客途纵有风期在，苦为春愁益鬓华。

春日怀归二首（选一）

其一

扶筇日日上高台，愁锁烟云郁不开。
归燕北堂嗔雪在，宾鸿南国带春来。
梅花落后头增白，香篆销时念已灰。
一梦故园风物好，繁红如雨翠成堆。

康熙三十五年翰林院庶吉士周起渭桐垫北京悼奠（二首）

其一

庆历风流不可欺，见公谈笑我心知。

百年风月吹蓬鬓，两度沧桑照守眉。
前辈有文终坎壈，后生虽长未数奇。
从今故国徽弦暗，不向乡关再论诗。

编者注：守，据诗意疑为"宿"字

其二

灵光住世早潸然，每望冬春拜杜鹃。
魂去不依新鬼箓，梦阑犹记古山川。
生刍已少仓皇泪，东笋为期甲乙编。
一曲采薇歌正激，西周时节定谁怜。

注：周渔璜悼吴中蕃诗二首，为吴氏
后人提供。据樊晓文书贵安新区马场镇吴
中蕃墓碑图片录入。

禹陵二十四韵

好古吾生晚，探奇故迹幽。
偶兴微禹叹，重记儆予秋。
昔圣登封毕，书生仿像求。
全家安宙浍，今日礼松楸。
海色侵阶圮，山光拜冕旒。
绿云森叠嶂，翠刻列平畴。
庙貌依王制，封阡象帝邱。
厘夊新殿阁，侍从古诸侯。
瞻像魂俱肃，凭轩泪敢收？
梅梁失雷雨，窆石阅商周。
不睹中原大，安知帝力优。

乾坤初沉溰，宇宙各漂浮。
鱼鳖生何横，支祈猛未囚。
家庭迫沈恸，廊庙苦咨诹。
斧凿连山断，蛟龙一窟投。
人家初占土，城市始无舟。
八载忧劳尽，千畦霈泽流。
德空贻万古，身却葬遐陬。
岁久丹楹换，风豪木叶愁。
里巫浇社酒，天使献吴牛。
屡月江淮上，孤帆汗漫游。
山川寻不尽，天地决无休。
末世虚生感，神功岂易酬。
沈吟理归棹，仍听越儿讴。

金陵怀古（六首）

其一

钟阜犹存王气销，石城自打晚来潮。
行逢旧燕乌衣巷，偶听残莺白下桥。
风月一天袁虎咏，衣冠满地阿龙超。
临觞莫漫悲千古，六十年前是六朝。

其二

赌墅风流误后贤，屡朝狎客递当筵。
宫车惯入鸳鸯寺，台阁新翻《燕子笺》。
千载埋金悲故国，十州镕铁铸当年。
停云歌歇行云散，断送繁华尺五天。

其三

江孔倾危不足论，可怜名士亦脂唇。

犊车诣阙宁非妄，翟茀蒙尘岂是真？

削柿南流满淮甸，回戈东指下湘滨。

帝星长白增芒耀，前路驱除定有人。

其四

褒衣长袖说程朱，抛掷河山即大儒。

拟向兴朝作箕子，更难江左见夷吾。

高飞巢幕三春燕，惊飑危樯半夜乌。

江令曾为北朝客，归来还省断肠无？

其五

《尔汝歌》如《水调》长，

江南江北共凄凉。

不知横锁千重断，尚恋回舟一水香。

《红豆》按歌空有泪，

《庭花》比玉恰逢霜。

到今无客悲禾黍，旧院人还说顿杨。

其六

汗简年来未可期，秦淮逸事有谁知？

寇家姊妹梨花样，魏国王孙玉树枝。

莺燕正啼春梦晚，龙蛇一起夜舟移。

可怜一片金陵地，消得刘郎几度诗。

分咏京师古迹得明成祖华严经大钟

钟在万寿寺，钟内外书《华严》《金刚》诸品名经八十一卷，沈学士度笔也。

鸿沟不割新亭毁，南兵百万刲羊豕。

九江夜盗鱼钥行，金川门开鼓声死。

袈裟瓶钵嗣皇髡，忠臣十族飘冤魂。

高皇钟虡幸无恙，不归异姓归宗藩。

九鼎迁移太仓卒，燕山峨峨建宫阙。

销锋铸锯一钟成，要比铜人高突兀。

当年杀戮成丘墟，凭仗佛力相忏除。

《金刚》《华严》八十卷，

蒲牢腹背分明书。

一字忏除一冤命，字少冤多除不尽。

钟声夜发老狐鸣，头戴髑髅暗中听。

只今事往三百年，零落草棘依荒烟。

红墙碧瓦半销毁，道傍翁仲行人怜。

忆昔索铜山海竭，悬钟十丈龙头楔。

铭勋不纪道衍功，衅涂即用齐黄血。

沈生字体平不颇，银钩铁画星骈罗。

宁知青史但一字，比较钟鼎尤难磨。

骨肉相残悲已事，憾留此钟阅三世。

乐安州外见俘王，南城宫中伴幽帝。

此时老佛西南行，荒陬一卷《楞严经》。

归葬西山不封树，到今谈者泪纵横。

金石寿长人不能，弹指千年多废兴。

君不见，

米脂贼来箭如雨，原庙编钟散无主。

万岁山头悲尺组，帝子王孙无处所，

血溅长陵一抔土。

周钟瑄

周钟瑄（1671—1763），字宣子，贵州贵筑（今贵阳市花溪区黔陶乡骑龙村）人。明广东崖州知州宏（其家谱作"弘"）稷之孙，四川布政使汝达之子，康熙三十五年（1696）举人。历任福建邵武、台湾诸罗（今嘉义）县知县、山东高唐知州、员外郎管台湾事、荆州知府。在台湾诸罗，民感其德，建祠塑像祭之。主编《诸罗县志》，有《读史摘要》《劝惩录》《遏云斋诗集》《生番归化纪》《松亭诗集》，诗见《诸罗县志》。

淡水炮城

海门一步地，形势可全收。
欲作图王想，来成控北谋。
台荒摧雪浪，砌冷老边秋。
欲闻沧桑事，麻姑尚黑头。

望玉山

晓风高卷日初生，一片晴光照眼明。
积雪不消三伏后，层冰常讶四时成。
疑他匹练非吴市，遮莫胥涛向越城！
大璞已教天地凿，山灵稳卧不须惊。

晓发他里雾

一枕清晖觉梦频，披云驱犊散轻尘。
投分南北依谁定，螺列东西辨未真。
向道但饶椎髻客，前呵不用放衙人。
平明好逐东升上，我亦从今莫问津。

吞霄观海

浩渺无因遡去程，仙槎客泛正须评。
轻浮一粒须弥小，包括恒河色界清。
世外形骸杯可渡，空中楼阁气嘘成。
情知观海难为水，更有红轮向此生。

登八里岔山远眺

褰裳直踞千峰上，万里苍茫一色同。
远目但余天贴水，近闻惟觉浪号风。
巨鳌有首低擎地，瘴雨无根直幔空。
寂寞斗牛谁再犯，好将消息问严公！

干豆门苦雨（二首）

其一

无赖阴云拂地垂，客愁如绪一丝丝。
那堪更向秋风里，卧听黄梅细雨时。

其二

蛮烟如雾复如云，缕缕连江幛夕曛。
犹喜长风能破浪，千山猿啸雨中闻。

番戏（五首）

其一

蛮姬两两斗新装，蹀躞花阴学舞娘。
珍重一天明月夜，春来底事为人忙。

其二

不拎檀板不吹笙，一点钲声一队行。
气味如何初中酒，山花翠羽鬓边横。

其三

联翩把袖自歌呼，别样风流绝世无；
番调可知输白雪，也应不似泼寒胡。

其四

野气森森欲曙天，维摩新病未成眠。
空余无限罗伽女，乱把天花散舞筵。

其五

一曲蛮歌酒一卮，使君那惜醉淋漓。
但令风物关王会，我欲从今学画师。

水沙浮屿

云根不堕地，牢落东山头。
天风与海水，争激怒生疣。
断鳌足簸扬，支祈任沉浮。
状若银河翻，回星漂斗牛。
又若乘杯渡，一粒乱中流。
山水有常性，动静安足求！
呼龙与之语，掀髯嗔我尤。
静极而动生，天地一浮沤。
大笑挥龙云，浮沙云未收。

北行纪

罗山山水海东雄，绵亘千里踪难穷。
朝盘赤日三千丈，浩气直与海相烘。
南抵茑松北半线，宛然块玉横当中。
职方禹贡虽未载，厥壤上上将无同。
惜哉大甲与中港，逼窄将次入樊笼。
后垄吞宵勿复道，辚车荦确走蛟宫。
天低海阔竟何有，环山叠裹如群峰。
坡陀巨麓一再上，划然轩豁开心胸。
竹堑分明在眼底，千顷万顷堆芊茸。
从他地老无耕凿，下巢鹿豕上呼风。
北邻南嵌亦尔尔，淡水地尽山穹窿。
东有磺山西八里，银涛雪浪争喧轰。
鸡笼小瓮坚如铁，红夷狡狯计非庸。
蛮烟瘴雨今昼暗，石寒砌冷鸣霜蛩。

中有乌蛮事驰逐，狂奔浪走真愚蒙。
可怜作息亦自解，但知顺则名难功。
我来经过聊纪载，惭非椽笔愧雕虫。
他年王会教图此，留此长歌付画工。

吴达善

吴达善（？—1771），瓜尔佳氏，字雨民，满洲正红旗人，清朝大臣，陕西驻防。乾隆元年（1736）进士，授户部主事，累擢至工部侍郎、镶红旗满洲副都统。乾隆二十七年（1762）任云贵总督。

壬午仲春登甲秀楼

为寻胜地一登楼，四面云山尽入眸。
多少春光题不出，柳烟轻宕小桥头。

汪沄

汪沄（生卒年不详），书法家。生平事迹不详，大致生活在康乾时期，曾任刑部司官。

挽周渔璜詹事用少陵《八哀·江夏李公邕》韵

大雅余几人，年来递沦替。
泾阳泪未干，君又地下继。
夙昔服君文，万卷有根柢。
英年出险语，落笔成佳制。
皇坟开突奥，干将避精锐。
上穿溟涬中，直造幽遐际。
光焰生万丈，蔚秀产荒裔。
清流出醴泉，造化非一例。
刻苦识性成，聪明秉天惠。
宝锷遽埋光，积恨填精卫。
石火不可留，招魂渺无计。
善者享大年，古语殊难泥。
菁英余唾欬，流露布人世。
蜂影花成房，兽文锦作罽。
青灯几案上，融液几经岁。
曩者述嗣艰，池上美谁继？
几卷身后书，恐难免残秽。
鹤鸣和断音，独听在阴唳。
对月辄停吟，当怀潜掩袂。
官贫复善病，不得罗媵嬖。
芝兰吉梦杳，似有邓攸势。
软语强宽排，愁颜少开霁。
何期悬崖落，一线竟无缀。
旅魂乡曲迷，万里凄风厉。
啼血染林梢，千山悲蜀帝。

空庭一棺寄，辆辁何时税。
堂上弃老亲，忍令哭拥彗。
清癯神素王，二竖遂致毙。
玉堂香案前，岂亦有深唶。
惟余兄及弟，两托同年契。
深情齐棣鄂，忘形接阶砌。
酸咸嗜以谐，廿载嗟易逝。
每把歌初成，沈雄复清丽。
奄忽成千古，人命本危脆。
未了一事在，重泉目难闭。
风雨发穗车，日沉碧天翳。
愁惨九疑云，零落丛山桂。
漆灯暗无光，关河远迢递。
平生尹班交，望绝孤坟瘗。
佭穷渺难问，降祸疑过厉。
修文骖鹤归，天际闷凝滞。
忠雅圣明结，藻鉴垂燕蓟。
卷留天地间，千秋炯无蔽。

贵筑旅春即事

年年寒食叠征衫，短发违心颇耐芟。
枕上相思碎鸣柝，梦中归路越巉岩。
敝裘笑我酬疏酒，粗粝旁人劝老馋。
欲达平安未成句，破窗风雨护灯函。

陈豫朋

　　陈豫朋（生卒年不详），字尧凯，号濂村，泽州人（今山西晋城）。康熙三十三年（1694）进士，改庶吉士，授编修。有《濂村诗集》。

赠别周检讨渔璜

头衔新换返邱园，胜旧清华渥主恩。
三载西清同翰墨，一番南澥独腾骞。
归鞭山路闻铜鼓，游屐云岩眺石门。
揽取燕台成雅集，芙蓉舫上谁共论？

胡学汪

　　胡学汪（生卒年不详），字小牙，五开卫（今贵州黎平）人，康熙间贡生。有《求志轩集》，《黔诗纪略后编》录其诗二十首。

曹维城

　　曹维城（1683—？），字价人，贵阳人。康熙癸未武状元，官至云南副将，辞官后居贵阳城南状元府，即今曹状元街一带。与青岩赵以炯、麻江夏同稣并称清代贵州"三状元",有《进藏纪程》等。

初秋登黔灵山赠瞿脉上人（二首）

其一

黔山精舍好，相对有名僧。

道悟无生妙，禅参最上乘。

茶煎涧中水，香霭佛前灯。

不许尘凡到，云岚护几层。

其二

居与佛庐近，探幽不厌频。

开来天外寺，隔断世间尘。

檐敞风烟细，窗虚景物新。

白云常住处，从尔问禅真。

白浦望蓼花

平湖红十里，繁穗蓼花丛。

历乱烟村外，凄清野渡中。

夜摇沙浦月，晓带柳堤风。

一眺遥无际，轻帆漾碧空。

曹石

曹石，字乖崖，别号飘然子，贵州贵阳府人，武状元曹维城之子。雍正二年（1724）武进士，御前侍卫、官副将。有《秋烟草堂诗稿》三卷、《飘然子集》。

游黔灵山后寄瞿脉上人

灵山之颠天同高，我来登此攀跻劳。

十步盘盘九步旋，青鞋布袜追猿猱。

谁携鬼斧驱金匠，石鲸铺作天梯上。

犹余峭壁矗千仞，时生层云胸臆荡。

忽开镜面万山阿，厜㕒庙貌壮山河。

三千世界千万魔，南无稽首笑婆娑。

员蟁蒲牢一一睹，历遍回廊兼西庑。

胜地原米字迹多，应是将军不好武。

踉跄又过最西厢，青苔亭子桂花香。

山僧惠我一杯水，心沁甘泉法界凉。

欲穿飞屐山岩趄，闻声惊悸藏彪豹。

原知腐鼠足解颐，一吓鹓雏忙不较。

拜读韩公岣嵝碑，可怜莽合并尘埋。

翠微佳处标双塔，独叹和南心未斋。

一跻层楼脱尘厐，唐家宝藏皆封轨。

沧桑指点有无间，为砺扬尘真偶尔。

我来最后遇生公，一喝棒头双耳聋。

茶瓜留客多幽兴，维摩座里雨花空。

阴阴白日辞山去，牢愁偏有金吾虑。

老僧送我黄叶林，回首白云迷去处。

匆匆又作下山行，溪桥扬柳咽蝉声。

海尘飞处投闲地，滚滚风波逐蚁生。
归后衷情不自恨，声作苍蝇纸画蚓。
封愁寄去白云间，试藉老僧聊一哂。

菊秋侍家大人游城东射圃（二首）

其一

东皋叨鲤对，落日澹横秋。
树自何年古，堂从此日幽。
翎花飞小的，凤饼试寒流。
薄暮山凝紫，何妨作小留。

其二

高隼横秋迥，孤云入暮微。
连甍迷远嶂，曲槛带斜晖。
数点寒鸦去，一行牧竖归。
将还仍复立，黄叶正纷飞。

游东山长句

百级招提径，攀跻力尚遒。
青鞋蹴石藓，踏破万年幽。
翛然临高阁，旷荡正消忧。
坐我云岚中，列我箦笃俦。
松杉碧蒙密，天音响飕飕。
江山浩无际，列列望中收。
欲留饮者名，遂与杜康仇。

谁贪五鼎食，我愿醉乡侯。
孤枕石头卧，清风为我留。
云岑发孤啸，音韵凤凰悠。
恨无万丈绳，系被崦嵫头。
明月空归去，山灵笑我不？

惜春

东风忽自天上来，桃花李花处处开。
我记花开九十日，看花何止千百回。
才见城北桃花红，又见城南梨花空。
一次看花一惘怅，愀然把酒临东风。
花片而今踏作泥，依依俯仰系人思。
唯余蝴蝶满芳草，缱绻留春飞去迟。

潘文芮

潘文芮（1688—1729），字右质，号彬也，贵阳人，后迁黔西，廪生。有《翠屏寄客集》，其诗选自《潘氏八世诗集》。

春游扶风山

倏动烟霞兴，春风酒一樽。
欣然随屐齿，不惜破苔痕。
花亚树如醉，日斜山欲吞。

句留归路晚，芳草恋王孙。

注：扶风山，据《黔南识略》记载："扶风山，本名螺狮山，在贵阳城东，乾隆五十九年改今名，梵宇清幽，颇称名胜。"

移家水西留别贵筑诸友暨许崑毓表弟

携家如泛梗，南浦怅悠悠。
金竹云千里，黄沙水北流。
举杯双鬓白，策马四山秋。
此后逢文会，诸君忆我不？

无米叹

厨人报无米，童仆色不平。
驱之邻家借，迟迟乃复行。
雪花满锅中，滚滚似泉鸣。
顾之还自笑，因念古人情。
十日不举火，尚有金石声。

注：古人，此指孔子的学生曾参。《孔子家语》："曾子居卫，三十日不举火，十年不制衣，捉襟而肘见，纳履而踵决，曳杖而歌《商颂》，声满天地，若出金石。"

雨后

纶竿昨暮雨中还，枕听芭蕉一夜间。
晓起熏风吹不尽，又从烟外见青山。

邹一桂

邹一桂（1688—1772），字原褒，号小山，又号让卿，晚号二知老人，江苏无锡人。雍正五年（1727）进士，授翰林院编修。历官云南道监察御史、贵州学政等，官至内阁学士。有《小山画谱》《大雅续稿》。

题雪涯洞（三首）

其一

劚崖营杰阁，突兀傍城隈。
曲磴盘云上，朱棂耀日开。
远烟清瘴岭，秋色在楼台。
隐约闻笙鹤，仙人自去来。

其二

元洞何年辟？穿幽透碧穹。
暗苔侵古佛，落木响晨钟。
壁净尘难到，龛深日可容。
有人夸白雪，题咏最高峰。

其三

辛酉秋深，又当瓜代，诸公设饯于
此，又题云：

筇竹枝为友，牂牁月是家。

六年边地客，一席小春花。

倚槛临清濑，停杯看落霞。

遥程计归雁，万里愧星槎。

照壁山

山势裁成幅，帆开未见舟。

游人常面壁，落日好登楼。

万井容窗隙，千峰插案头。

率然环雉拱，卓尔画扇秋。

拂藓寻题句，凭栏恣远眸。

啸空宜舞鹤，飞杖欲乘虬。

新月城筛动，疏钟梵吹幽。

归来衫袖重，携稿上鸣驺。

注：今云岩区有照壁山。

涵碧潭（二首）

其一

千年贮甲已全消，铜鼓无声夜寂寥。

幻出晴湖好风景，水亭花柳簇长桥。

其二

整日山头听鹧鸪，武侯祠畔浴双凫。

眼前风物思乡国，镜里江山入画图。

题东山十二景和潘橡亭元韵
（八首选三）

其二

蹑阁上层颠，忽然身入海。

拟作幻蜃观，汹波成礧硪。

其五

卓立一屏开，螺黛千松点。

苍翠佛头深，红尘岂能染。

其六

深柳乱红桥，澄波挂天影。

何来南海潮，吹上西风岭。

试毕贵阳口占（二首）

其一

案头积卷似黔山，萧艾芝兰去取间。

墙外忽惊红一丈，麦忙时节是吾闲。

其二

今朝执笔衡文者，昔日操觚应试人。

对卷岂能忘麦饭，泮池容易到蓬瀛。

田榕

田榕（1686—1771），字瑞云，一字南村，贵州玉屏人，康熙五十年（1711）举人。同潘淳是继周渔璜之后引起诗坛注目的黔中诗人，有《碧山堂诗钞》十六卷，附一卷。《黔诗纪略后编》曾选录其诗一百二十余首辟列专卷。

蒋厚符招集甲秀楼

杨花飞雪满春城，好事真能载酒行。
山自灵多开甲秀，水于清绝见南明。
也知令仆他年事，且趁登临我辈情。
胜迹长留成胜赏，中丞不见有题名。

和方伯陈公《游雪涯洞》韵（二首）

其一

跨马溪桥野渡边，清凉别观一重天。
山中樵响有时发，郭外渔灯相映燃。
路讶麻源第三谷，人参古德最初禅。
不知海上蓬莱股，飞冠黔灵几岁年。

其二

冈重涧复见林隈，古洞谁教天划开。
定有烂柯人隐去，那无攫板鹤飞来？
白衣苍狗朝朝幻，碧海黄尘事事哀。
试问洪涯一招手，恍然身到小蓬莱。

原注：谓郑疯子事。

陈法

陈法（1691—1766），字世垂，一字圣泉，晚号定斋，贵州安平（今平坝县）人。康熙五十二年（1713）癸巳科进士，历任山东登州知府、贵州贵山书院院长。有《内心斋诗稿》等，其《易笺》入选《四库全书》。

送人归黔

极目桑干水乳流，河桥车马去悠悠。
荒烟远树邮亭晚，疏柝寒星旅店秋。
楚泽江风临古渡，盘溪山月对孤舟。
知君天际应怀我，愁听滨鸿叫荻洲。

自长沙归黔留别

壬午春自长沙归黔留别碧朗和尚暨罗晋封王吉人。

罗君妙奕手，王君妙语言。
闻我驾归舟，相携送江干。
久客人情熟，况复棋酒欢。
停云遮山麓，春风扇芷兰。

我欲从君留，五年乡梦残。
我欲与君别，执手类嫡斓。
徘徊歧路间，去住两流连。
碧公冉冉来，长喝破疑难。
我心无挂碍，聚散各随缘。
赠我方竹杖，化作青龙盘。
骑之上霄汉，垂头恋青澜。
龙乎游太虚，复归湘与沅。
举手谢王罗，后会期灵山。

注：嫡妍，同斑斓。斑斓也比喻孝养父母。

送同年颜亦凡十首（选一）

国色天香看等闲，绕栏翻砌总斑斓。
可怜闽海风流地，数本为宜老塔山。

丁酉迎老母至都喜而有作

望云天末恋庭闱，此日欢娱亦当归。
瞻拜容颜话辛苦，长成儿女认依稀。
长筵初试莱衣舞，锦字何劳北雁飞。
回首关心还底事，家山魂梦到应希。

冬日偶作

爱此南窗日，皎皎照书龛。
务隙尘事屏，展卷豁烦襟。
古来作述人，冥搜意何深。
使我千载下，悠然见其心。
曩哲勤继晷，往圣惜分阴。
顾唯鲁钝姿，因循岂所任？
年力不长健，复此外累侵。
晚景触昏途，秉烛独侵寻。

钱载

钱载（1708—1793），字坤一，号萚石，又号匏尊，晚号万松居士、百幅老人，秀水（今浙江嘉兴）人。乾隆十七年（1752）进士，官至内阁学士兼礼部侍郎、上书房行走，《四库全书》总纂，山东学政。

观王文简公所题马士英画

王师南下不多年，司理扬州句为传。
落尽春灯飞却燕，江山如画画依然。

注：王师，指清军。司理扬州，犹言"扬州司理"。王士禛于顺治十六年（1659）任扬州推官（即司理），掌狱讼。

爱新觉罗·弘历

爱新觉罗·弘历（1711—1799），庙号清高宗，雍正第四子。1735—1796年在位，年号乾隆。

云贵总督富纲福建巡抚浦霖
各报麦收九分诗以志慰

六诏原陈约，八闽却报详。
均称九分获，未敢一心康。
即此蕴隆象，虞为禾黍殃。
吁天惟自责，膏泽庶几霶。

释性莲

释性莲（生卒年不详），江西章江人，乾嘉之际开创贵阳扶风山寺。有《雪斋诗存》二卷。

憩碧峰山兼赠见闻长老

碧峰如画里，倚树听流泉。
竹密笼萧寺，花轻雨梵天。
有僧频坐石，无鸟不通禅。
客去荆扉掩，还余君灶烟。

洪亮吉

洪亮吉（1746—1809），初名洪莲，字君直，小字稚存，别号北江、更生居士，江苏阳湖（今江苏常州市）人。乾隆五十五年（1790）榜眼及第，授翰林院编修，督贵州学政，有《洪北江诗文集》《更生斋诗余》。

贵阳元夕灯词（十首选二）

其四

金锁桥西送客回，趁人丛处广场开。
芦笙吹彻秧歌起，逐队花苗跳月来。

其十

疏杨成幄水如烟，错认江南二月天。
星月未来楼阁暝，万枝灯里漾秋千。

延江两生行
示贵筑熊生焕章思南安生

延江水，流千里。
一生居江头，一生住江尾。
熊生十八貌最癯，自搆竹屋临江居，
　　一室窘乏文丰腴。
安生英英年十九，从宦三年住清口，
　　落笔居然学刘柳。
我前持节来衡文，万言日试童子军，

惟二子者超伦群。

虽然日课文一篇，不若日读书一卷。

赤文绿字填方寸，激电惊虹注双腕。

嗟余迟草犹勤学，矧复生年甫当冠。

九垓一瞬何难届，尺璧寸阴宁得换。

抉起三霄翩欲全，远行百里程方半。

仁看子笔排风霰，会见余言匪河汉。

君不见蛮中一雨何绵连，

延江水流行拍天。

吾曹学术亦如此，努力来看有源水。

傅玉书

傅玉书（1746—1812），字素余，号竹庄，贵州瓮安人。乾嘉时期的著名学者，诗文作家。曾任贵阳正习书院主讲，编成贵州最早的一部诗歌总集《黔风录》二十四卷。有《竹庄诗文集》四十卷。

自省归行木耳山中作

山行数十里，辗转犹山内。

秋霖积丛阴，溪谷流汪沲。

高冈堕危石，累累横草莱。

轰隆下崩雷，奇鬼森相对。

安得驱五丁，一旦拔堆垒。

神禹施决排，烈山涤荒秽。

念此心目开，豁然失窒碍。

险阻生道心，盘错得胜概。

谷口见新月，娟娟自可爱。

何处扣柴扉，林间闻犬吠。

震天洞

游人舣舟春江边，风恬日暖鱼龙眠。

猿声鸟韵互酬答，我客语笑相攀联。

溯洄数里共惊顾，重听忽欲倾双肩。

遥指前滩落冰霰，雪花如手随风旋。

群龙破峡走东海，众鹤出浴冲苍烟。

怒风雷霆一时作，神色惨淡心俄延。

谛视长江下天上，真疑阊阖开訇然。

回舟一落径千丈，峰顶白日当青天。

荒村

春泥滑滑春雪寒，荒村日暮驰征鞍。

老翁见客面色难，强呼瘦女具一餐。

草木炊羹缶盂碧，榆皮作粉后腭干。

从来此地称富庶，何为粒食珍琅玕？

去年无禾且无麦，虽有陈粟皆输官。

年衰弱女足复病，欲去不得徒悲酸。

君不见，

处处村坊鸡犬寂，甘心转徙无盘桓！

谢庭薰

谢庭薰（1728—1798），字自南，一字兰谷，号韶庄，别号捧日生，贵阳人，著名书法家。乾隆十八年（1753）举人，历任毕节教谕、独山学正、永宁（今关岭县）训导、江苏娄县知县。曾纂修《独山州志》《永宁州志》《娄县县志》；刻周渔璜诗集于贵阳，称为谢本。有《洗心泉集》。

马跑泉集杜

将军胆气雄，兼存翊赞功。
开辟当天险，来看道路通。
崩腾戎马际，病渴身何去？
骢马新凿蹄，嵌宝潜泄濑。
是日慰饥渴，经齿冷于雪。
消中得自由，向来披述作。
危途中萦盘，行子旁水餐。
无复能拘碍，悬军幕井干。
泉源在庭户，汲引岁月古。
石间见海眼，虚觉神灵聚。
旧俗存祠庙，可怜忠与孝。
临风独回首，落落展清眺。

赵翼

赵翼（1727—1814），江苏阳湖人，字耘松，一字云崧，号瓯北。乾隆二十六年（1761）进士，授编修，历任广西镇安知府，官至贵西兵备道，曾佐两广总督李侍尧幕，晚主讲安定书院，诗与袁枚、蒋士铨齐名，又精史学。有《瓯北诗话》等。

毕节途次接璞函军营来书兼寄滇中诗八卷内有自朗州至贵阳诸作则皆余今日所必经地也拟尽和之先此驰寄并柬述庵（三首选一）

其二

黔山烟雾楚江波，曾记劳人展齿过。
残雪已无鸿爪在，退风今傍鹚飞多。
将君来路为归路，引我长歌又短歌。
独惜孤征少同调，联吟输尔有羊何。

十月朔日抵贵阳闻官兵自滇入蜀路经威宁余未及受代即赴宁料理过兵途次杂咏（八首选四）

其一

天许游踪遍八荒，一年辄易一殊方。
滇云粤峤都行遍，又记邮签到夜郎。

其二

才卸征鞍贵筑城，正逢驿送入川兵。

赴官并不携琴鹤，只驾单车叱犊行。

其三

罗甸罗施鬼国贫，当初都是处流人。

谁知今日蕃昌象，藤酒芦笙别样春。

其四

三两茅棚嵌碧螺，坡边荞麦水边禾。

万山深处都耕遍，始觉承平日已多。

将发贵阳开府图公暨约轩笠民诸公张乐祖饯即席留别（四首选一）

其四

解唱阳关劝别筵，吴趋乐府最堪怜。

一班子弟俱头白，流落天涯卖戏钱。

蒋士铨

蒋士铨（1725—1785），字心余，一字苕生，号清容，又号藏园，江西铅山人。乾隆二十二年（1757）进士，授编修。诗与袁枚、赵翼齐名，并称"乾隆三大家"，横出锐入，苍苍莽莽，不主故常，盖受黄山谷影响，讲究骨力。有《忠雅堂集》、《铜弦词》、戏曲集《藏园九种曲》。

为张惕庵前辈题东坡玉鼻骍券新刻拓本（丁酉）

史官作史史阙文，大夫畜马马借人。

春秋晚季已难见，东坡古义今犹存。

赠马还书券一纸，远虑拳拳故人子。

涪翁定值索高价，二十万钱谁办此。

方叔诞妄应数奇，福命不及章惇儿。

万事秋风吹马耳，塞翁得失徒嗟咨。

玉鼻之骍出天厩，岂屑低头计刍豆。

儋州黄州等伏枥，汗血无期伤老瘦。

人身马齿无百年，公据勒石千秋传。

杭州久入宋版籍，钱家铁券真可怜。

先生出宰山水县，万里颠黔疲马遍。

相看都是玉堂人，文章笑我书驴券。

相如老去赋犹能，归去三山塞独乘。

与人共敝应无憾，晏子之裘冻不胜。

注：张惕庵，即张甄陶，福建福清人，曾主讲贵山书院。

薛士礼

薛士礼，贵州黎平人。清乾隆三十八年（1773）镇远训导，后升贵阳府教授。

潍阳清明郊行

野外谁家背郭庄？数椽茅屋水云乡。

弯弯径里高枝竹，短短墙边细叶桑。

黄犊罢犁眠嫩草，绿蓑经雨卧斜阳。

流莺亦解耽幽趣，竟借庭柯巧弄簧。

狄觐光

　　狄觐光，字筑坪，贵州贵筑（今贵阳市）人。嘉庆十八年（1813）举人，历官清丰、宣化知县。有《秋客百咏》《燕黔诗钞》。

春阴

春阴似人意，醉梦两无著。

微雨暮阑干，海棠开又落。

黔灵山古松

遗迹常留万丈松，摩挲几度想枯荣。

携来一树开元派，植薄三霄衍释宗。

苍骨自随高衲古，清标不羡大夫封。

终年听饱菩提法，法语频施欲化龙。

三月

雪意作春阴，黄云四望沈。

关山孤剑气，风雨落花心。

野色团荒戍，边声到素琴。

燕然宜泐句，片石暮烟深。

秋海棠

点点相思色，秋来一断肠。

翠低鬈作效，红鬟泪犹香。

旧怨苔生砌，新情月倚墙。

移来斑竹侧，幽恨亦同芳。

论诗

满目诗坛语互倾，虚烟才过雾还生。

何须泥古分门户，先要超凡得性情。

大海风涛云乱涌，空山梅竹月初横。

劝君探遍兴观旨，李杜无劳月旦评。

刘清

　　刘清（1742—1827），字天一，号朗渠，又号松斋，贵阳人。由拔贡官蜀鲁，任四川南充知县时，号"刘青天"。后官至山东登州镇总兵，官阶为正二品。道光《贵阳府志》有传。

道光壬午年五月自曹镇任奉命致仕
返黔，俶装将行，赋得长句四章，
敬以纪恩，兼用志别（四首选二）

其二

秋风欲别转流连，回首云山缓著鞭。
千里桑麻弥海岱，万家井灶息烽烟。
驽骀未必知前路，樗散空都养大年。
叠荷君恩犹未报，虚名敢媲况青天。

其四

霄路何心振羽翰，鍪兜依旧换儒冠。
敝裘典尽书囊在，壮志销除剑匣寒。
十月冰霜时节改，一家鸡犬去留难。
真成日近长安远，独向浮云直北看。

月夜宿云门寺（三首选一）

其一

攀萝陟层峦，投宿远公宅。
众鸟不闻声，悠然夜方寂。

偶书（四首选二）

其一

愁是秋所成，经春偏愈剧。
耿耿有物存，驱之寡奇策。

虽或听流泉，泉声更凄激。
欲思凌风翔，而不生羽翼。

其二

神仙则谓予，君计胡太迂。
灵琐颇偃蹇，玉京亦崎岖。
三万六千日，疾于箭脱弧。
炼贡事丹砂，几人得其珠。

爱新觉罗·颙琰

爱新觉罗·颙琰（1760—1820），
清仁宗，原名永琰，清高宗第十五
子。在位二十五年（1796—1820），
年号嘉庆。

赐诗

循吏清名远迩传，蜀民何幸见青天。
诚心到处能和众，本性生来不爱钱。
有守有为绩昭著，无偏无欲志贞坚。
空群羡尔超流俗，明慎咸中治理宜。

注：此诗为赠贵阳人刘清诗。

何沅

何沅（生卒年不详），字春帆，一字芷溪，贵阳人。乾隆丁酉（1777）拔贡，官石阡府教授。有《淡远斋诗草》。

和沈逸云诗

为贫安薄禄，守拙称闲官。
白眼看人冷，青毡笑我寒。
栖迟三亩足，高卧一庐宽。
欲学苏门啸，怡情问四难。

王国元

王国元（生卒年不详），字晓亭，贵州贵筑（今贵阳市）人。乾隆甲午（1774）举人，丁未（1787）进士，补刑部主事，迁郎中，出为南宁知府。罢官归，主讲贵山书院。

夜过洞庭

当秋湖水落，犹自壮波涛。
天阔星光大，烟空月影高。
渔舟歌水调，楚泽问《离骚》。
遗事都终古，低徊付短毫。

郎葆辰

郎葆辰（1763—1839），初名福延，又名遂锋，字文台，号苏门，晚号桃花山人，浙江安吉人。嘉庆二十二年（1817）进士，授翰林院编修，掌印给事中，升贵州粮储道，官至御史。有《桃花山馆诗稿》。

黔中杂咏十首（选九）

其二

九里回环百雉墉，满城乱石积重重。
人家就地忽高下，山色撑天各淡浓。
十丈蛮云春黯黯，一川瘴雨水溶溶。
公余退食浑无事，管领烟霞付短筇。

其三

四围村落翠微间，生计民无片刻闲。
放茧客寻新长树，种荞人上未开山。
沿严小草花偏艳，遍地危坡石总顽。
荒寨夜深闻犬吠，有人踏月赶场还。

其四

野老黄冠笑语亲，相逢多是太平民。
政如虎猛终非福，官亦鸡廉不碍贫。
火耨刀耕风自古，蛮花瘴草物皆春。
居人直胜陶彭泽，谁向桃源更问津。

其五

信步清游任所之，偶寻古迹便题诗。

白云芳草阳明洞，流水桃花丞相祠。

连日雨风茅补屋，几家门户竹编篱。

归来天气初晴候，带泾烟痕正晚炊。

其六

奉檄千山万壑中，闲来比户验民风。

留宾呷酒筠筒碧，唤妇舂粮稗子红。

有屋石皮沿路盖，无衣柴火合家烘。

谁非覆载生成内，边傲还疑造化穷。

其七

南明河上住年年，风景依稀在目前。

盈涸皆因无本水，炎凉不是有情天。

层崖上越盘盘岭，碎石中开薄薄田。

十二郡城三十县，女墙多傍乱山边。

其八

石田收得几多粮，即遇丰年也类荒。

难保孤村无盗贼，须防破屋有牛羊。

老农盼得秋瓜熟，稚女擎来野菜香。

最是棉花声价贵，只寻山茧制衣裳。

其九

动念民依敢自安，山城水漫救荒滩。

建瓴直下三千丈，移粟谁来十八滩。

人已无家戍雁户，屋空有架类牛栏。

我侪靴袜谁能脱，坡老徐洲一例看。

其十

有苗遍绕夜郎城，八十余家旧有名。

花布裙裁云五色，芦笙人唱月三更。

礼文拜跪差能会，讼狱言辞半不明。

寄语宰官勤抚字，尧阶干羽八风平。

余上泗

　　余上泗（生卒年不详），贵州镇宁人，乾隆二十五年（1760）举人，曾任黎平黔西学正。才华横溢，为世所重，其《蛮峒竹枝洞》一百首，数百年来不断被学子称引。

蛮洞竹枝词（四首）

其一

侏僮对客语如惉，壁后烹鸡唤小男。

看待官人惟呷酒，持竿开取两三坛。

其二

魍魉应从此辈欺，时看鸡骨代灵龟。

病来不假神龙药，只拟邻村召鬼师。

其三

吹笙月下见人无，投石山头击草庐。

有事正劳阿嫂恕，闭门推出小姑姑。

其四

婚姻仍复倩媒求，不管花巾月下酬。

颜色自夸阿妹好，聘牛多索两三头。

注：仲家称女子为阿妹。男女情稳，然后议婚，以女之颜色为聘牛之多寡，有要至二三十头者。

阮元

阮元（1764—1849），字伯元，号芸台，江苏仪征人。乾隆五十四年（1789）进上，历官云贵总督，大学士。有《揅经室集》《十三经注疏校勘记》等三十余种著述传世。

翠微阁

水南小阁题名后，一段林峦未可忘。

黄叶多时有霜气，翠微空处即秋光。

眼前画意任舒卷，溪上诗情谁短长。

莫怪阑干人倚久，勾留清景是斜阳。

舒位

舒位（1765—1816），字立人，号

铁云，自号铁云山人，小字犀禅，大兴（今属北京市）人，生长于吴县（今江苏苏州）。诗人、戏曲家。乾隆五十三年（1788）举人。从黔西道王朝梧至贵州，为之治文书。有《瓶水斋诗集》《乾嘉诗坛点将录》等。

黔苗竹枝词（二首）

其一　白苗

折得芦笙和竹枝，深山酬唱《妹相思》。

蜡花染袖春寒薄，坐到怀中月堕时。

注：嘉庆二年（1797）所作苗族爱情诗。

其二　宋家苗

识字耕田不记年，男昏女嫁两茫然。

似渠打鸭休相笑，胜索开门一种钱。

注：宋家在贵阳，相传为春秋时宋国裔，楚蚕食上国，俘其民而放之南海，遂为流夷。颇通汉语文字。男帽女笄，将嫁。男家遣人往迎，女家则率亲党箠楚之，谓之夺亲。

图云关纪别

侵晓离奇唱鹧鸪，雨丝风片最模糊。

一肩书剑从来惯，满眼关山半语无。

昨夜酒樽犹北海，明年春雨又西湖。
倩谁解说相思者，写个天涯送别图。

注：图云关，人称"黔南首关"，今
贵阳森林公园北门入口处，老贵阳九门四
阁十四关之一。宋嘉泰元年（1201）始建，
古代贵阳东出湘桂的咽喉。

吴兰雪

吴兰雪（1766—1834），又名嵩
梁。江西东乡人。嘉庆初举人，道光
九年（1829）奉命任贵州乡试考官，
道光十年（1830）知黔西州事，曾捐
俸创办阳明书院、玉屏书院。有《香
苏山馆诗钞》。

黔南花木杂咏（八首选一）

刺梨花

嫩朵繁枝剧可怜，乱山深处马蹄前。
水西已悔寻春晚，孤负春旗卖酒天。

高寨勘狱

笋舆攲侧下前坡，磴滑泥深险又过。
一水横流争路出，四山乱石比人多。

户庭不幸生荆棘，枭獍安能脱网罗。
惭愧革心无善政，狱成翻遗泪滂沱。

访奢香夫人墓（二首）

其一

五朝封爵守边隅，杖镂银鸠佩虎符。
大宴椎牛开帅幕，高秋贡马入皇都。
勋名继起唯良玉，方略同参有赎珠。
巾帼岂徒兼智勇，臣忠妇节古曾无。

其二

锦伞朝天剑拂霜，殿前雪涕见高皇。
能消边衅收都督，重戢军心服夜郎。
九驿路开山关险，一抔人拜土留香。
丛祠未建吾滋愧，光泭贞珉字数行。

周际华

周际华（1772—1846），字石藩，
贵阳人。嘉庆三年（1798）举人，嘉庆
六年（1801）进士，授内阁中书。因政
声显著载入《清史稿·循吏传》。有
《省心录》《共城从政录》《海陵从政
录》《广陵从政录》《辉县志》《感深
知已录》《家荫堂诗稿》传世。

溪居

江边结舍两三家，近水柴门柳暗遮。
忽听哪哑声渐近，老渔沽酒酌林花。

放舟

倚玉愧蒹葭，秋宵水一涯。
云寒侵断岸，风急卷圆沙。
渔火两三处，砧声四五家。
遥怜金筑夜，几为祝灯花。

清晖阁

水阁临虚牖，清光满玉壶。
冠襟凉似洗，河汉澹如无。
淇澳杯君子，千旄咏大夫。
水乡游览编，还拟住西湖。

随刘松斋先生南下（二首）

其一

头白已鬅鬅，将军画舳南。
无钱原是癖，偏钵岂为食。
风雨挑灯坐，功名扪虱谈。
一枰棋已竟，鼾睡有余酣。

其二

世好兼姻娅，同舟亦半仙。
论文推老辈，对酒说前缘。
烛影王郎剑，江声祖逖鞭。
者番归故里，白石煮清泉。

注：刘松斋，即陈亮刘清。

乙酉赴选（二首）

其一

又理轻装赋北征，江湖魏阙总心惊。
风波满眼难由我，衰老从官转畏名。
衔石半填儿女债，出山先惧别离情。
几回打点图云去，何物朱提滞客行。

其二

孰唱阳关折柳词，漫劳香草寄相思。
题桥旧是英年事，伏枥难堪老鬓丝。
幸有诸儿能本色，喜无群季不连枝。
尔曹共矢青云志，勉读河干励志诗。

过曹州忆刘松斋先生

旧有生祠立定陶，运司军实最贤劳。
青天气落群魔胆，白发神寒壮士刀。
新镇乍移资硕辅，老臣已去受恩褒。
护城堤畔森森柏，七尺穹碑飚飚高。

送族弟听松赴南河工次

相马不嫌瘦，相士不嫌狂。

深知此意惟孙阳，得邀一顾终腾骧。

天生我才必有耦，牝牡骊黄恣众口。

听松听松来何迟，骥首云中得未有。

君目大如斗，君心浓如酒。

两双白眼一时青，一身转恨两分手。

广陵风雨海门波，问君何事趋南河。

南河通天入云汉，年年槎客从兹过。

会已少，别偏多，折枝柳，赋骊歌，

君驹千里我如何。

高廷瑶

高廷瑶（1759—1830），字青书，又字雪庐，今贵阳人。乾隆五十一年（1786）举人，官至广州知府。

劝农歌

春来矣，春气和，农民听我劝农歌，

山种杂粮田种稻，收成全赖种得多。

夏至矣，夏日长，原隰陌阡农正忙，

芟除粮莠去蟊贼，转瞬秋成俱可望。

秋稼成，望如云，一颗一田家珍，

割稻筑场实仓廪，莫将至宝饲及禽。

上下忙，完钱粮，农民莫欠官家账，

县差长不到门，一家妇子乐无恙。

傅潢

傅潢（1774—1837），字星北，一字筱泉，号松眉，贵阳人，嘉庆辛未（1811）进士。学政洪亮吉教之以汉学，又从翟翔时学故学行，咸有矩则，官至全州知州。有《庭训》四卷，《一朵山房诗集》十六集。

出郊行（五首选一）

其五

米盐料理委妻孥，客来主出易应付。

独余一事终歉然，庭间一日牒无数。

感事（二首选一）

其一

万政此官始，一身民命依。

独弦成响细，寸木槑材微。

谒陆象山先生祠（四首选二）

其二

图书万卷藏何处，但见灵台一寸炬。
静坐不觉身堕空，乾坤俨另辟门户。

其四

大江东去路日苦，泥陷沙沈讵堪数。
果得惺惺常此居，亦胜荒芜一片土。

金日琯

金日琯（生卒年不详），字虞瑞，贵州桐梓人，乾隆丙子（1756）举人，官贵州黎平府永从（今属从江县）教谕。

贵州十三府采茶歌（十三首选一）

其一

正月采茶上贵阳，定番广顺走忙忙。
开州龙里兼贵定，修文贵筑堆满行。

陈文政

陈文政（生卒年不详），字冠山，贵阳人。以优贡生官开泰（今贵州黎平县）教谕。有《醒迷亭乐府》《冠山诗集》（全集散佚，仅《开泰志》中存其一二）。

观瀑作

飞涛直落势飞雄，崖壑争鸣震碧空。
映日常留千丈雪，为霖直借一帆风。
山腰玉练何年系？天上银河此处通。
不道匡庐观望后，那知别有画图工。

花杰

花杰（1779—1839），字建标，一字晓亭，号茜士，贵阳人。嘉庆三年（1798）举人，四年（1799）进士，卒于江西布政使任上。忠直敢谏，有"花老虎"之誉。有《宝研斋诗钞》四卷。

新燕

去作一年客，来从何处归。
自怜相识少，不肯傍人飞。

春日登黔灵山

拨云攀磴践莓苔，小憩孤亭四望开。
白鹿竟随僧老去，青山依旧我归来。
泉流仍绕千层塔，春到新添几树梅。
到此风尘机已息，置身高处即蓬莱。

寒雀野梅图

峥嵘白石树槎丫，仿佛江村竹外斜。
雪冷山空无梦到，两三寒雀两三花。

古寺

驿程经古寺，小憩趁斜曛。
鸟去下黄叶，客来多白云。
梵声催月上，樵影隔溪分。
烧芋燃僧火，尘劳愧此君。

忧旱词

赤日隆隆煎下土，原田龟拆璺尺五。
嗟我黍禾然焦炷，农夫坐视泪如缕。
肥遗矫矫旱母舞，未见望舒离金虎。
捉来蜥蜴瓮底苦，咒他云兴浓雾吐。
小儿持枝群击鼓，愿将肥豕祀田祖。
泠泠数点甘露乳，骄阳犹自披云睹。
嗟我农人饥无舖，何暇绸缪破牖户。
安得力牧千钧弩，射杀应龙飞灵雨。

朱凤翔

朱凤翔（生卒年不详），字振采，贵州开泰（黎平）人。嘉庆（1796—1820）拔贡，任甘肃渭源、敦煌知县。与胡学汪、胡奉衡父子、倪本毅为"黎平四家"。有《审安堂诗钞》十卷，《续钞》五卷。

张澍

张澍（1776—1847），字百瀹，一字寿谷，又字时霖，号介侯，甘肃武威县人。嘉庆四年（1799）进士，曾在黔做官，有《续黔书》《养素堂诗集》，对辑刊《二酉堂丛书》。

寄怀张介侯

不见闭门张仲蔚，西风杨柳复如丝。
秋开霁景天山出，曲唱凉州下里思。
闻道著书疑有癖，那堪薄宦未忘疲。
楼头又过南征雁，细雨银灯客梦迟。

注：张介侯，即张澍。

林则徐

林则徐（1785—1850），福建省侯官（今福州市区）人，字元抚，又字少穆、石麟，晚号俟村老人等。清朝时期的政治家、思想家、诗人。官至一品，曾任湖广总督、陕甘总督和云贵总督。主张严禁鸦片，有"民族英雄"之誉，对西方主张学其优而用之。

题唐子方观察树义《梦砚图》

我辞炎州岁辛丑，未及端溪访石友。
怀中铁砚坳而黝，心欲磨穿事则否。
尺棰寸刀不入手，草檄飞书复何有。
砚匣尘封已蒙垢，投笔关门荷戈走。
旧雨逢君意良厚，肝膈交倾话杯酒。
示我古砚云腴剖，尔缕因缘叹非偶。
忠悃所贻属君受，梦魂乃告高堂叟。
时在季春日十九，市肆售来忘谁某。
岂知英灵默相诱，择人而畀待良久。
路隔珠江与峡口，梦砚得砚无先后。
回想孤忠昔授首，雪声堂暗风悲吼。
三十二策空覆瓿，石不俱焚独汝寿。
百七十年神鬼守，毅魄忠魂随不朽。
君能宝此若琼玖，际遇清时践台斗。
判事昔称民父母，草奏今登帝左右。
名父之子薪克负，明德达人天所牖。
筹笔宣毫慎勿苟，传世砚田胜千亩！

注：唐子方观察树义，即唐树义。

与巢松前辈为归田之约诗以坚己

为听春晖寸草吟，南陔我正切归心。
入林敢道招稚阮，游岳何期得向禽。
梦引莼鲈吴下舫，情移山水海东琴。
被他衮衮诸公笑，两个闲云懒作霖。

注：1819年赴云南主持乡试途中经贵州时所作。巢松，吴慈鹤字。清嘉庆二十四年（1819）闰四月二十七日，林则徐与吴慈鹤同时被任命为云南乡试正副考官。林当年35岁，而吴年事已较高，故称之为"前辈"。

麟庆

麟庆（1791—1846），即完颜麟庆，清代官员学者，满洲镶黄旗人。道光十二年（1832）补授贵州布政使。其生平之事多为记，记必有图，称《鸿雪因缘记》，又有《黄运河口古今图说》《河工器具图说》《凝香室集》。

月下

飞来一片月，挂在碧云端。
大地函清气，空阶积暮寒。
微风正萧瑟，孤影自团栾。

对此呼佳酿，更深独倚阑。

赠北极阁醉琴道上

久事元君泰岳巅，漫来此地奉金仙。
曲中山水参琴趣，壶里乾坤得醉禅。
十里明湖澄槛外，万峰秋色落尊前。
道心岑寂尘心定，话别长生一鞔然。

吴振棫

吴振棫（1792—1870），字仲云，亦作仲耘，号毅甫，晚号再翁，浙江钱塘人。嘉庆十九年（1814）进士，授编修。历贵州粮输道、贵州按察使、云贵总督。有《国朝杭郡诗续辑》《无腔村笛》《黔语》《花宜馆诗钞》及《续钞》一卷等。

过周石蕃借花草堂

始觉归田好，村烟带郭斜。
老慵耽野服，春赏借邻花。
风月能娱客，鸡枭自识家。
相从得清话，怜我尚天涯。

注：周石蕃，即周际华。

题藏甲岩

武侯藏甲人争诧，太白闻莺事亦奇。
休怪齐东多黔语，古来青史有传疑。

注：1987年，藏甲岩在贵阳旧城改造中铲平，建成海关大楼贵阳市规划局大楼及宿舍。

黔山杂述

西南入瓯脱，群峭忽奔辏。
纵横支干分，一九图经漏。
崇岙叠钩锁，刻画豁氛雺。
百状斫浑沦，一气孕坚瘦。
但经意想到，未算奇险构。
迤逦如屏张，妥帖等盂覆。
形端从臣笏，气猛战士胄。
欲行不行龙，将飞未飞鹫。
为阳辟阴阖，若神驰鬼骤。
脉急前后承，势仄左右救。
谺谻胁侧穿，空洞腹中透。
冷白搪孤铦，纯碧熨万皱。
倒空压鹏翼，旁突截马脰。
直教地形穷，方信天巧富。
仰掇星如棋，俯听雷出窦。
岚阴暗如梦，云气怒欲斗。
两崖架垂虹，一窾纳急溜。

迎曦谷含赭，裂璺石画籀。
危陉历渐尽，余势蓄犹厚。
稍稍疆场开，草草室庐陋。
柱短石覆檐，墙低版缩牗。
屋头鸡争啼，床下豕忽狗。
畸零不成村，双只或依堠。
窥人闯狂魈，夺路走惊狖。
深萝顽阴闷，怪树杂色糅。
松液胎人形，丹汞达奇臭。
毒荨愁钩穿，瘴蕊惧攀嗅。
嗟兹黔土硗，太半楚客偻。
靛畎割沟塍，獠界杂铫耨。
天寒衣掩肝，日午甑绝馏。
引藤劝斟酌，毁瓶招误诟。
畚争枯槎拾，碑禁哑泉漱。
睚盱心寡营，寒苦骨易寿。
矧彼种人繁，益慨夷俗狃。
铸刀先试人，伏弩工殪兽。
缚楮招寡雌，吹芦合蛮奏。
卜惟用荒茅，处竟穴深窦。
刜牛神莅盟，放虫鬼伏咒。
险则铤走疾，怒即群吠噢。
聆音耳如塞，睹状眼欲瞀。
悴肤怜仆衰，怖魄惜儿幼。
岂有险逾此，而竟客来又。
王程迫驰驱，野食互劝侑。
带悲移孔宽，字失剂壁旧。
侦逻绝铃柝，噱咄溷疱厩。

馆人㸃馈飧，客邸转匦绶。
宵惊梦多餍，乡远心自疚。
习劳健能任，脱险祸谁宥。
但歌《行路难》，敢悔作计谬。
安得付划夷，旷荡见宇宙。

答严缁生孝廉即送之黔（二首）

其一

文武无方略，平生负国深。
艰危遂如此，啸咏复何心。
边地才充少，劳生病易侵。
更谁相慰喻，佳语似风琴。

其二

一饱不可得，去家依故人。
疲驴万山雨，小别亦酸辛。
铁锁蛮江渡，松明店壁尘。
此行无劫帅，书问慰慈亲。

唐树义

唐树义（1793—1854），字子方，贵州遵义人。嘉庆二十一年（1816）中举。于贵筑（今贵阳）"待归草堂"（唐家花园）闲居。为《黔诗纪略》审例，有《梦砚斋遗稿》。

舟夜不寐怀直夫

几年踪迹赋江蓠，四海论交说共谁。
别后更无诗可读，近来惟有月相随。
曾游五岳君真健，不负千秋我所思。
记取长安风雨夜，一樽清对数吟髭。

罗绕典

罗绕典（1793—1854），又作老典，字兰陔，号苏溪，湖南安化大福坪（今大福镇）人。道光九年（1829）进士，咸丰三年（1853）升云贵总督。有《黔南职方纪略》《知养恬斋前集》《蜀槎小草》《玉台赞咏》。

题周渔璜宫詹《桐埜书屋图》

康熙朝视学浙江，复奉命祭禹陵及明孝陵，阅兵江南。方文辀先生，其门下士也。图为京江张素存相国题额，檇李沈宏图，百余年物也。

国初诸老盛风雅，黔南首推桐埜翁。
英年射策才第一，殿上作赋声摩空。
是时海内重经术，皇华四牡光熊熊。
东南半壁山水窟，天假绛节收豪雄。
遂梯茅山瞰禹井，海气江声荡文辁。
龙化梅梁湖水荒，鸟营会计泉台冷。

砭石亭前问禹功，怒涛尚锁支祁颈。
回首钟山霸气销，诸陵石马风萧萧。
金牌鹿蚀长生字，瓦殿鲸铿墓夜潮。
吊古长吁心独永，三尺腰横电光炯。
破碎金瓯往事非，剩水残山谁管领。
归来虎帐握牙璋，天语传宣气奋扬。
凫藻声和令如水，八十七营亲颉颃。
乃知真气贯胸臆，武达文通并奇特。
丹青傥许画凌烟，褒鄂犹当借颜色。
揭来偶展《桐埜图》，书生骨相何清臞！
水光树影伴岑寂，面目严冷神恬愉。
京江老人首题品，画笔萧疏檇李沈。
泠然洗我心头热，愿向桐阴借高枕。

咏周渔璜宫詹《西崦春耕图》后

绿柳拂烟霄，桃花满洲渚。
布谷催春耕，新晴歇秧雨。
奚奴饷耕携酒脯，画意依稀少陵杜。
谁欤画者鸿胪禹，桐埜先生乃田父。
我闻先生天挺豪，手综文阵兼戎韬。
底事长馋白木柄，蕉衫芒履耽频劳。
冰衔尚署周太史，身在东华软红里。
岂厌簪组太喧嚣，要借田园相料理。

君不见：

渊明五斗懒折腰，归来植杖耘东皋。

又不见：

东坡先生携大瓢，千年春梦等覆蕉。

达人万事脱尘鞅，蓬庐戢影真超超。
我谓画家画心非画状，浩浩天机司意匠。
蓬瀛天上列仙图，丘壑胸中耕者相。
不然捷径觅终老，充隐何能洗凡障。
我以披图发浩歌，故山桃李春风多。
高堂取足具菽水，愿典朝衣披绿蓑。

陶廷杰

陶廷杰（1785—1856），字子俊，号莲生，贵州都匀人。嘉庆癸酉（1813）拔贡，次年中进士，授翰林院编修。历任山西主考官、湖广道监察御史、刑科掌印给事中、陕西布政使，署理陕西巡抚等职。

贵山书院勉学十律（选六）

一

乐得英才萃讲垣，风裁霞举并轩轩。
修文要识先修行，有德方能必有言。
理足精粗胥见道，功深左右自逢源。
乘时抒写胸中蕴，沈实高华便可元。

二

力学端资友辅仁，几回择友要精醇。
能规己过洵知己，惯向人谀即佞人。

香到芝兰薰自善，盟坚车笠久弥真。
好祛三损求三益，德不孤兮必有邻。

三

人非有品不能贤，砥砺廉隅志要坚。
抑抑威仪成德后，循循规矩入门先。
守身粹比无瑕玉，浴德清如不染莲。
恬静始能期远到，尤须晚节胜从前。

四

文章得失寸心知，扼要惟争下笔时。
思到清真方入妙，语粘庸俗便难医。
细寻孔孟程朱理，莫逞风云月露词。
命意独超兼气盛，声之高下自皆宜。

五

坐言原欲起而行，伏案非徒制艺精。
读圣贤书宜务实，得春夏气早成名。
学优自具真经济，养到深涵古情情。
记取穷经期致用，从来处士贰虚声。

六

学校如林遍九垓，秋乡春会榜频开。
设科在取端方士，分职深资干济才。
要以经纶昭实用，岂徒文字博高魁。
相期不负栽培意，济济英贤接上台。

刘绎

刘绎（1796—1878），字瞻岩，江西永丰人。道光十五年（1835）状元及第，历任翰林院修撰，入值南书房。道光十七年（1837）以三品京堂的官衔任山东学政，督学时刻"劝课条规"，曾总纂《江西通志》《吉安府志》。有《存吾春斋文钞》《诗钞》《崇正黜邪论》。

寄怀黄子寿

风雨惊秋梦，怀人患难中。
时艰诗境绰，愁绪酒杯空。
义命安庭训，勋名勖众功。
高歌青眼望，与子亦仇同。

注：黄子寿，即黄彭年。

次韵答黄子寿司马（二首）

其一

英年才略迈群俦，千里神驹迹暂留。
画戟清香随定省，纶巾羽扇想风流。
骊黄物色腾骧异，燕寝从容赞画周。
早识军中推小范，罗胸兵甲气横秋。

其二

孤剑风尘自砺磨，乡关四望尚兵戈。

贾生太息吁谟远，杜老长吟涕泪多。
游子伤怀遭世乱，英雄抚髀叹时过。
平生亦有澄清志，坐看狂澜可奈何。

何绍基

何绍基（1799—1873），字子贞，号东洲，别号东洲居士，晚号猿叟（一作蝯叟），湖南道州（今道县）人。道光十六年（1836）进士，曾充贵州乡试副主考官，此间所作诗集为《使黔草》。有《惜道味斋经说》《东洲草堂诗·文钞》《说文段注驳正》。

出都四首（四首选一）

其四

平生友朋乐，妙集当时英。
冠盖寻冷交，琴尊栖古情。
词林多矫矫，谏院尤觥觥。
下僚经世怀，高士著书声。
凡我所不足，诸君分其赢。
我有万一能，仰报竭肃诚。
球钟若互答，竹柏映逾清。
闻余滥星使，喜与稽古荣。
仍怅半年别，念我万里行。
或云使黔役，用小屈才宏。

此语乃谬误，程材视其衡。

遇川必怀珠，逢山当采琼。

只虞力不足，还戒心自盲。

誓撷边山秀，归使大国惊。

岂徒畏简书，亦报我友生。

龙里行馆夜雨枕上作计晴将十日矣

贵阳烟树近，暂可息登临。

走马千山影，闻鸡五夜心。

晴余凉有味，秋老梦俱深。

忽听潇潇雨，聊为拥被吟。

入黔省境，中丞遣吏来迎，意当有家书先至黔，却寄来此乃不可得，作诗寄子愚弟

母言儿弟善承欢，儿念君恩强自宽。

六十日同经岁别，七千里盼一书难。

思亲泪滴溪流热，作客心吞月气寒。

山馆灯花聊慰藉，连宵归梦话团圞。

注：中丞，指贺长龄（耦耕），时任贵州巡抚，重视培育人才。

寄家书

桂花香里平安字，计到家时菊酒浓。

老母开颜应一笑，儿书两月十三封。

山雨

短笠团团避树枝，初凉天气野行宜。

溪云到处自相聚，山雨忽来人不知。

马上衣巾任沾湿，村边瓜豆也离披。

新晴尽放峰峦出，万瀑齐飞又一奇。

注：道光二十四年（1844），作者赴任贵州乡试副主考途中作。

榜发，得士甚盛，皆谓黔中从来所未有，喜成一律书闱墨后

玉尺楼头大月悬，奇光照彻夜郎天。

秋风鹄立三千士，沧海蛟腾四十贤。

经术居然参许郑，才思时复到云渊。

取珠叠璧欣传士，为破荒寒三百年。

注：何绍基任贵州甲辰（1844）恩科乡试副主考，中40人，有杨文照、傅寿彤、叶鼎等名士。书法原件现藏贵州省博物馆。《何绍基年谱长编及书法研究》（南京艺术学院钱松博士论文）诗题又作《闱墨制成，合四书文及经策得六十余篇，炳朗可观。同人谓黔中从来所未有，喜成一律》。

刘书年

刘书年（1801—1861），字仙石，河北献县人，刘廷楠之子。道光二十年（1840）举于乡，道光二十五年（1845）进士，道光三十年（1850）诏以贵阳府遗缺知府，寻补安顺，移知贵阳，以功加道员衔，居黔十年。有《涤滥轩词残稿》《黔行日记》《黔乱纪实》《归程日记》。

青崖

悬崖瘦削倚天青，入望崇塘若建瓴。
北向一军资拱卫，东来千嶂作藩屏。
虎牙触石棱棱吐，鸟足穿云步步停。
曾记高坡鏖战日，赵家旗鼓振风霆。

注：青崖，即今青岩。

黔阳书感十首（选二）

其五

山田凿梯磴，得水固称难。
微雨夜来过，新秧午又干。
犁锄终岁辍，租赋万家殚。
更苦逃兵至，耕牛当夕餐。

其六

土砦因山筑，余生一线悬。
前军方索米，傍舍早无烟。
骨播游魂馁，尸横战血鲜。
疆场与沟壑，浩劫总关天。

奉和沈菁士同年，郊行睹流民书感原韵（庚申）

瘴云低压昼昏昏，土锉无烟惨列屯。
杀气遥连天北极，妖氛渐逼郭东门。
疮痍相属鱼同煦，赒赈何甘付虎吞。
莫怪西塘图欲进，流亡目击遍村村。

次韵铁筜闷极之作

几年催发夜郎兵，刁斗喧喧不断鸣。
船算输边终罕补，道谋筑室竟何成？
枕歌谁与要陶侃，厝火徒闻痛贾生。
羁宦蛮中同泛梗，烽烟况触望乡情。

黎兆勋

黎兆勋（1804—1864），字伯庸，号檬村，晚号涧门居士，黎恂长子，贵州遵义人。有《石镜斋诗略》《词林心醉》，《侍雪堂诗抄》六卷《葑烟亭

词》四卷和《黎平诗系》，与莫友芝共
纂《黔诗纪略》。

八声甘州·贵阳城上

莽峰峦颅洞，碧苍苍，深藏竹王
城。是蛮夷窟宅，西南锁钥，荒徼危
程。汉相旌旗何在？山绕夜郎青。人代
飘风速，铜鼓无声。

指点罗施鬼国，叹移山有术，险亦
难平。况从来争者，余力始驱兵。算而
今风清蛇雾，但瘴云消处土皆畊。登临
久城头斜日，鼓角哀鸣。

满江红·贵阳谒南将军庙

惨淡风云，睢城下惊沙飘忽。姿飒
爽神游天外，青山一发。碧血声吞淮浦
浪，朱幡影接黔山月。俨英魂，一霎早
同来，灵旗掣。

拜遗像，惊雄节。崇孝享，怀前
烈。慨登台人在，虏氛难灭。南八声干
臣可死，浮图矢烂悲难雪。想当年，五
马入南天，愁肠结。

柳梢青·贵阳旅夜

邻笛初停，山城月出，客梦宵醒。

半世情怀，三更离绪，几点疏星。

虫声四壁难听，似向我嘈嘈送行。
昨日风檐，今宵旅馆，明日长亭。

八声甘州·喜胡子何长新进士来贵阳

盼征鸿迟迟寄书来，眷言滞重关。
怅南泉云隐，西山寇盗，行旅艰难。为
谢残星晓月，送客远冲寒。襟带牂江
雪，回首家山。

同是天涯游子，羡阿兄住复，几日
来还。试红炉煮酒，浇别恨千端。想经
巢孤吟山夜，际此时风雪卧袁安。梅花
下几回愁望，人远山环。

石太守

高允长揖中常侍，汲黯不拜大将军。
古人立朝峻风概，黔虽小国今有人。
石公一官自落拓，雁门太守歌天津。
燕冠虽无子孙侍，乃必四足真伤心。
离宫之危惊燕云，道茂所请非虚云。
此时太守不屈节，岂有呵护烦明神！
吾皇睿鉴邀特识，大官胡乃嗔孤臣。
为公作诗纪岁月，想见肝胆森轮囷。

石赞清

石赞清（1805—1869），字次枲、襄臣，贵州黄平人。道光十五年（1835）举人。都察院左副都御史，工部右侍郎。京师病逝，葬贵阳宅吉坝。有《钉餖吟词》。

宦邸书怀（二首）

其一

年少初辞阙，沾恩更隐难。

已知成傲吏，不敢耻微官。

劲节凌冬劲，寒枝历岁寒。

抱琴时弄月，流水为谁弹。

其二

性拙偶从宦，时危远效官。

羁游故交少，孤立转迁难。

春兴随花尽，乡愁对酒宽。

朝来明镜里，渐觉鬓凋残。

郑珍

郑珍（1806—1864），字子尹，晚号柴翁，别号子午山孩、五尺道人、且同亭长，贵州遵义人。道光十七年中举人。与独山莫友芝并称"西南巨儒"。有《仪礼私笺》《说文逸字》《说文新附考》《巢经巢经说》《郑学录》等。

桐埜先生荷锄像赞

诗当乾隆，如日正中。

起问汉大，惟渔璜公。

《桐埜》一编，眉山放翁。

经纬宫商，继盛长通。

举颈相望，乃其基容。

九原若作，负耒以从。

书周渔璜先生《桐埜书屋图》后

贵州数诗家，有明推雪鸿。

国朝二百年，吾首桐埜翁。

雪鸿宦不达，桐埜寿未丰。

天欲文西南，大笔授两公。

谢诗春空云，周诗花林红。

吾以两公较，尤多桐埜雄。

传本少概见，仅存埋蠹丛。

陈选数十首，惜哉何隘胸。

归愚拾传钞，又复为目穷。

窥斑固识豹，执爪岂见龙？

吾昔得远条，竹垞不及综。

而竹垞所据，真集仍未逢。

以付邵亭弟，去年成剸工。

虽然略搜遗，究不备始终。

今年事公集，实惟京本从。

是编出公手，定次自允恭。

平生杰作尽，匪一《华严钟》。

因缘得吴本，汪刊后旃蒙。

复得谢令编，本成在乾隆。

邵亭并校记，亦略有异同。

《稼雨》叙老晴，去取见精衷。

《回青》都不存，此意酺池通。

邵亭欲补入，吾谓其毋庸。

独惜《省志传》，数语完文宗。

吾拟详谱状，《集》前明事踪。

寄信板桥山，文孙报从容。

果来趁秋律，细论挑明缸。

惆怅绝碑志，罢然徒鼍封。

因知籍庐陵，明初占旗龙。

承桃实季裔，至今诗礼崇。

出袖展斯图，初荷亚新桐。

先生抚书坐，爪长眼有锋。

画者携李沈，题额乃京江。

继出《春耕》卷，名笔禹尚功。

野桃与溪柳，沙水映碧红。

先生荷锄去，芒鞋短篱东。

未忘茶酒兴，回顾担饷童。

吾观此两图，翛然想高风。

手摹桐垫像，复影西崦农。

桐阴拟刻《集》，《西崦》藏巢中。

庶令一开卷，后来增鞠躬。

先生江汉灵，鉴余后死侗。

题周渔璜先生《西崦春耕图》

图为禹鸿胪康熙戊子以坡公"野桃含笑竹篱短，溪柳自摇沙水清"诗意作，陈奕禧题额。

南明江头秋稼黄，游子倦游忆山堂。

沙水竹篱忽在眼，宛遇先生西崦旁。

先生岂是荷锄者，蔡葵九家曾手把。

写作识字耕田夫，东屯下濮同潇洒。

国朝全盛不观兵，玉堂人物无愁声。

钓师田父各寄意，转见当时风雅情。

百余年来难再得，空展此图坐太息。

九疑三湘寇纷纷，日夕望下飞将军。

起向先生借蓑笠，明朝更拨南山云。

贵阳秋感（二首选一）

其二

无多形胜感兴亡，万里秋阴接点苍。

石火年华催老大，海天愁思易悲凉。

谈经旧扫阳明席，问字谁登叔重堂。

野色江光连鬓影，武乡祠外倚斜阳。

抵贵阳喜晤莫邵亭莅升唐鄂生因怀黎伯容（乙卯）

杜老饥愚复屡懦，弃官西走挈小大。
自言定分岂可逃，幸免戈殳此生荷。
我于此老一毫无，固应奇穷十倍过。
一场噩梦何足道，万劫妙明了无挫。
故山已近薇蕨余，吾郦独存四五个。
不图所思忽聚眼，却忆向来魂尚破。
谁欤致声与黎檬，盍早归乎共林卧。

陶樽

陶樽，又名徵，字贡离，号紫庭，贵阳人，清朝庠生。道光二年（1822）在三合教义学。官广西补判，保升知州。历任柳州府通判，永谆、恭城、马平（均在广西）等县知县。有《眠云草堂诗集》，其诗入周鹤《黔南六家诗选》。

题三脚屯

野棹荒村暮，清溪湾复湾。
帆随江树转，心与白云闲。
怪乌频呼雨，居民半在山。
田畴犹未辟，何以济时艰。

注：三脚，指三脚垄，即今三都县三合镇。县治所在地。怪乌：怪乌或指鸠类，有鸠当雨后开晴，点头碎步鸣于偶侧"咕（入声）——咕（阴平）——咕（上声）"，其声清扬，乡人谓之"鸠唤归"；天将雨，鸠伫鸣于树间房侧。"咕（入声）——咕（阴平）——咕咕（去声）"其声沉抑，乡人谐音为"修沟——堵水"呼雨当指此。

贵定道中

酒醒风兼雨，萧然动客愁。
石峰尖似笋，山路滑如油。
地垦流民复，春回劫运收。
村翁重话旧，肠断昔日游。

洪杰

贵阳人，周鹤《黔南六家诗选》选其诗五十首。

秋声

西风昨夜至，一听一惊心。
秋气横天地，商声变古今。
急弦《金缕曲》，斗酒《白头吟》。
日暮闻笳角，征人泪满襟。

邹汉勋

邹汉勋（1805—1845），字叔绩，湖南新化人。道光年间流寓贵州，总纂《贵阳府志》《安顺府志》《大定府志》《兴义府志》，为晚清一代志家。有《新化邹氏学艺斋遗书》，后人刊有《邹叔子遗书》七种传世。

浩叹

后夔不复起，希声委涂泥。

中间有作者，抱独无由知。

靡靡世所好，师延乃出奇。

子野琴何在，何不撞头为。

清商与浊徵，正声犹曰宜。

沐猴而冠佩，流传亦至斯。

始知玉石故杂糅，不可矫矫求异时。

作诗但令老妪识，典诰大语勿相师。

古意（四首）

其一

欲穷千仞冈，请从今日起。

千仞多风寒，况复无仰止。

便息行游驾，盘桓在斯里。

斯里狭且隘，似难容足趾。

不容举世诮，即容致衰鄙。

甘负举世诮，愿抱湛然理。

其二

黧绿委涂泥，瓦砾积其上。

轩于遭溉植，生意日张王。

但当挟衡纩，宁复具节亮。

改驾故靡艰，勇去亦何望。

惟恐百年至，荣寂同归丧。

其三

心绪如乱丝，纠结不可解。

一日空复过，谁能念千载。

便守瓶瓴声，穷村恣击揩。

顾念咸觥备，宁复无人采。

其四

榑桑望落棠，迢迢九万里。

钳且谢辔衔，倏忽已过此。

手爪能为巧，弗驭乃驭理。

下士欲相效，而已失步跬。

得失两无论，造父世所美。

寻梅用东坡松风亭下梅花盛开原韵

冰肌玉骨江上村，暗香馥馥引吟魂。

却怪寒乡风信晚，二月如伴参横昏。

清姿皎皎雪辉壁，素质亭亭月满园。

但欲尘埃难比并，那知冷冽非春温。

等闲桃李作妖艳，游蜂舞蝶弄朝暾。

崇晨不语工摇曳，何异息女愁荆门。
羡尔孤轵真绝世，师雄毕竟是浮言。
岂有天上玉妃子，肯泛人间潋滟尊。

次韵李子枧赠

力学愈废学，蓁芜廿年外。
尔来始识字，渐欲穷綮会。
丹铅勤记录，所乐斯为最。
傥或称述作，无乃夜郎大。
古经义多微，钩沈意非汰。
裒然成两书，沾贱等苫盖。
乃劳频借读，赠言缛文贝。
愚材果何当，讵关时显晦。
知是滑稽语，但了篇章债。
夫子论文章，故自绝流辈。
指顾掩群雅，逸翮鸣翔翔。
顾我已类狗，画虎惭黠猘。

张国华

张国华（1808—1871），字蔚斋，贵州兴义府（今安龙县）人，道光五年（1825）副贡生，张之洞随宦老师，著名学者。有《读书求闲录》《易源约编》《禹甸吟编》《贵州竹枝词》等。

贵阳府竹枝词（二百五十首选一）

其十八

岁岁中秋说送瓜，倚闾男妇笑声哗。
伊谁傅粉含愁盼，多是长随幕友家。

邵懿辰

邵懿辰（1810—1861），字位西，浙江仁和（今杭州）人。目录学家、文学家、藏书家。道光十一年（1831）举人，历官刑部员外郎，殉难。精于目录学，所编《四库简明目录标注》20卷，是研究中国目录版本学的重要参考书。撰《礼经通论》《尚书传授同异考》《杭谚诗》《礼经通论》等，有《半岩庐集》。

过黄子寿适晾书画满壁
赋呈贤尊考功

古人之心不可寻，飒然秋风一室深。
还留古人精爽在，鸾飘凤泊纷来临。
君家丈人爱书画，料简不使虫埃侵。
中庭暴畏风日捐，悬之素壁高堂阴。
海王村中走仆仆，君从而后游书林。
各投所好望门入，此时父子忽异心。
米老搜奇有古癖，王充入市惟书淫。

归来堆叠满箧几，论价不惜酬兼金。

俸钱到手便倾付，清茶展对喜溢襟。

君之蓄书求有字，纸板不辨古与今。

未若丈人精品目，缣素甲乙排森森。

朱繇铁石不遗恩，九原唤起欣知音。

夜阑直恐虹贯月，四边金薤垂琅琳。

卧游侊欲众山响，中坐一鼓龙唇琴。

注：黄子寿，即黄彭年。

陈钟祥

陈钟祥（约1810—1865），字息凡，晚号趣园抑叟，别署亭山山人，贵阳人。道光十一年（1831）中举，任过皇家宗学教习、地方知县知州。清代贵州著名词人，有《香草词》《依隐斋诗钞》等。

悯灾

辛卯仲夏，黔城淫雨半月，月望之夕，大水骤，民之被灾者千百家，诗悯之。

黔郡固山国，一夕为水乡。

溪流若江汉，城市皆汪洋。

前注南明河，兼天白浪浪，

长桥訇然断，危楼渺中央。

哀彼棺中人，枯骨犹罹殃。

田禾始分植，尽为沙土伤。

又老告余言，吾世居此方。

百年未曾睹，兹水胡太狂。

莫友芝

莫友芝（1811—1871），字子偲，自号郘亭，又号紫泉、眲叟，贵州独山人。晚清金石学家、目录版本学家、书法家，宋诗派重要成员，与遵义郑珍并称"西南巨儒"。有《郘亭知见传本书目》《郘亭诗钞》《遵义府志》《声韵考略》。

以周渔璜先生《桐埜》《回青》《稼雨》诸集本与陈耀亭焕煃上舍授梓，媵之十韵

盛极朱王后，词坛不易崇。

先生起天末，孤旅对群雄。

明祖华严铣，苏亭赤壁风。

波澜压群辈，馆阁洗疲癃。

端揆推臣右，才名熟帝聪。

秩方宫相进，归讶道山忽。

镌木论交古，承家叹数穷。

稍留南北本，渐惜弆藏空。

曩岁搜遗逸，分编各始终。

欲因开后秀，好事赖陈东。

曾国藩

曾国藩（1811—1872），初名子城，字伯涵，号涤生，谥文正，湖南湘乡人，晚清重臣。晚清散文"湘乡派"创立人。官至两江总督、直隶总督、武英殿大学士，封一等毅勇侯。有《曾文正公全集》。

题明陈忠悯公雪声堂砚
为唐观察树义作

人闲尤物天所隘，豪夺巧偷生灾怪。

尚书老砚差复尤，流落君家足一快。

区区石耳乌足珍，重谈胜朝可深喟。

金陵已破汀州摧，桂林孱王甚矣惫。

书生裋褐陈老谋，欲倾南溟洗两戒。

西走临贺东珠江，刭身莫医六州瘝。

已闻余烬飘烟埃，复道妻孥喂杻械。

丈夫首断心不惩，贱妾痴儿况足芥。

袁粲狭巷犹鏖槽，张巡孤城已粉坏。

可怜此砚随忠魂，未了多生文字债。

文豹已毙皮尚存，笑倩后人为爬疥。

不须更道梦中缘，已觉英灵接謦欬。

阿翁作吏今龚黄，惜哉老稽亦翻铩。

君今抚砚勘楛书，世守椟龟安敢懈。

惠然何日持示余，我见石兄或三拜。

寄弟三首（选一）

其二

咄咄延平剑，英英江夏黄。

求声方出谷，一别各他乡。

东下江河驶，南征道路长。

汝侪身手健，看我鬓毛苍。

注：黄子寿彭年，即贵筑黄彭年，字子寿。

送孙芝房使贵州（二首）

其一

妙年作赋动明光，又策星轺赴夜郎。

文采边陬瞻泰斗，仪容寸步中宫商。

沈湘过访三闾庙，宛叶行经百战场。

定有新诗传万口，归来吾与解奚囊。

其二

六年陈迹君能记，病骨秋风入剑关。

曾洗人天清净眼，饱看巴蜀怪奇山。

君今岩壑搜群玉，自有光芒照百蛮。

不似老夫徒碌碌，昆冈一网手空还。

许鸿儒

许鸿儒（1825—？），字伯纯，贵州绥阳人。少有神童之称，道光二十二年（1842）肄业于贵山书院，道光二十四年（1844）解元。

赋得须臾静扫众峰出

一破鸿濛局，高低列众峰。
扫将寒霭净，露出翠微浓。
正直精诚格，神灵变化通。
屏开青面面，嶂涌碧重重。
势讶飞来疾，奇真类聚从。
划空撑日角，转眼失云谷。
八代文章起，千秋祭秩恭。
晴和登万宝，同乐庆尧封。

注："须臾静扫众峰出"（韩愈《谒衡岳庙遂宿岳寺题门楼》），是道光甲辰恩科乡试的贵州考题。

杨文照

杨文照（1811—1870），字得天，号剑潭（昙），贵阳人。道光十一年（1843）举人，广西候补通判。道光著名诗人、书画家，和袁思鞳、颜嗣徽、钱衡、洪杰、陶樽合称"黔南六家"。有《芋香馆集》。

初夏登甲秀楼

鳌矶湾下水潆洄，坐久凉侵石上苔。
草色绿随春后长，山光青向雨中来。
平心煮茗观棋局，放眼吟诗付酒杯。
蝙蝠似知岑寂味，黄昏飞过讲经台。

游东山寺

浮云天际锁重重，秋色平分酒正浓。
满地黄花诗馆雨，一山红叶寺楼钟。
崖深自古藏书稿，泉冷何人淬剑锋。
闲坐偶当斜月上，光明影星是中峰。

雨后游观风台

乱草碧如烟，晴光落眼前。
寺门缘路转，河势抱山圆。
密树多藏雨，新秧半插田。
断霞飞一缕，脉脉上遥天。

有怀

相思满地种愁根，万朵梨花一缕魂。
鹦鹉帘栊蝴蝶梦？东风何处觅春痕。

赵河感旧诗

飞絮萍花感不禁，东风影里认浮沈。
异乡岁月愁中鬓，末路功名醉后心。
城郭千年仙鹤杳，阴符一卷草堂深。
天涯随意留鸿爪，多少泥痕没处寻。

感旧

琵琶未解"郁轮袍"，三月春深一径蒿。
记得年时新过雨，落花零乱紫樱桃。

清镇旅次

乌鹊暮云横，依山筑县城。
落霞收雨气，斜日走江声。

钱衡

钱衡（1838—1881），字莘民，号芊岩，贵阳人。同治拔贡，同治十三年（1874）朝考一等，分发河南知县，升直隶州知州。有《芊岩诗集》，其诗入选周鹤所编《黔南六家诗选》。

金筑杂诗

点易先生去不还，化龙桥畔水潺潺。

只今惟有阳明石，长在光风霁月间。

消夏杂咏

几日东风已过期，绿杨城郭雨如丝。
杏花飞尽梨花老，爱看浓阴结子时。

傅寿彤

傅寿彤（1818—1887），原名华庚，后更名昶，字青余，贵阳人。傅潢之子，师从洪亮吉，咸丰三年（1853）进士，官河南布政使。有《澹勤室诗录》六卷。

侍何子贞师登黔灵山绝顶

西南天畔万山秋，鐢秘岩扃太古幽。
绝顶至今谁载酒，先生到此我从游。
俯看云气来齐鲁，坐拥星轺拜斗牛。
乡郡料应添近事，许君门有尹荆州。

忆旧游（六首选一）

斜阳春树暮云空，畦畛回环径曲通。
山色水光看不足，马蹄轻入一溪风。

寄剑昙

最难风雨是前途，山馆寒归泣夜乌。
鬓影逼人春后短，战枰着手晚来孤。
千秋积感三杯酒，四海论交一丈夫。
底事青枫闲不住，频频催我注阴符。

注：剑昙，即杨文照。

丙午冬再偕杨剑昙北上
留别同学诸子

匹马频年盼卸鞍，催人风雪又长安。
青回野岸边筇冷，白走荒沙乱叶干。
各有诗情随梦转，半分剑影入愁看。
天涯难寄相思绪，记取燕山路几盘。

有怀（二首选一）

江城细雨草如烟，肠断湘南二月天。
回首十年前旧事，有谁同泛武陵船。

莫庭芝

莫庭芝（1817—1890），字芷升，别号青田山人，贵州独山人，莫友芝之弟。道光二十九年（1849）拔贡，曾任贵州学古书院山长。与黎汝谦编辑《黔诗纪略后编》，与莫友芝所辑《黔诗纪略》有双璧之誉。有《青田山庐诗钞》《青田山庐词钞》。

贵阳奉别五兄往威宁

载书同作诸侯客，问字还同学子行。
舍馆从容聊共被，关山迢递更分装。
寒江落日征鸿远，古箐通天旧驿长。
羁旅飘零各何定，歧途去住两茫茫。

满江红

竹雅忆亡弟清元，因以见赠。余亦触怀而念亡弟生芝，次韵奉答。

春草迷离，又还被东风吹绿。问人世韶华一往，如何难续。原上鸰飞怀急难，沙边雁落愁孤独。杜少陵忆弟费诗篇，哀同触。

收残稿，何堪读。亲纂订，聊为述。只斯文犹是，剜心头肉。白日看云情已矣，寒宵听雨魂长逐。想当初，总角爱聪明，嗟无福。

瑞龙吟·追悼亡友郑子尹

青田路。近接子午山堂，两家庐墓。十年梦断松楸，等闲负了，平生言语。烟尘阻。闻道经巢倾毁，禹门侨寓。空山老死谁知，虚传信息，听来没据。

凤昔谊兼师友，名山著述，频陪风雨。无愧叔重门生，才自天赋。黔南屈指，几辈名堪数。湘城夜寒灯一夕，遽成今古。淹客难归去。纵教归去，嗟来已暮。林壑全非故。况旧日，亲知追寻何处？凄凉谷口，不堪回顾。

俞渊淳

俞渊淳（生卒年不详），清朝人。

头桥

晓云逗微霁，清晖千里余。
远山衔绿树，历历望中疏。
目极野田水，掩映见村墟。
原上天未耕，垂柳间春蔬。
暖意在郊野，好风吹面徐。
何年扫尘俗，来伴野人居。

注：头桥，在今贵阳市云岩区头桥街道办事处。康熙《贵州通志》载："通济桥，在府城西。一为二桥，一为三桥。"

郭嵩焘

郭嵩焘（1818—1891），字筠仙，号云仙、筠轩，别号玉池山农、玉池老人，湖南湘阴城西人。道光二十七年（1847）进士，官至广东巡抚、驻法使臣，曾在长沙城南书院及思贤讲舍讲学。有《礼记质疑》《养知书屋集》等。

九日邀同吴南屏邹咨山龙皞臣周桂坞石似梅张笠臣黄子寿张子恒及意城登定王台、天心阁，归饮养知书屋

二十四年无此会，白头携酒话重阳。
风流十客八登阁，老病三秋一举觞。
坏草遗台今日梦，杖藜簪鬓少年狂。
黄花迟暮诗翁健，胜事招寻到草堂。

书赠黄子寿（二首）

其一

世人泛泛掠声影，独抱遗琴求古音。
疏越朱弦听者鲜，幽泉白石坐来深。
鬼神上下希微意，鱼鸟游翔澹沱心。
惭愧吾生暗闻道，炎天携酒话槐阴。

其二

尊公追忆五年前，四海论心一宛园。

朗抱秋霜眉发古，清樽夜月笑谈温。

人间毁誉非吾料，物外依迟为道存。

仍世称贤差不忝，骑驴时一款君门。

黄子寿五十寿辰

传家簪绂灿盈庭，高论名言自一经。

东阁琴尊头早白，西园冠盖眼终青。

山川如梦看冬尽，雨雪初停待酒醒。

更欲消愁向何处，梅花相约水边亭。

孙竹雅

孙竹雅（1819—1884），名清彦，号竹雅，云南呈贡人。历任贵阳、安顺、都匀、兴义知府。

荆竹

春风新长碧琅玕，苍佩玖琤玉几竿。

何似美人幽谷暮，斜抛翠袖倚天寒。

方竹

屹屹奎棱未许磨，更以高节耸危柯。

圆通尚难容今世，独抱拘方奈尔何。

楠竹

从来书画法相参，写竹还因四体兼。

更得中郎飞白妙，一林霜月静寒潭。

红竹

偶择不律判秋声，丹凤飞来晓日明。

更为淇园添墨景，红纱窗外绛云生。

风竹

萧疏匪易密尤难，斧劈岩窝挺数竿。

四出风枝叶叶动，刀飞金错欲生寒。

晴竹

空庭雾色满苍苔，映户湘簾晓未开。

旭日三竿清影乱，爱分新绿上窗来。

露竹

新篁娇小倍婀娜，苔石浓青似点螺。

心静蟾辉衣湿露，方知此夜得秋多。

胡长新

胡长新（1819—1885），字子何，贵州黎平人。幼受业于莫友芝、郑珍，学有根柢。道光二十六年（1846）中举，次年中进士，曾任贵阳、铜仁两府教授，主讲黎阳书院。有《籀经堂诗钞》《籀经堂文钞》等。

闻升京官

传来部檄太无端，止水澄心忽起澜。
脚色才更典簿小，头衔已换广文寒。
漫言京职升迁易，不道闻曹去就难。
翰苑诸公皆屈宋，那容伧父作衙官。

和杏村观察登南泉山
吊何忠诚公祠

万古青山常不改，名贤遗迹没荒苔。
只今岁月堂堂去，一任登临滚滚来。
学使式闾规树壁，郡侯葺墓酹琼杯。
似公瞻仰读书室，五十年中见几回。

注：杏村，即袁开第，玉田（今属河北省）人。光绪二年任黎平府知府。何忠诚公，即何腾蛟。

王汝霖

王汝霖（1824—1860），字泽民，晚年别号鹿仙，贵州瓮安人，曾官广西候补府。有《鹿仙吟草》。

相宝山

相宝山高入暮愁，照人明镜几经秋。
伤心欲问当年事，剧恐铜牛泪不收。

注：相宝山，在贵阳城东北面，俗名照壁山，又名平高峰，山顶原有屏山寺，明崇祯九年（1636）建。

黄彭年

黄彭年（1824—1890），字子寿，号陶楼，晚号更生，贵阳人，黄辅辰之子。道光二十七年（1847）进士，授编修。官至湖北布政使、江苏布政使，尝掌教关中书院、保定莲池书院，修《畿辅通志》。有《三省边防考略》《金沙江考略》《陶楼诗钞》等。

寄郑子尹

一官羁绊才抛去，又荷书囊出播州。
大府求贤频问讯，先生出处合深筹。

莫悲迟暮逢兵燹，赢得清闲容白头。

仕隐于吾两无分，友朋惭愧是兹游。

庚寅九月自苏州量移武昌留示诸生（三首）

其一

有朋筮盍簪，譬若鸟栖树。

一鸟独南飞，众鸟东西顾。

他树岂无枝，徘徊不忍去。

诸生勤讲习，予亦忘衰暮。

常抱离索忧，畏读销魂赋。

其二

聚散亦何常，进德期罔懈。

六书与九章，艺事各异派。

致用求其通，面墙昭古戒。

拘墟守章句，大道恐破坏。

师承贵有恒，勖哉日月迈。

其三

化成必由学，惟士有恒心。

所以武城宰，弦歌尚遗音。

国奢示以俭，斯道无古今。

愿为夫子铎，贡作帝廷琛。

吴楚未云远，企望来规箴。

道中杂景

得得征鞍傍水涯，寥寥村落草编篱。

船横浅渡依桩石，人立斜阳理钓丝。

荒涧有花蜂未老，野田遗粒鸟先知。

纷纷荷担长歌去，正是人家饭熟时。

有感

征尘何事久羁留，万里飘然一叶舟。

故国亲朋多转徙，隔河音信久沉浮。

江山阅历催人老，文字抛残悔客游。

摇落不堪悲宋玉，明朝屈指又新秋。

雨后散步

雨气才收夜气清，偶携笠杖月中行。

眼前不碍千林绕，胸次全无一物横。

倚户老兵谈故事，牵衣稚子问星名。

归来梦稳浑忘曙，闲暇方知心太平。

龙山五杉树歌

落落五杉森可仰，树如手指山如掌。

不知栽种是何年，大五六抱高卅丈。

劲直颇类古臣工，正已立朝绝援党。

一株挺立似烈士，身死气更冲霄上。

五松龊龊那并称，五柳高踪差足倣。

幸不生当大路旁，风雨空山自培养。

不夭札，不尺枉，

不被兵燹灾，不邀匠石赏；

千秋万古柱南天，落落五杉森可仰。

自白卫至广元道中

雄关高耸碧摩空，远近分明一望中。

此日居然成驿道，当年谁与辟蚕丛。

两山缺处河流合，万亩开时水潦通。

莫道地形天下险，从来筹笔老英雄。

淘沙

江岸碧石差可异，云是沙中有银气。

淘沙童子两三人，下舆询之皆走避。

急呼童子尔且前，我非官人来偶然。

借问得金日几许，何不引类同披煎？

童子欲语先太息，以金偿工每不值。

细人所计仅锱铢，只身往往缺衣食。

传闻朝议寻矿苗，吏来口说新科条。

捉人输金得钱放，今日得放愁明朝。

向时淘沙人如织，自闻吏来皆避匿。

弱者转死知何方，强者或聚为盗贼。

童子欲行不得行，淘沙苟且全余生。

常恐捉去见官府，逢人便觉心先惊。

我闻此言泪如雨，天子何仁吏何武？

置臣司牧牧者谁，何不为民纾疾苦？

方今国家患多事，应代朝廷宣德意。

岂容如虎吏横行，重为天下生民累！

精营观治兵

千官迤逦向城东，节度尊严自古同。

铜炮雷轰尘气暝，锦旂云拥日光红。

传闻海内军书急，犹喜坛前顾盼雄。

驰道忽看颠倒骑，一时欢笑遍儿童。

注：精营，即精兵营。

饥民叹

洞庭千舸尾相续，舟中之人尽鸠鹄。

自言湖北破江堤，凶岁无人为移粟。

相约湖南来就食，谁知亦变蛟龙窟。

请就湘阴一县看，六十六围存者七。

去年立春不肯晴，大雨如注星月明。

今年二月又昼晦，阳伏不出阴气盈。

池鱼畏殃预相吊，堂燕不知恣欢笑。

犹道民间陈谷多，岂识吾乡无米粜。

传闻燕郊苦炎暵，下土耗敹民族瘏。

何不挹注使之平，俾南无水北无干。

呜呼！天灾流行何代无，要得人事相持扶。

自古施仁先发政，散钱煮粥能活几人乎？

游螺山并序

丙辰二月九日，天气清和，草树鲜美，与唐鄂生邀同郑丈子尹，夏丈秋丞，高丈秀东，莫君芷升，舒君文泉同游螺山，长子国瑸从。凭高楼，俯城问尘阓，金鲫跃池，群鸦绕树，山光适性，欣然有怀。渊明不云："悲日月之遂往，懔吾年之不留。"辄用游斜川诗韵并依其例："各疏年纪乡里，以纪时日。"乞郑丈为之图。

连日天气晴，游山兴不休。

昨歇城东隅，预计今朝游。

侍骑有童子，招寻皆胜流。

阅世江湖深，聚散同浮鸥。

高楼多悲风，荒冢盈山邱。

寂寞正如此，生时谁与俦。

念之感人怀，满酌更唱酬。

及今不行乐，知有来岁不。

谈谐破愁颜，域大奚独忧。

但得饱看山，舍是吾何求。

注：螺山，即贵阳城东之螺蛳山。

于钟岳

于钟岳（1828—1865），号伯英，汉军镶红旗人。有《伯英遗稿》《嘻笑山房诗钞》。

雪涯洞望河亭夏夜独作（三首）

庚戌在贵阳作

其一

水月光无定，开帘宿鹭飞。

仙台香冉冉，竹院露微微。

夜久梵声寂，灯明泥饮归。

避喧来古寺，未觉赏心违。

其二

钟磬诸天罢，疏槐月挂钩。

露苗如雨洗，河水带星流。

市远茶瓜洁，人稀风景幽。

深宵吹铁笛，山气冷如秋。

其三

静坐风吹竹，长吟月转廊。

水云心澹静，虫羽意悠扬。

石气侵衣冷，泉声傍枕凉。

只疑幽寂处，自有一仙乡。

杨葆光

杨葆光（1830—1912），字古酝，号苏庵，又号红豆词人，江苏娄县人。诸生。同治间，居保定莲池书院，与修《畿辅通志》。光绪间官浙江景宁知县。骈散文诗词均有名。有《苏庵集》。

玲珑四犯

黄子寿太史新校白石道人歌曲，重检一过。时适冬至，用集中越中岁莫闻箫鼓感怀韵题后。

古沔水遥，道场山暝，词仙今在何许。正声悲久歇，宫征空怀古。余情更怜远别，怅扁舟雁飞烟浦。泪湿单衣，一襟诗思，偏我共清苦。

才挥手，京华路。笑秋深倦燕，还恋朱户。客愁随线长，夜梦催人去。怜才且喜逢黄九，注图谱教排孤旅。应付与。梅边伴吹箫俊侣。

百字令

甲戌月正三日黄子寿太史招集奎画楼，刘培甫词先成，予为效颦。

番风吹到，便苍松翠竹，都含春色。月上初三弓势峭，挂向高芬寒壁。把酒人来，读书客去，此地嗟今昔。沈酣高唱，唾壶应为君击。

最是异地凄清，怜才山谷，留住勤相惜。时借琴樽消别思，几度飞觞延客。幕府清才，风流太守，谁是苏辛敌。皇都花丽，尾声刚听梅笛。

章永康

章永康（1831—1864），字子和，别号瑟庐，大方县人，咸丰二年（1852）中进士，次年选为翰林院庶吉士，后改授内阁中书，继为太子侍读。有《瑟庐文集》《瑟庐诗词选》。

冬至日登贵筑城楼

四海为家日，登楼怆客情。
江声走三峡，山势控边城。
官阁梅花发，汀洲春草生。
不堪逢令节，樽酒伴愁醒。

水调歌头·未醒客

万卷几人读，泉石寄生平。黔灵峰下茅屋，烟翠绕楼青。与子记曾携手，只有白云闲笑。清咏野猿听，慷慨对樽酒，往事触纵横。草堂筑，监湖乞，称躬耕。无端踏软，尘去挥手愧山灵。故国斜阳鹃泪，莽莽金风铁雨，难忘白鸥盟。日落感萧瑟，愁绝庾兰成。

临江仙·清明日客贵阳志感

春恨如云云着水，丝丝凉意初醒。帘衣低押玉钩轻。燕泥黏絮，雪花落，听无声。

数着归期偏未准，眉稍盼断盈盈。
料应知我客中情。碧纱帘里，梦寂寞，
度清明。

郑知同

郑知同（1831—1890），字伯更，
贵州遵义人，郑珍独子。诸生。幼从父
学，因农民起义停试十五年，绝意功名
仕进。后依父执唐炯于四川，入张之洞
幕，有《说文述许》《说文商议》《说
文本经答问》《楚辞通释解诂》等。有
存《屈庐诗稿》四卷。

饵块粑歌（并序）

黔中谓饼曰粑，方语双声之变也。
品类殊多，唯饵块特大，凡贵阳人常
食，然最鲜洁。本习传自古，岁终则比
户作之以相馈遗。若欲久食，可收贮瓮
中，不令霉败干坼，足储两三月。余食
之甚美，欣然播诸歌咏，以传彼法。

饵块粑，如枕长。
烦挼稻粉调豆浆，白肥不异烰豚样。
巨釜蒸之安以床，隔厨已远闻甘香。
出笼柔滑何晶光，切来冰片盘高张。

巍哉豚耳与狗舌，压杀粗粝倾饦饷。
十人食一那可尽，一人负十重莫当。
不宜盐豉兼膏粱，绝妙软煮和藿汤。
俗惭饷客称家常，但饱儿女胜糟糠。
焉知至味古笾实，饵糍羞品供周王。
从来礼失贵求野，千秋尚食传遐方。
或加豆屑糁其面，依然熬糗今谁详。
昔来行省几嗟羡，莫或肯进嫌村乡。
连朝馈岁自朋好，半世闻名方快尝。
吾乡猪儿大类此，爱唯土物私心臧。
官府厚养日愈分，不妨嚼淡聊相襄。
一任旁嘲嗜土炭，愿属奴子勤罂藏。

注：双声，"饼"，"粑"二字在贵阳
话里声母都是 b。

赵德昌

赵德昌（1831—1899），字达庵，
号望云，贵州郎岱（今六枝特区）
人。出身军门，善诗文。同治六年
（1867），卸职归乡，以诗养性，以书
为乐。有《枕戈室诗草》，未付梓。

辛酉孟春月师行石板哨壁

青山红树白云乡，无数人家石板房。
清似玉堂含皎月，凛于冰署挟秋霜。

蔓延何惧新烽火，砥柱还须大栋梁。
寄语主人勤爱护，莫教风雨任猖狂。

驻师观风台

东山路如梯，云深曙色迷。
仰梦高鸟近，俯视万峰低。
酒醉戈为枕，更阑月映溪。
举头天五尺，拟于岱山西。

李端棻

李端棻（1833—1907），字苾园，贵阳人。北京大学首倡者，中国近代教育之父。同治元年（1862），应顺天乡试中举，次年会试中进士。历任监察御史、刑部左侍郎、仓场总督、礼部尚书。举荐康有为、梁启超，支持戊戌变法，失败后充军新疆，后赦归，主讲贵州经世学堂。葬今乌当区永乐乡。有《苾园诗存》。

寓甘州示诸弟

传说边城极阻艰，轻裘忽至玉门关。
远行经岁都忘倦，老去能生幸得闻。
始识雷霆皆雨露，要乘风雪看天山。
寄言群季休惆怅，得酒依然便解颜。

寄张香涛同年

鄂州小住得依因，大慰飘萍泛梗身。
贵贱交情今乃见，文章结契自然真。
归来陶径犹垂念，羞涩阮郎不虑贪。
独愧不如安邑客，忍将口腹累斯人。

注：张香涛，即张之洞，时任两湖总督。与李端棻同年（同治二年）中进士。

闻人言自解

习静何关养性灵，甚衰未肯过劳形。
人言自大诚虚语，我病非真亦误听。
无事悠悠闲白日，有时默默诵黄庭。
合群最好居乡法，何必矜矜判渭泾。

应经世学堂聘

帖括词章误此生，敢膺重币领群英。
时贤心折谈何易，山长头衔恐是名。
糟粕陈编奚补救，萌芽新政要推行。
暮年午拥皋比位，起点如何定课程。

移居后院写赠陈懋枢大兄（二首）

其一

前院严齐后院深，深深暑气不能侵。

名花纵少各矜艳，新竹初栽前有门。
卷箔轩窗朝送爽，隔墙钟磬夜闻声。
一丘一壑诚多事，城市山林只在心。

其二

速将家具彻宵移，未得身闲力已疲。
教婢安排床桌几，呼童检点画书棋。
居无尽美方称善，物岂求全但适宜。
兆吉兆凶都不信，安眠作止恒于斯。

注：陈懋枢，20世纪初贵阳市知名人士，陈恒安之父。作者移居长春巷新居前，传闻该院常闹鬼，抱"不怕鬼"的态度迁入。

和《文信国乩诗》

怕听中秋月有声，要从菜市哭忠贞。
幸予被遣为迁客，匹马秋风出帝城。

注：文信国，即南宋抗元英雄文天祥，封为信国公。

赠何季刚表弟

书田难得兆丰年，通变聊将子母权。
霸王事功惟足食，圣门货殖亦称贤。
治生岂曰非儒者，择求何妨法计然。
欲救国贫先自救，萌芽商学要精研。

刘藻

刘藻（生卒年不详），初名蘅，字湘耘，贵阳人。咸丰（1851—1861）诸生，官四川候补通判。中年在蜀游幕，张之洞称之为"黔中名士"。有《姑听轩四六》《蜀游草》《姑听轩词钞》等，《黔诗纪略后编》收其诗二十五首。

惠陵

万里桥头锦水寒，三分帝业此偏安。
银潢谱牒中山贵，玉垒烟云半壁残。
抔土竟埋弓剑恨，閟宫犹结水鱼欢。
不堪陵上森森柏，依旧楼桑树影团。

注：惠陵，三国时蜀刘备的墓，在四川旧华阳县西南。

满江红·张仲香旋黔

垂老天涯，劳劳者胡为若此。当此际酒酣耳热，问天不语。破碎家山烟瘴外，匆忙岁月风尘里。竟一官迟误了英雄，穷如许。蚕丛道，高无比。夜郎国，兵才洗。倩东风直送，行人千里。往日花风春尚在，今番柳絮飞难已。待重来拭眼盼青山，眠云起。

贺新凉·雨中游南岳寺

烟雨苍茫里，笑游人拖筇着屐，冲云犯水。踏碎苔痕凌绝顶，翠绕佛堂如几。看城郭周遭眼底。燕语莺声浑不住，一声声欲唤垂杨起。凭栏外，暮山紫。

东风肯助吾侪趣，破空中湿云掠去，夕阳徙倚。十八女郎歌唱罢，报道天晴心喜。便催酒再三无已。缓拨琵琶娇整鬓，令青衫司马魂消矣。想金谷，乐应似。

柳梢青·甲秀楼远眺

岸草汀沙，竹王城外日西斜。潭净涵秋峰多障日，眼底天涯。

怜他将相勋华，都付与苍波落霞。随意生机，消闲福分，怎及渔家？

傅衡

傅衡，原名钧，字虎生，贵阳人。同治六年（1867）举人，官至广西左州知府。其诗突兀横放，恰似其人，有《师古堂诗集》《师古堂词钞》。

登江峰阁

河山胜迹已全空，高阁临江势独雄。
两水纵横分内外，一峰突兀界西东。
戈船直捣三吴地，铜马犹嘶六代宫。
倚栏登临无限感，笛声吹起半楼风。

为友人作画题一首调之

淡烟一抹夕阳低，指点人家隔水西。
为报东风春意好，闲来石畔听莺啼。

颜嗣徽

颜嗣徽（1835—1902），字义宣，别号望眉，贵阳人。同治九年（1870）解元。有《望眉草堂诗集》《文集》《年谱》《诗余》《联语》《乔梓联吟》《牂牁诗话》《仿玉溪生体别集》《迁江县志》《归顺州志》。

秋晚登黔灵山

岱宗七十二家封，不到南天别有峰。
半壁烟萝嵌古碣，一林霜叶锁寒钟。
山环玉鞚回奔马，瀑倒银河启蛰龙。
试展胸怀发清啸，虚声时度最高松。

张之洞

张之洞（1837—1909），字孝达，一字香涛，又号壹公、抱冰，谥文襄。直隶南皮（今河北南皮）人，生于贵阳。同治二年（1863）进士，官至太子太保。有《广雅堂诗集》。

五忠咏

册亨州同云骑尉刘宝善

贤子册亨吏，尊公老岸司。
卑官如一辙，惨节不同时。
野哭红江暗，招魂碧血滋。
欲求公百辈，为帝守边陲。

石阡知府严谨叔和

溪峒飞鸢处，凄凉马援兵。
樵苏艰一饱，秦越厄连营。
决胜宾僚智，扶衰骨肉情。
如何箕尾促，不得话平生。

署都匀知府高廷瑛式如

文采蜚科第，称师艾至堂。
义师巡助远，儒吏伍从王。
肺附皆虞殡，同袍又国殇。
城云丛坏气，祠俎并英光。

署贵西道巴图鲁于钟岳伯英

部曲从先子，艰难矢石中。

论诗七子杰，破阵万夫雄。
缟素孤儿泪，丹青乃祖风。
样牁迟悔祸，不奏贵西功。

思南府学训导张鸿远

甫成倾盖乍，遽报夕烽来。
凤羽寒虽短，豺牙厉不摧。
涣奔时事棘，守道腐儒哀。
凄咽乌江水，相期愧不才。

袁思韠

袁思韠（1837—1888），字稚岩，号锡臣，贵阳人。同治举人，由内阁中书保知府。有《双印斋诗稿》。

过江南（二首）

其一

溟蒙烟雾锁沉潭，翠帐笙歌夜夜酣。
谁识水云空阔里，满船明月过江南。

其二

铁锁沉江事可哀，夕阳红到旧楼台。
莺花锁尽无人迹，惟有春潮自去来。

吴重熹

吴重熹（1838—1918），字仲怿（仲饴），山东海丰（今无棣县）人。同治壬戌（1862）举人，累官河南巡抚。有《石莲闇诗文集》《石莲闇词集》。

题张文襄龙树院召客七札册

同治辛未张文襄与潘文勤师在龙树院觞客，是存文襄七札，光绪庚寅文勤以振务积劳薨于位。眷聚南归，缣素散佚，七札为江阴夏闰枝太史所收，其图已亡，乃倩姜颖生补绘装册，会中选客三十余人，极经商榷，余亦厕名其间，适因病未能与会，距今四十四年矣。甲寅秋，章式之译不出册属题，展对之余，如侍函丈，即昔在宣南与张文襄王文敏张松坪太守评汉碑勘宋椠事，亦如过眼烟云，光绪戊申又与张文襄鹿文端陆凤石相国张振卿总宪丁逊卿制军在淀园作六老之会者亦已十年，而半就凋谢，当年与龙树院之会者仅存壬秋惺吾暨余三人而已。感逝水之流年，怅胜游之不再，因题此阕，怅触良深矣。

万柳堂空，寺余夕照，益都胜迹难掩。提倡诗骚，主持风雅，滂喜抱冰领管。招邀古寺，交舞处槐龙翠满。楼好翰山，縶偏近水，群仙萧散。

于今蔓草颓垣晚。那复见旧时池馆。更马郑应刘，苏辛欧赵，同付云烟。眼望前尘尘已渺。莫论头长簿短。病榻维摩伴伊谁，炉香茗碗。

唐炯

唐炯（1829—1909），字鄂生，晚号成山老人。贵州遵义人，唐树义第四子。咸丰四年（1854年），在贵阳办乡团。官至云南巡抚，加太子少保衔，病逝于贵阳。资助刊印《播雅》《黔诗纪略》，有《成山庐稿》。

听纯庵吹箫梅君约同作兼和纯庵

乞食封侯等一尘，生还此日倍相亲。
百年未半垂垂老，万感于今事事真。
我自偷间强作达，君能著述未全贫。
诗成送与朱夫子，莫放深杯暗怆神。

薛福保

薛福保（1840—1881），字季怀。江苏无锡人，薛福成弟。高才通识，诗学甚深。佐丁宝桢幕，以陕西试用知县出仕，累迁四川知府。有《青萍轩诗录》《青萍轩文钞》。

鄂生观察见示即事书怀诗次韵奉和

百战归来谤不訾，飘萧雪鬓与霜髭。
晚途偶更师刘晏，绝漠犹堪斩郅支。
填海移山终不悔，吠声射影岂非痴。
中朝垂意苞桑计，龙变云蒸会有期。

注：鄂生，即唐炯。

吴昌硕

吴昌硕（1844—1927），名俊、俊卿，字昌硕、仓石，号缶庐、苦铁，晚年以字行，浙江安吉人，长期寓居上海。工诗和书法，尤精篆刻，创为一派，三十岁后始作画，为海派著名画家，后在杭州创立西泠印社，任社长。有《缶庐集》《缶庐印存》。

白石翁

白石翁看龙友画，云山苍茫树杈枒。
长安客舍人如海，中有千秋两大家。

注：诗题为编者所加。白石，指画家齐白石。龙友，即杨龙友。

郭临江

郭临江（1844—1928），原名永成，字春帆，别号石农、山农、砚山石农。安顺人。清朝同治九年（1870）副榜进士，光绪三十年（1904）任思南训导兼印江教谕，民国后还乡办学。清末著名书画家何威凤出其门下，有《浓花野馆诗钞》《思南吟草》《黎峨吟草》等。

游扶风山寺偶成

郁郁万株松，森森千树柏。
闲游至螺峰，螺峰真秀绝。
山深俗障空，地远尘嚣隔。
曲径而通幽，有室愈精洁。
图书妙古人，题咏多遗迹。
屏开草色清，窗映苔岑碧。
金筑地低窳，过夏犹炎热。
嘉客两三人，相邀聊共适。
俯仰于其中，陶然殊自悦。
爽气扑眉清，凉风生面彻。

注：扶风山寺，今贵阳市云岩区东山路15号。

樊增祥

樊增祥（1846—1931），原名樊嘉，又名樊增，字嘉父，别字樊山，号云门，晚号天琴老人。湖北恩施人。光绪进士，官参政院参政。曾师事张之洞、李慈铭。有《樊山全集》。

奉赠黄彭年子寿翰林丈即送之襄阳

声望全高侍从班，暂临戎幕阅时艰。
旧陪鹓鹭池边立，新掣鲸鱼海上还。
一疏安危留便殿，十联珠玉散人间。
抽簪懒问苍生事，骑马西南更看山。

陈灿

陈灿（1853—1923），字昆山，贵阳人，陈田之兄。光绪丁丑（1877）进士，历官云南按察使，署布政使。有《宦滇存稿》《知足知不足斋文存》二卷。

勘界归经车里

版纳回环带砺封，河山佳气郁葱葱。
澜沧浊浪奔千马，车里奇峰涌九龙。
生意最怆边草绿，炎威偏侠瘴云红。

练兵设险宜筹备，压境强邻虎视雄。

猛笼缅寿晚眺

春草新开牧马场，青山点点下牛羊。
瘴乡一样闲风景，粉塔金字艳夕阳。

李天锡

李天锡（1849—1920），字耀初，贵州贵筑人。光绪二年（1876）乡试举人，光绪三年（1877）进士。历任丰宁永清知县，直隶西路厅同知兼署涿州知州。光绪二十三年（1897）回贵阳，光绪三十三年（1907）任省议会议员。有《寄傲山房诗存》二卷、《宦直存稿》八卷，未付梓。

水仙

坚冰冻雪缔良因，蜂蝶难寻净洁身。
淡淡馨香惟耐冷，亭亭风骨不知春。
愿随泉石偕栖隐，岂为寒暄易性真。
秀质凌波魁洛水，牡丹应愧太精神。

端阳

端阳自古垂佳节，世俗漫传为屈原。
不识湘江竞渡客，如何也省直臣冤。

自遣

功名权以付穷通，漫向江头作钓翁。
寒雨半蓑澄俗虑，清风两袖醒愚衷。
草桥酒泛春波绿，杏坞歌残夕照红。
谁谓娱人惟富贵，此间乐趣自冲融。

陈田

　　陈田（1850—1922），字崧山，贵阳人。同治八年（1869），年仅十八的陈田与兄陈灿参加乡试，以第一名（解元）中举。光绪十二年（1886）进士，选翰林院庶吉士，授编修，长年闭门著书，潜心治学，编辑《明诗纪略》，长于诗文，清末贵阳著名学者。有《听诗斋诗》《遗文》《周渔璜年谱》。

板桥和题壁原韵（二首）

其一

惜别匆匆折柳条，东风几度客魂销。
君来我去分明记，瘦马驮诗过板桥。

其二

犹是当年旧柳条，低徊故事总烟销。
才名一代杨公子，曾踏东风赋板桥。

安平晓发

笋舆坐啸足萧闲，曲径纡回水一湾。
绿野催耕新贺雨，白云作海欲沈山。
地饶丘壑能留赏，春满莺花为解颜。
记取定翁诗句好，幽居掩翠忆乡关。

沈曾植

　　沈曾植（1850—1922），字子培，号乙庵，晚号寐叟、巽斋，嘉兴人。光绪六年（1880）进士，授刑部主事，迁郎中，以"硕学通儒"蜚振中外，誉称"中国大儒"，为同光体魁杰。有《海日楼诗集》《海日楼文集》《寐叟题跋》。有词集《曼陀罗呓词》。

陈庸庵尚书水流云在图册

　　昔闻李公垂，追昔游集寨元刘。
　　后有王凤洲，纪行图画传张仇。
丈夫举足踏九州，若月绕地玑璇周。
纬以时兮成春秋，经厥方兮秦燕瓯。

菀枯成坏哀乐忧，去来今咽纷缠纠。
瞥然过眼逝不收，若风吹垢箭脱彄。
吴刚倚树泪溢眸，山河影在光中留，
银丸会有重圆不。
庸庵尚书逍遥游，水流不竞云无求。
经行发轫岷峨陬，箫楼早赞筹边筹。
瞿塘滩声孝廉舟，黄河风色鱼龙愁。
郎官职方乐鞿鞚，我时同舍爰咨诹。
翛然鹤步循墙趋，鹏鷃早识非朋俦。
天垂海立庚辛道，批导却窾无全牛，
内能拊循外捍搊。
中原有菽河安流，疆寄自尔恩殊尤。
豫扬荆敷政优优，冀方遂长群诸侯。
公才公望当黑头，姓名指顾书金瓯，
大云捧日舒卿纠。
蓝婆风忽摧阊浮，魔波旬舞戈铤矛。
登车正嗓旋我辀，汉腊未尽身归休。
披图山水仍清幽，尧天禹域周昆丘。
身行万里海一沤，闭门默数关亭邮。
人生蚁磨劳曷瘳，佛在净域慈相褒。
八功德池水浏浏，宝庄严阁香云稠，
与公更策西方骝。

注：庸庵，即陈夔龙。

司炳煃

司炳煃（1851—1931），字煜兹，贵阳人。清光绪十一年（1885）举人，授桐梓仁怀教谕。光绪三十年（1904）以盐运大使职务分发云南，历任楚雄等处厘务。其墓在贵阳市花溪区金竹街道办事处金山村，王家烈隶书碑文。有《宁拙堂诗集》十二卷，《楹联汇集》二卷。

怀阳洞小憩漫成长句

洞在仁怀县境。戊子春，余赴仁怀主讲书院。行时，黎教授耦耕来送别，笑谓余曰："君过怀阳洞，当以奇句张之，方为不负。"兹成此章，却寄黎君。然，庸庸语耳。

仁山峥，仁水清，仁石砼，仁路纷。我来跋山涉水攀石下危径。眼中突兀，忽睹嶙峋一洞矗立数仞之石门。洞深卅丈宽廿丈，彩虹横亘层霄上。能容结驷连骑并舆行，能架杰阁重楼下席丹崖上青嶂。洞中何所有？石笋耸如栋，石乳垂如斗；或者狮象蹲，或者蛟鳄走；仙佛鼓斜杂怒嬉，黄公箕踞见客昂其首。红日洞外入，白云洞内生，有时无风浪浪穿罅透曲窦，恍如鹤唳长空虎啸岭。奇哉造化乃生兹灵壑，奥窔宏深更高阔。假令其中昏黑不见天与日，纵有千奇百瑰，不过魑魅魍魉长夜处黑岳，否则毒虺蟠结蛰伏暗中时摸索，安能如是正正堂堂，又复磊磊落落。阴阳何时初判割？混沌何人始削凿？大冶辟翕开灵钥，终古弥纶撑莲幕。看他千形万象杂沓来，令我万转千回难忖度。吁嗟乎！仁邑僻在黔西边，从古人才几着鞭？不遇奇才不能传，可怜辜负造物贤。脱使此洞幸生南北中原孔道旁，吾知天下久已播遍大文章，崖花谷鸟皆增光。胡为乎！使我长歌题罢不觉太息怆恻摧肝肠，一声长啸震青苍。

大呼武侯报以诗，诗所难写记补之。

柳公谢公笔淋漓，
仿佛如见磨砻断壁挥毫时。
此图二丈如披帷，张之老屋气漫弥。
毒龙猛兽相撑持，金仙蛮鬼杂怒嬉。
日轮月殿云垂围，大圈小圈光陆离。
云黄海黑风凄其，长画短画盘蛟螭。
阴阳万象供炉锤，观者揖君相叫噫。
或疑或喜或恣睢，口量手揣心是非。

谓是好古邹君叔绩不及知，
可怜甘受世人欺。
吁嗟乎，可怜甘爱世人欺，
岂独石鼓铭文峋嵝碑。

题张叔平红崖碑后

张君好游复好奇，逍遥不受名利羁。
东行泰岱西咸池，凌跨三湘吊九嶷。
茧足不遗蛮与夷，直到吾黔罗甸之边陲。
红崖山石如猊狮，红崖文字如龙夔。
缩本赝木相离支，怀古徒兴三代悲。
何君不畏艰与危，何君不惮熊与罴。
崖悬万仞身悬丝，阴气肃肃砭人肌。
扪萝攀虺右手胝，摹拓岂任庸奴为。
风神号怒山神私，忽跃忽叫交奔驰。
夺其所宝心怨咨，旁人亦道君是痴。
谓以性命博文辞，君方惊定神怡怡。

龙潜引

西宫日落东宫昏，妖星如月挂宫门。
白气映射青红灯，黑烟冲蔽紫微垣。
霹雳一震飞电光，排山倒海崩金阍。
神丁甲马皆匿藏，平地水溢成汪洋。
天吴海童恣颠狂，鳌掷鲸吞肆沸扬。
跳荡鳅鳝从鲤鲢，掉尾喷沫鼓涛浪。
眴尸当蹊闯龙堂，欲盐龙脑脍龙肠。
老龙负子拿云起，敛须弥身为芥子。
金银宫阙弃如遗，宝藏珠琲散若洗。
败鳞残甲侣鱼虾，惊风骇浪走天涯。
兴妖驾雾逐螣蛇，蚀月跃起金虾蟆。

狐鼠跳梁雄似虎，鸾凤失路瘦于鸦。

镫残犹幸回光驻，棋输讵止一著差。

君不见，

万里为鱼齐荡产，九朝如梦忽倾家，

河山大地铺虫沙。

读明太祖本纪有感其语

元虽起北狄，主中国百年。

后王纵不才，先帝德未谖。

我祖与若宗，为民而受廛。

渥受教养恩，太平享安全。

一朝至顺帝，淫昏异祖先。

英雄起草泽，四字皆狼烟。

明祖乃崛兴，宝位授于天。

独夫放塞外，和林妻孥完。

中山识此意，明言臣舍旃。

上启圣仁心，宸衷矜且怜。

诏书戒夸大，臣民禁哗喧。

讵因子孙愚，诋毁宗祖贤。

大哉开国主，谟训垂简篇。

气象迈汉唐，度量包垓埏。

至今诵其语，令人生慨然。

陈矩

陈矩（1852—1939），字衡山，贵阳人。陈田之弟，监生，随黎庶昌出使日本，任文案，后任四川天全知州，贵州省立图书馆馆长，民国《贵州通志》分纂。有《灵峰草堂集》。

秋柳（四首选二）

一

雨丝烟缕后先凋，月冷霜严镇寂寥。

南浦攀残行客手，西风尽瘦女儿腰。

乌翻白下岁惊晚，人到金城魂暗销。

昔日楼台遮不住，繁花一梦付秋蜩。

二

桥横红板水如油，昔日人归忆旧游。

枝啭秋莺悲往事，曲翻古笛动新愁。

灵和宫女销青黛，京兆衙官感白头。

寄语诗人休悼惜，春风隔岁艳江州。

何威凤

何威凤（1853—1918），字翰伯，号东阁藻笪，贵州安顺人。书画奇才，善诗文，受翁同龢赏识，与杨龙友并称

"南凤北龙"，后居贵阳。有《何东阁诗草》《啖芋轩诗文稿》。

有所思（二首）

其一

凤翎长一尺，文彩何斑然。

碧梧朝暮栖，枝柯相新鲜。

其二

振翮丹山来，返羽丹山去。

落尽青桐花，枯尽青桐树。

花影

春风昨夜散芬芳，聘得阿娇锦幄张。

金粉重添纤态活，珠帘难卷一枝长。

移来蟾镜窗含艳，烧到蚖膏壁有香。

从此倾城颜色好，更饶妩媚是红妆。

花魂

玉立亭亭隔绛纱，归来谁驭七香车。

寒塘梦醒梨云远，紫殿春回杏雨斜。

五夜微风惊倩女，半林残月冷栖鸦。

金铃十万牢牢系，寄语东皇好护遮。

严寅亮

严寅亮（1854—1933），字碧岑，号弼丞，别号剩广、剩庵、阳坡山民、阳坡居士，土家族，贵州印江人，著名的书法家、教育家。光绪十五年（1889）赴贵阳乡试，中己丑恩科举人；二十三年（1897）主讲贵阳正本书院。清朝皇家园林颐和园牌匾即为其所题。有《剩庵墨试》《碧岑诗钞》《严氏家训》《严寅亮年谱》等。

题柳瘿庵图二绝句

其一

牢落乾坤剩一庵，为门垂柳碧毵毵。

天留栗里供高隐，何必婆娑感汉南。

其二

拥肿休嫌木不材，山林斤斧免相灾。

此乡即是无何有，摩取逍遥入画来。

注：贵州通志局分纂文献征辑馆副馆长王敬彝，室名柳瘿庵。

杨调元

杨调元（1855—1911），字孝羹，

又字和甫，号仲和，贵筑人，光绪三年（1877）进士。历官户部主事、陕西长安、紫阳、华阳、宝鸡、沔县、富平等知县，华州知州。平生嗜书史，勤纂述，擅篆书，古朴典雅，刊有《驯纂堂丛书》，有《绵桐馆词》一卷。

清平乐

苍岩如削，人语空中落。隐隐山楼窥一角，疑是真灵栖托。

时平不掩关门，往来一任闲云。细草香风满路，落花流水前村。

当下吟二首示诸儿

学惟当下是真心，当下真心不用寻。
一掬元和随物布，三更夜气此时深。
顿齐圣位通明德，不受人间污染侵。
此法是谁相付与，端从羲画到于今。

虞美人

清溪三尺玻璃水，回抱青山嘴。鳞鳞浪蹙晚霞红，无限好诗都在夕阳中。

撅头艇子科头坐，未必中无我。红尘不到绿窗纱，羡煞柳阴深处那人家。

邓潜

邓潜（1856—1928），初名维祺，一作维琪，字花溪，贵阳人。光绪十二年（1886）进士，选庶吉士，历官四川富顺知县、邛州知州、过班道员，晚年寓居成都。有《牟珠词》一卷。

扫地花·鸡枞菌

满山气湿，正节近梅天，雨晴蒸乍。肉芝羽化。看珍珠伞小，影圆苔罅。玉干琼根，蚁穴何妨在下。隔篱话问，香孕土膏，谁采盈把。

风味真淡雅。称履道新诗，八珍呼野。妾名署罢。笑餐来秀色，一般娇姹。沁入云浆食谱，黔乡另写佐杯斝。配兰花，金共论价。

声声慢

饮海棠春，旧为藩垣五百梅花馆，许子莼方伯觞咏地也，今子莼下世久矣。红薇馆旧，碧草池荒，当年此地开藩。一寸沧桑，杯中照影谁看。题海棠香国，酒斾风蝶去蜂还。闲行遍，剩梅花几树，泪溅铜仙。

展尽黄图三辅，并颐和零落，还吊承宣。厮养才人，寻香一例朱兰。分曹旧日赌胜，忍重过丁卯桥边。聊同醉，问西川谁拜杜鹃。

齐天乐（二首）

其一 腊鼓

冬冬打得年光去，春从细腰挝到。社待祈蚕，盘将贴燕，响凑一群娇小。乡心动了。怎记里名虚，回帆信渺。白雨跳珠，岁华如梦自惊觉。

忧时今又日老，正平悲壮意，传出多少。豆子山前，灶君祠畔，莫变渔阳凄调。番风预报。定逐节催花，万红春闹。逗起箫声，卖饧天气好。

其二 香篆

一痕袅出相思否，寒烟瘦如人样。鸟迹分明，麝薰浓郁，生爱银荷偎傍。重帘早放。看圆晕螺纹，密穿蛛网。想正书空，落花风影又轻飐。

添来红袖夜读，玉郎从别后，闲却书幌。好梦曾萦，回文奉寄，一缕情丝拴上。蘼芜自贬。纵心字烧残，热灰还酿。检点荀衣，贴身劳细想。

渡江云·送谢小舲旋黔

鹧鸪啼未了，芙蓉乱落，游迹阻川黔。夕阳红尽处，一片乡心，割碎剑山尖。堂前旧燕远飞到，情话呢喃。催好趁桃花波煖，春色带归帆。何戡。

渭城新柳，客舍青青唱阳关。凄怨空剩我晨占鲤信，夜约鸡谈。玉虹桥畔，衣尘浣过，敝庐应见阿咸。烦寄语西溪，好护松杉。

征招·休庵鬻裘刊花行小集

朝衣都为耽书典，枡椆更刊吟稿。斥卖到鹔鹴，正西风寒峭。富文贫亦好。只惆怅当歌人老。集腋编成，夜灯红处，字还亲校。

孤调。自怡情成连去，心上海潮悲啸。六籍尚秦燔，况雕虫些小。月泉芳躅渺。算留得印泥鸿爪，换名酒又解金貂。惹伯伦妻恼。

赵以炯

赵以炯（1857—1906），字仲莹，号鹤林，贵阳市花溪区青岩人。光绪五年（1879）中举人，光绪十二年

（1886）丙戌科状元。官至修撰。二十六年（1900）丁母忧回籍，主讲贵阳学古书院，服阕入京，旋归青岩讲学。

咏刺梨

生在山间不入盆，擅妍不肯进朱门。
却和龙井酿成酒，贡上唐朝承圣恩。

注：传此诗为四岁作。

自吟

一上上到赵家楼，目击江汉气横秋。
眼前若无三山堵，看破江南十二州。

赋得报雨早霞生得"生"字

报道天将曙，祥雯簇簇生。
霞光迎早旭，雨意满春城。
晓气随钟动，晨曦认绮明。
信传风渐紧，华绚日初晴。
拂地棠阴暖，敲窗竹韵清。
影休同骛落，机似促鸡鸣。
势为催诗助，文真作画成。
涵濡歌帝德，耿句试重赓。

注：此为应会试诗。

题颜嗣徽《桥梓联吟诗集》

墨化烟霞笔化仙，家庭韵事共流传。
骚情洒落风敲竹，佳句清新雨洗莲。
嗣响君能承旧学，论交我欲订忘年。
合当远绍三苏美，漫渭前贤胜后贤。
银鞍白马锦丝鞭，裘带翩翩美少年。
觅句携囊逢李贺，醉书濡额有张颠。
云山经过千余里，诗卷集成百数篇。
他日连床风雨夜，长途为我写吟笺。

孟姜女哭长城

长城围四方，万人筑城忙。
夫君筑城死，妻儿哭断肠。

一

姜夫杜公子，才貌两双修。
自从结婚后，恩爱称绸缪。
所生三个儿，个个似骅骝。
夫勤家道兴，生活不担忧。
邻里称幸福，家族赞良俦。
杜敏惟好酒，千杯不罢休。
最好结朋友，良莠竟来投。
为妻好言劝，君子慎交游。
涉足打麻将，一年打到头。
赌博已上瘾，不为衣食谋。
无米难为炊，巧妇不胜愁。
千言和万语，口干说破喉。

方城屡战败，吸烟生毒瘤。
赌也不能戒，烟也不肯丢。
贫病两煎迫，度日如三秋。

二

为夫治好病，家产作典押。
三儿都辍学，分别来打杂。
大儿挑水卖，二儿把地挖。
三儿年最幼，天天拾煤渣。
有空课儿读，无事也种瓜。
含辛又茹苦，不把怨气发。
希望佛保佑，烧香到古刹。
磕头又作揖，眼泪像滚沙。
许愿三炷香，托福靠释迦。
若把病治好，捐金献法华。
良医施妙手，疾病找根芽。
毒瘤已溃烂，肺上点如麻。
不听犹自可，一听似天塌。
日夜勤照顾，熬药又煎茶。
安慰兼鼓励，温存诚有加。
只话将来事，眼前莫管它。
苦水心里埋，脸容气色佳。
丹心存一片，献上一束花。

三

华陀能再世，妙手可回天。
夫君病好转，全家最喜欢。
下地能行走，饭食也有添。

生活可自理，贤妻免麻烦。
不料老朋友，叫他来四川。
愚夫身手痒，要挽输去钱。
麻将打通宵，定把老本扳。
连战又连败，不赢心不甘。
果然天开眼，一夜奏凯旋。
一回清一色，一和十三番。
一回小七对，八圈一吃三。
一回喊报定，运气顺手边。
和牌大声吼，两眼往上翻。
众人吃一惊，杜敏去黄泉。
妻儿被丢下，房产未赎还。
来日如何办，翘首望苍天。

尾声

长城围四方，万人筑城忙。
夫君筑城死，妻儿哭断肠。

朱孝臧

朱孝臧（约1857—1931），一名祖谋，字古微，号沤尹，又号强村，浙江归安（今湖州）人。光绪九年（1883）进士，授编修。官至礼部侍郎兼署吏部侍郎、广东学政，为"清季四家"之一。有《强村语业》。

齐天乐

乙丑九日，庸庵招集江楼。

年年消受新亭泪，江山太无才思。戍火空村，军笳坏堞，多难登临何地。霜飙四起。带惊雁声声，半含兵气。老惯悲秋，一樽相属总无味。

登楼谁分信美。未归湖海客，离合能几。明日黄花，清晨白发，飘渺苍波人事。茱萸旧赐。望西北浮云，梦迷醒醉。并影危阑，不辞轻命倚。

陈三立

陈三立（？—1937），字伯严、敬原，义宁州（今江西修水县）人。晚清维新名臣陈宝箴长子，与谭嗣同、徐仁铸、陶菊存并称"维新四公子"，近代同光体重要代表人物。有《散原精舍诗》《散原精舍诗续集》《散原精舍别集》。

六月二日，徐园雅集，为冯蒿庵、姚菊坡、吴补松、沈子封、陈庸庵、曹耕荪、苏静阶诸公及余凡八人，皆光绪丙戌进士榜同年生也，庸庵尚书有诗纪事，次韵和酬

海陲夏木交繁阴，风竿雾阁森如林。
流人猬集蚁旋磨，眼穿禹域摇归心。
结蟠蛇虺螫未已，喷涎蕴毒谁能禁。
吾侪吊影玩驹隙，宛比神虮栖龙禽。
痛定感旧慕气类，图聚蜗角开烦襟。
徐园树石特幽邃，胜日往往联朋簪。
把茗楼观瞰平野，蒙茸纤草霁秋针。
屈指卅年登科记，称盛桃李时评钦。
只今世乱半飘泊，犹着数辈耽喋吟。
可怜报国好身手，或为柱石为甘霖。
各淫坟籍发光怪，永嘉未绝正始音。
余衰忝托渊明里，自笑空抚无弦琴。
杯酒颜酡骋谈谑，余生一乐千黄金。
当阶莓苔游迹扫，微许乳燕呢哺侵。
咻濡相保觅形影，看取图像偕浮沈。
尚书孤衷牢万态，句成恋昔还伤今。
携哦栏楯对霄汉，遗响恍惚飞仙寻。
后约泥饮猕猴跪，照席应待片蟾临。

注：陈庸庵，即陈夔龙。

李经羲

李经羲（1860—1925），安徽合肥人，字仲仙，晚号悔庵，又号蜕叟。李鸿章之侄，李鹤章第三子。

题《柳瘿庵诗丛》（四首）

其一

王郎斫地意殊哀，磊落新诗到眼来。
露气独凝仙掌重，风雷又见禹门开。
不鸣鸾凤偏怜采，欲试骅骝故老材。
莫诧清寒类郊岛，冰壶何处著尘埃。

其二

休嫌舞袖太郎当，收尽溪山入锦囊。
飞阁落霞怀酒盏，笼纱拂璧笑僧堂。
性兼爱竹风潇洒，句称哦松格老苍。
羡煞翠湖秋柳咏，为君题上碧鸡坊。

其三

史官牛马因饥走，爱惜儒寇蕴藉中。
莽莽尘沙劳笔扫，纷纷人物叹群空。
那堪忧患闻丝竹，正好华年惜镜铜。
莫讶参军作蛮语，请看父手赋雄风。

其四

蛛牵事业丝千楼，蠹蚀光阴纸一堆。
百病都归文网敝，万夫枉作辘轳推。

中书我已虚薇省，巧样君何费锦裁。
摇落关河劳北望，寒空独雁首重回。

原注：右诗四章，系光绪庚子秋在滇所题赠者。时有北方拳乱之警，故末章寄托意兴至深。距今三十年，公已下世，检录丛残，不及就正，知遇之感，思之怃然。敬彝附识。

编者注：《柳瘿庵诗丛》，贵州通志局分纂、文献征辑馆副馆长王敬彝作品。

火编 —— 民国之部

云迷缥缈峰千尺 亭爱沧浪水一湾

陈夔龙

陈夔龙（1857—1948），又名陈夔鳞，字筱石，又作小石、韶石，号庸庵、庸叟、花近楼主，室名花近楼、松寿堂，贵阳人，清末民初著名政治人物。光绪进士，历任河南江苏巡抚、四川湖广直隶总督，于江苏巡抚任上复兴寒山寺。有《梦蕉亭杂记》《松寿堂诗存》等。

贵阳杂感（十八首选二）

其一

吴宫花草斗芳颜，风景姑苏春又还。
驿使不逢来邓尉，客船重拟到寒山。
云迷缥缈峰千尺，亭爱沧浪水一湾。
今夜翠微频剪烛，卧游诗兴动乡关。

注：翠微阁在观音寺，极深秀。

其二

铜鼓芦笙和晓烟，芙蓉分翠禹门边。
飘零红杏如飞马，呼唤青莲不上船。
宿学尹偲后桐埜，大名丁李继犀川。
灵光一老今无恙，莫道穷荒始破天。

戊申正月十七日游黔灵山寺即景用花晓亭先生题壁韵（二首）

其一

石磴重寻旧点苔，荡胸绝顶白云开。
人如退院闲僧在，我为看山倒屣来。
落叶半飞烟外寺，拈花一笑佛前梅。
亭碑剥蚀依稀认，谁向天荒辟草莱？

其二

大好黔南第一峰，回栏曲曲路重重。
客来活火双旗茗，风送奔涛万壑松。
石壁又添新韵事，钵池难照少年容。
平生出处殊王播，喜听阇黎饭后钟。

过济南谒丁文诚公墓

北游已倦又车东，展墓迟来我负公。
料得九京开笑日，自携纸酒醉西风。

注：丁文诚，即丁宝桢，字稚璜，贵州平远（今织金）人。作者曾任丁宝桢总督府幕僚。

题画《萧寺钟声》

宦味与禅悦，喧寂有殊致。
夜半闻钟声，如在寒山寺。

注：诗题为编者所加。俞樾《新修寒山寺记》，诗境清越，寓意深远，一时宾从皆吟赏不置。其时在乙巳之冬。及明年正月，遂拜移节江苏之命。中丞喟然曰："浮生如寄，宦迹如蓬。吾前诗，其为之兆乎？"

感怀诗（四首）

其一

一别姑苏感旧游，五年客梦上心头。
逢人怕问寒山寺，零落江枫瑟瑟秋。

其二

丁字沽头夕照浓，客船随处寄萍踪。
海光玉钵声声彻，如听枫江夜半钟。

其三

张句推敲两字讹，江村渔父费摩挲。
曲园已逝春何在，苔藓封碑未灭磨。

注：张继诗有"江枫"作"江村"，"渔火"作"渔父"者，余扶苏时，特请俞曲园先生书碑纪事。

其四

旧地新开选佛场，乌啼月落几经霜。
重来定有樱花识，只恐山僧鬓亦苍。

注：寺中樱花，乃日本白须领事手植，

丁未春仲，曾燕饮花下。辛亥十一月贵阳陈夔龙筱石氏作于北洋官厅。

许禧身

许禧身（生卒年不详），女，字仲萱，杭州人，贵阳直隶总督陈夔龙继室。有《亭秋馆诗词钞》。

忆寒山寺和筱石主人韵（四首）

其一

回首苏台忆昔游，杖藜扶我过桥头。
清风入耳涛声远，红叶漫山已极秋。

其二

渔火江枫暮色浓，雪泥鸿爪寄行踪。
何当共载瓜皮艇，重听寒山夜半钟。

其三

佳句流传每易讹，残碑断碣几摩挲。
说诗幸有曲园叟，壁上留题字不磨。

其四

十里莺花辟广场，金阊门外月如霜。
何人领得清凉趣，一道虹腰踏藓苍。

注：筱石，陈夔龙字筱石。此四首诗

亦勒石,至今仍竖于清邹福保《重修寒山寺记》碑旁。

清平乐

梦女持卷问字,以此绘合家欢记之,即题此图。

曲栏杆畔,玉立浑忘倦,风采依然窥笑面,凉透梧桐庭院。

视他孺慕依依,承欢膝下牵衣。蕉叶半窗月影,落花满地声稀。

念奴娇·和徐花农侍郎秋雨骤寒书感作

小窗秋夜,听阶前风雨,声声落叶。天际孤帆疏柳外,水浪拍堤如雪。凉月乌啼,平沙雁断,回首成凄咽。愁云锁处,难抛玉宇琼阙。

最怜昨岁干戈,洞庭波沸,满地多荆棘。暮色层层迷远岫,一望千山重叠。感慨悲歌,断肠词调,不忍论畴昔。曲栏凭尽,淞滨权作羁客。

康有为

康有为(1858—1927),原名祖诒,字广厦,号长素,又号明夷、更牲、西樵山人、游存叟、天游化人。广东南海人,人称康南海。晚清政治家、思想家、教育家。

赠萧娴

筓女萧娴写散盘,雄深苍浑此才难。
应惊长老咸避舍,卫管重来主乱坛。

注:题目为编者所加。萧娴,贵筑人,康有为的学生。作此诗时萧娴尚年少。

袁世凯

袁世凯(1859—1916),字慰亭(又作慰廷),号容庵、洗心亭主人。河南项城人,人称"袁项城"。

寄陈筱石制军(二首)

其一

武卫同袍忆十年,光阴变幻若云烟。
敏中早已推留守,彦博真堪代镇边。
笑我驱车循覆辙,愿公决策着先鞭。
传闻凤阁方虚席,那许西湖理钓船。

其二

北门锁钥寄良臣，沧海无波万国宾。

湘鄂山川讴未已，幽燕壁垒喜从新。

鸣春一鹗方求侣，点水群蜂漫趁人。

旭日悬空光宇宙，劝君且莫爱鲈莼。

注：陈筱石，即陈夔龙。

严范孙

严范孙（1860—1929），名修，字范孙，号梦扶，别号偨屼生。天津人，祖籍浙江慈溪。中国近代著名教育家、学者。曾任贵州学政，后创办南开大学。

戏简茫父

自号姚风众莫疑，声光要与古人期。

姓同广孝名凝式，便一人兼两少师。

注：茫父，即姚华。

杨鸿勋

杨鸿勋（生卒年不详），字仪卿，更

名文勋，贵阳人，光绪二十年（1894）甲午恩科进士，官内阁中书。有《蓉镜轩诗文草》。

图云关（二首）

其一

一山高据翠微巅，突兀穿云欲到天。

转过危城遥指望，万家城郭起炊烟。

其二

石柱栏峰峙一亭，肩舆来往几回经。

乡关十里乘云去，积雪团山敞玉屏。

许秀贞

许秀贞（生卒年不详），女，字芝仙，贵阳人。工诗画，有《枣香山房诗集》。

霁虹桥晚步

山含落日影微微，小立波光上葛衣。

烟外有人炊荻火，稻花香里打鱼归。

山行

板桥流水几人家，土屋茅檐一径斜。
隔岸春风吹不断，山中开遍茨黎花。

申辑英

申辑英（生卒年不详），女，字玉卿，贵阳人，铜仁学官徐教授妻。有《吟香阁诗稿》，今佚。

论诗

代有诗人各著名，无端排击太纷争。
侬今不解分门户，只向花笺写性情。

闻鹃有感

万水千山道阻长，望云心思几能忘？
枝头杜宇声声唤，恰似催归说贵阳。

伴增儿夜读

一篝灯影小窗明，坐到三更到四更。
娘作女红儿励学，剪刀声杂读书声。

关月仙

关月仙（生卒年不详），女，字素梅，贵阳人，举人桂銮之妻。有《绣余小草》。

白菊

衣云镜月短篱边，一顾倾城绝世妍。
漱尽秋光新雨后，梦成昙影欲霜天。
伴邀青女神俱淡，露浣瑶台我欲先。
皓魄初升帘不卷，半笼秋水半笼烟。

傅梦琼

傅梦琼（生卒年不详），女，字清漪，贵阳人，傅寿彤之女，适开州文士朱庆墉，其子朱启钤。有《紫荆花馆诗》。

寄外

家山烽火路艰辛，红豆相思梦最真。
临别赠言君记否？春来莫作未归人。

夜坐

新月如钩半未明，城头忽听玉箫声。

春光满目无游处，一片烽烟绕郡城。

重纵马食草，围人亦睡焉。

李祖章

李祖章（1863—1929），字柱丞，号甫青，湖南新化县人。历任贵州镇远、贵阳、兴义、大定府知府。有《莆园诗草》。

黔中竹枝词（七首选三）

其二

娇娃项系千家锁，花帕笼头别样妆。

马负女郎郎带马，前村归去看阿娘。

其五

苗女风情态亦妍，芦笙吹彻夜郎天。

裙拖百幅山头立，疑是蓬莱赤脚仙。

其六

碗黝盐巴上下过，一般驾重马腰驼。

铃声逐队蹄声杂，"放哨"日中向野坡。

原注：滇中出碗黝（釉），用马驼至泸州，转运江西景德镇窑供用。川中食盐遍行黔中，亦用马驼，千百成群，每于日午向山坡"放哨"一次。"放哨"者，即释

侯树涛

侯树涛（1864—1933），字沧帆，贵州桐梓人，清末贡生，曾任民国绥阳、赤水县县长。有《素园诗草》。

梦草亭怀古

亭畔草芊芊，吴公开别馆。

幽人坐翠微，午梦诗情懒。

高卧傲羲皇，眠琴偕鹤伴。

一色上帘来，下榻香风暖。

虹桥柳丝拖，紫泉春水满。

花坞影重重，竹篱围短短。

画船穿耦花，丛菊相留款。

树老集昏鸦，白云闲自散。

博物聚奇珍，观罢携茗碗。

斜阳读断碑，游人信步缓。

空亭今寂寥，春色无人管。

忧时藉草坐，浩歌抒愤懑。

大雅望云遥，草亭惊梦断。

原注：亭，在贵阳按察使司署后。

聂树楷

聂树楷（1864—1942），字尊吾，别号聱园，仡佬族，贵州务川人，光绪甲午（1894）举人。曾参与著名的"公车上书"，晚年在贵州省法政学堂等校教学。参编《黔贤事略》《民国贵州通志》《兴义县志》，有《聱园诗剩》二卷。

剑魂以《花溪杂咏》见示，漫成三绝

仲秋上沅周实卿招饮花溪清晖楼，未赴。人咸谓花溪与月宜，宜夜游。

其一

林中半赤蓼初红，秋水秋山入画中。
若画清晖楼上客，凭栏添个白头翁。

其二

人道花溪与月宜，环溪十里漫琉璃。
何当泛舟中秋夜，打桨空明听所之。

其三

何处桃源好避秦，世间大有葛天民。
几时得把渊明臂，鸡犬桑麻与结邻。

初夏偕同馆诸子游花溪分韵得啼字（二首）

其一

言行花谷镇，恍入武陵溪。
弥望云林合，几重烟水迷。
只宜贵招隐，云愿李成蹊。
行到山深处，流莺恰恰啼。

其二

孤峰拔地起，古木与云齐。
环以田千顷，新添雨一犁。
西崦同入画，南涧好留题。
道远归宜早，村鸡已午啼。

初夏偕伯庸游新滥泥沟

三年不踏新沟路，绕出南塘路怒分。
褁棘荒阡怀故友，干霄野竹属将军。
一犁绿划秧田水，十里黄铺麦陇云。
贪看晚晴山色好，投林归鸟已纷纷。

读黔人诗集绝句三十二首（选六）

其三

雪鸿天末称才子，三舍纷纷避艺林。
屏黜谣哇趋正始，朱弦疏越有遗音。

原注：谢君采《远条堂集》，君采在东南坛坫有心始遗音，天末才子之目，李维桢谓："比日艺林之士，当退避三舍。"

其六

阿龙早得江山助，奇气胸中郁不平。
藻绘南都散霞绮，可怜画笔掩诗名。

原注：杨龙友《山水移集》，龙友遍揽泰山台荡诸胜，画名迥出诗文上，吴梅村《画中九友歌》云："阿龙北固持双矛。"

其七

甲子编年一卷诗，摩挲断砚泪如丝。
柴桑故宅犹无恙，劫后谁寻梦草池。

原注：吴滋大《断砚草》，莫子偲谓滋大生于彭泽为近，其诗品之相较亦然，不必貌似。

其八

故园风物九回肠，西崦春耕愿未偿。
吟遍六朝金粉句，渔璜华妙敌渔洋。

原注：周渔璜《桐埜诗钞》，渔璜《春日有归》有"一梦故园风物好"之句，禹之鼎为作《西崦春耕图》，陈松山称其诗"华妙不减渔洋"。

其二五

天骨开张胆绝伦，强将豪杰作诗人。
三年待死圜扉里，龙性终南叔夜驯。

原注：唐鄂生《成山庐稿》，王伯心谓其"识高气壮，为豪杰之诗"。

其二八

九朝遗献网罗中，纪略完成眯叟功。
诗笔不教尘俗点，亦从锻炼见宗工。

原注：莫芝升《青田山庐诗》，莫子偲辑《黔诗纪略》仅止明代，芝升采有清一代为后编。陈松山称其诗"苦心锻炼，扫尽轻俗之弊"。

齐白石

齐白石（1864—1957），原名纯芝，字渭青，号兰亭，后改名璜，字濒生，号白石、白石山翁、老萍饿叟、借山吟馆主者、寄萍堂上老人、三百石印富翁。生于湖南湘潭，近现代中国绘画大师，有《白石诗草》《白石老人自述》。

《白石杂作》记

今日为荷花生日，余画荷花大小三十余纸，画皆未丑，有最佳者惟枯荷。又有四幅，一当面笑人，一背面笑人，一倒也笑人，一暗里笑人。师曾携去四幅，枯荷暗里笑人在内，有小横册页最佳，人不能知。师曾求去矣！是日植之出纸一条，属能画者各画几笔荷花以作纪念，姚茫父题诗，余次其韵。

衰颓何苦到天涯，十过芦沟两鬓华。
画里万荷应笑我，五年不看故园花。

王敬彝

王敬彝（1864—1963），字疏农，号瘿叟，贵阳人，早年受聘入云南布政使李经羲幕总理文案，辛亥革命后，任兴仁县长，晚年任贵州通志局分纂文献征辑馆副馆长，创办"岨社"，与诸诗友唱和。有《柳瘿庵诗集》。

甲午东望五首（选一）

其三

渤海古雄国，蛟鼍今怒涛。
胡为钓鳌叟，不得试鸾刀。

白日遥天匿，腥风随浪高。
一时杀气合，鱼鬼宵中号。

甲午中日之役哀从军者
（五首选二）

其二

决命犯烟水，水作鱼龙腥。
我舟飘一叶，敌舰若繁星。
短兵未交接，但觉烟雾冥。
沈浮定惊魄，磷火光荧荧。

其五

中兴百战师，渺渺三十年。
从征有功烈，焉知沟壑填。
利钝虽有殊，往者何其贤。
寒沙照白骨，昨日思农田。

图云关题壁

鸿雁南回书北滞，水流东去我西来。
亲人花鸟迎前约，大陆云龙想异才。
世事漫劳詹尹策，家山喜近筑王台。
薇园樽酒今宵月，曾在天涯照客怀。

黔中马路歌并引

周省主席莅政两期，适马路成，汽车驶，是黔中破天荒之举也。喜而作歌，敢告黔乘。

五尺除道奢香功，牂牁乃与中州通。
唐汉远溯皆茫昧，无怪夜郎专其雄。
绥服一方明祖略，版图郡县多蚕丛。
凿空原非博望比，通道仿佛灵山东。
山国扶舆气磅礴，鬼哭未难开鸿蒙。
箐莽翳天磴道遥，关隘跬步丘壑重。
气佳郁郁复葱葱，天然设险丸泥封。
闭关吾圉足扃锔，往来又患夷庚穷。
舟楫更乏巨川济，不与江汉同朝宗。
怀襄旧无精卫恨，移山难得愚公佣。
长年耳目等锢蔽，不为郑昭为宋聋。
昔者急于宣王命，虽驰驿传无追锋。
歧路之中又有歧，裹足容易迷空峒。
关山瞻望况难越，尺一往往滞邮筒。
方令中外大同世，岂容竟以陆沉终。
国内交通布宏义，航行海陆穷天空。
谈天炙輠随地足，飞行绝迹夸衡从。
岩疆重险造化关，西南边僻巫黔中。
柳渝铁道议枢会，譬诸画饼饥难充。
刊山通道势多阻，仰屋又况愁司农。
思履康庄待何日，纵有金石谁为攻。
跋前疐后行路难，更毋梦想施临冲。
岁在戊辰集青龙，眼前突兀飞车逢。

泠然列子御天风，冠带委蛇豁心胸。
飚然车制如飞蓬，梓匠轮舆新考工。
周行示我仍从容，雪来柳往毋匆匆。
权舆马路如昭旷，九馗经纬无不共。
朝朝踏遍青芙蓉，咫尺千里飞仙踪。
匠人营国两春冬，谁欤主宰曰周公，
　　不朽大业何其丰。
　　　　吁嗟乎！
李白前歌蜀道难，登天令人心忡忡。
陆畅后歌蜀道易，韦皋之治乐融融，
　　我歌难易将毋同。

聱园先生六旬有六悬弧令辰赋诗三章（选一）

其一

老境聱园日又新，词场风雅未成尘。
更逢洛下耆英会，知是襄中老斫轮。
充耳何当忘世事，美名终竟属辞人。
掀髯莫听谈天宝，旅食京华几度春。

杨覃生、赵乃康两诗人招饮大醉，次日卧病，赋呈此诗并简弼丞、聱园晓衢巩园诸君子

老来遇酒豪犹醉，大敌论诗夜不眠。
华发催年双鬓秃，故交吟侣一堂仙。

冰霜途滞征骊驾，烟雨春寒谢豹天。
怊怅荀卿衰祭酒，风怀摇落在人先。

壬戌十二月望日偕志公及志局同事
观梅于扶风山阳明祠及东林寺，
越三日，感东坡生日作

林逋一去孤山孤，藐姑仙子讵无夫。
尘俗不入扬州郭，翩飞清梦嫁天都。
龙场谪吏栖神庐，扶风云路扶摇扶。
携来鹤子方将雏，鸷鸟搏击无时无。
天荒地老荆榛途，聒聒丑类寒群乌。
湘娥竹泪斑斓枯，杜鹃血叫精魂苏。
阳明瘗旅空奔趋，瑶台缟袂殷江污。
独雌无雄奚卵竾，块然独处橛株驹。
天寒怊怅倾城姝，粉白黛黑行踟蹰。
玉京神人衣五铢，入门颐尔瘫仙瘫。
横波一笑双清卢，云裙霞绮星罗襦。
雾鬓风鬟餐道腴，对之小巫惭大巫。
蘧蘧尘梦觉南湖，豁若灌顶浇醍醐。
朝来开我明纱橱，宵来照我流霞珠。
山中纸帐红氍毹，明珰翠羽雪肌肤。
扶风遥接东林隅，步虚来往如嫔虞。
移山何必愚公愚，神游时与素心俱。
琴槽檀板相啸呼，好作东坡生日图。
有客有客阳明徒，索诗无作逃禅苏。

壬戌九日志公招集城南翠微阁
（二首选一）

其二

南郭寻秋入翠微，楼台高旷足斜晖。
寒云招隐谁终古，流水淘愁逝不归。
漫引新城秋柳怨，犹逢栗里菊花肥。
江山牢落餐英日，坐对残棋又一围。

欧阳朝相

欧阳朝相（1867—约1916），字芗蘅，贵州都匀人，光绪举人，曾于八寨龙泉书院和都匀鹤楼书院讲学，曾任省视学、省议会副议长。

金卷益寿

大豆黄卷，黔中所在有之，而他产仅寸许，稍长则不可食。而寨阳龙井水所渍者，长辄及尺而软，复肥甘独饶滋味。

龙井饶生意，黄卷最餍心。抽茎盈尺玉，上市一肩金。莼菜情何切，耆英会若林。他年续本草，应不重苓参。

芦笙跳月

铜鼓冬冬震，芦笙队队联。

牵裙云锦烂，缓步月轮圆。

跃马周三匝，重鞭尽少年。

舞残牛阵合，银角万觥传。

蚊

攻人微生物，唯蚊尤足憎。

细喙长而锐，巧钻衣难任。

叹尔半粒腹，能空血几升。

一吮何足累，所憎长呻吟。

坐立如不安，寤寐频使惊。

但得暂依倚，左右争嘤嘤。

生命一弹指，黾缘殊苦心。

彼图聊充腹，终夕烦虚声。

昭昭一无睹，纷来适冥冥。

炎热随处见，霜落齐飘零。

营营讫何日，嗟尔徒劳生。

大松

干霄矫矫栋梁身，饱阅风霜倍有神。

沧海不同惊浩劫，空山一任笑轮囷。

有时避雨留龙驭，未许余香与蝶亲。

却喜群儿寄名字，年年鸡黍醉村醇。

彭文治

彭文治（1872—1935），又名公武，号昌庭，贵州六枝特区岩脚人。曾任省政府高等顾问参议员。有五律四首，载《金筑丛书·贵阳五家诗钞》。

五律（四首）

其一

少壮从军日，滇南喜识韩。

高风琴鹤伴，秋水斗牛寒。

官退诗逾进，时危梦自安。

圣贤皆寂寞，杯酒且追欢。

其二

当代无桐垫，期君嗣雅音。

文豪多霸气，诗静杂仙心。

兴极天方醉，情痴海不深。

茫茫青史业，休待铁函寻。

其三

一官如敝屣，客梦满天涯。

漫兴吟滇柳，闲情醉沪花。

西湖瞻汉帜，北阙听秋笳。

共保桑榆景，冯唐漫自嗟。

其四

有客敲门响，雏孙喜报翁。

老怀往世乱，私愿幸年丰。

诗卷精神健，壶觞笑语融。

诗人同介寿，罗隐在江东。

梁启超

梁启超（1873—1929），字卓如，一字任甫，号任公，又号饮冰室主人。广州新会人。光绪年间举人，戊戌变法领袖之一。与康有为发动"公车上书"。推广"诗界革命"。倡导新文化运动，支持五四运动。曾为姚茫父之父书写墓志铭。

祝姚茫父五十寿诗

茫父堕地来，未始作老计。

斗大王城中，带发领一寺。

廿年掩关忙，百虑随缘肆。

疏疏竹几丛，密密花几穗。

蓬蓬书几堆，黝黝墨几器。

挥汗水竹石，呵冻篆分隶。

弄舌崀弋黄，鼓腹椒葱豉。

食擎唐画砖，睡抱马和志。

校碑约髯周，攘臂哄真伪。

晡饮来跛蹇，诙谑遂鼎沸。

烂漫孺子心，祓荡狂奴态。

晓来揽镜诧，五十忽已至。

发如此种种，老矣今伏未。

镜中人辗然，那得管许事。

老屋蹋穿空，总有天遮蔽。

去年穷不死，定活一百岁。

芍药正盛开，蝴蝶成团戏。

豆苗已可摘，玄鲫恰宜鲙。

昨日卖画钱，况够供一醉。

相携香满园，大嚼不为泰。

王怀彝

王怀彝（1873—1947），又名延直，字仲肃，贵阳人，光绪庚子辛丑科举人，曾留学日本，王敬彝弟，擅书画，书法家，尤精篆书。

扶风山晚眺

数点寒鸦断续飞，满山荒草夕阳肥。

水流南浦犹伤别，路出东郊更注欷。

尘怨暗吹何处笛，酒痕频恋旧时衣。

一杯在手昏昏醉，不觉愁城已破围。

黄国瑾

黄国瑾（生卒年不详），字再

同，贵阳人，光绪年间进士，官授留馆编修。有《训真书屋文》《训真书屋诗》。

登岘山

丁卯春，刘霞丈唐鄂老来游。予以舟后一日，不得与。作诗志感。

八载游山约，今瞻叔子祠。
如公犹自感，嗟我岂无悲。
胜迹江山古，修名身世迟。
前踪几人在，泪堕不因碑。

杨恩元

杨恩元（1875—1952），字覃生，别号三不惑斋主人，贵州安顺人。光绪乙未（1895）科进士，官礼部主事。曾任《贵州通志》总纂、贵州文献征辑馆馆长。

花溪分韵得"到"字

尘海作劳人，抚膺苦烦燥。
不观风景区，安知化工妙！
风景出天然，非由人力造。
譬彼佳丽质，传神在颦笑。
纵不御铅华，何损倾城貌！
尤赖文字灵，阐发乾坤奥。
两相辉映中，声华成绝叫。
兰亭无右军，作序追典诰。
清湍与修竹，汩没凭谁报！
吾黔处边方，仙境饶壶峤。
自昔阻交通，深藏若在窖。
明清两代来，渐摩盛文教。
先后来游人，一见即倾倒。
稍稍露头角，犹是管窥豹。
近岁驰道开，山林辟南徼。
倘使在欧洲，当蒙瑞士号。
筑垣更恢奇，随处堪游钓。
近郊三十里，花溪名久噪。
县宰树宏规，善任岑公孝。
省费又速工，三月奏奇效。
车路便飞行，瞬息即可到。
吾友鳌园翁，曾应华笺召。
纵观满意归，缕缕详相告。
上沂南明江，黄粱刚一觉。
山势豁然开，万绿远笼罩。
水自山中来，崩腾穿石窍。
平田千顷宽，清流曲折绕。
桥卧虹腰长，路转鲸尾掉。
直上清晖楼，地势尤扼要。
四面拱北辰，矗立千峰峭。
历历几村墟，落落安井灶。

方卦龙起伏，蒙茸开奥窔。
如布八阵棋，如列七星炮。
或以麟为名，角端形逼肖。
或以蛇为称，常山颈曲拗。
中权独号龟，曾入宣尼操。
人踏背上行，登楼堪寄傲。
软草铺锦茵，晴云披絮帽。
烟景一望收，良辰岂空耗？
闻之投袂起，恍如亲临眺。
此愿定须酬，克日邀同调。
证以意中云，一一如所料。
是日天气佳，休沐逢却扫。
履綦数风番，原隰经雨膏。
有如舞雩游，风咏偕长少。
豪气拟元龙，才华追谢朓。
或为梁父吟，偶试孙登啸。
散步各分途，留影快摄照。
望族在前岗，世德仰祠庙。
英才善乐育，东西观两校。
倦飞随鸟还，偏西已夕曜。
但备乳菽餐，愧无斗酒劳。
逝者叹如斯，徒用供凭吊。
鸿泥不印痕，定被攒峰诮。
为我语山灵，且暂从俗好。
清越庐山钟，容与西湖棹。
换着时世妆，洋楼相炫耀。
遂令避嚣人，无地容高蹈。

畴昔闭关策，今知不可靠。
既成桃李蹊，已靖萑苻盗。
猿鹤莫漫惊，蜂蝶且勿闹。
愿贺兹丘遭，牛先十一犒。
岩壑争献奇，山阴何足较！
名迹自有真，由来非倖冒。
但使此诗传，可作先路导。

五言古调四百四十字

近代文风衰，实自帖括起。
滥调袭陈因，端为取青紫。
古书束高阁，谁复钻故纸？
科举能亡经，梨洲慨靡已。
不待语体出，斯文久荆杞。
吾友王长君，寒素起边鄙。
一心薄时流，埋头究经史。
出试遇伧夫，盲目果遭诋。
戎马出郊言，不知出老氏。
一笑姑置之，羞蒙三献耻。
改业习申韩，入幕从兹始。
南诏李督部，求才爱跅弛。
夜半草军书，平生庶知己。
不受官职羁，飘然整行李。
黄尘漫榆关，乘风倏万里。
壮游兴未足，问渡钱塘水。
六桥三竺间，题诗曾遍倚。

世变安能测,妖星值枉天。

莼鲈忆秋风,行行遂归矣。

我昔居京华,早岁辞桑梓。

德皇中叶初,黔中盛文士。

骚坛狎主盟,君每执牛耳。

胡匦北上时,齿录幸同纪。

回首廿余年,散尽东南美。

过眼若云烟,存者复有几。

还乡幸遇君,独立灵光岿。

为慨文献已,时风正波靡。

共应蒲轮征,图书任襄理。

明灯聚生徒,讲肄互磨砥。

厥后纂方志,典籍富填委。

修补费牵萝,晨夕同案儿。

缔交文字缘,骖靳每从子。

惜丁百六厄,潦倒风尘里。

无地可立锥,无田可负耜。

我今进一言,窃愿君听取。

富贵名磨灭,零落荒丘址。

唯有倜傥人,文才照千祀。

名山不朽业,岂以彼易此?

况君老健姿,行将古稀履。

龙马足精神,造物良厚尔。

非若幸幸徒,稍挫即中馁。

会当举千觥,淋漓醉不止。

但听钧天乐,安问四郊垒。

编者注:此五言古调题贵阳人王敬彝。

姚华

姚华(1876—1930),字一鄂,号重光,一号茫父,别号莲花庵主,贵阳人,近代著名书画家、词曲家、篆刻家。光绪二十三年(1897)中举,光绪二十八年(1902),任教于兴义笔山书院,任山长。1904年中进士,授工部虞衡司主事,戊戌变法时东渡日本,就读于法政大学。归国后,任邮传部船政司主事兼邮政司科长,后任北京女子师范学校校长。

念奴娇·戌中秋,和东坡韵,示大儿贵阳

闰年秋早,乍凉蟾警露,顿惊霜迹。静里窗纹明水际。眼底几枨疏碧。玉斧修残,山河影在,道是金瓯国。天香深处,盛时歌吹曾历。

今夜月为谁圆,酒樽空尽,座冷长惭客。擘果分盘儿女会,浅醉聊堪一夕。万里人同,婵娟可语,胜似征鸿翼。鹤阴能和,旧时游处双笛。

御街行

送春归,生贵筑境内,华似蔷薇,野生沿途,春暮而华,华落春尽矣,故曰送春归。拟易安。

临歧知是春归处。驿蓦岭，华生路。长芒短刺并遮拦，毕竟钩春不住。粉红销尽，胭脂融泪，春竟何时去。

短长亭子销魂赋。恁无语，难分付。从离乡里，几多春华，岁岁应如故。夕阳归马，开犹待我，人老谁留驻。

诉衷情（二首）

其一　题菱湖泣舟图，为董蜕庵

菱花镜里画船中。前欢数坠红。祇今酒痕依旧，襟上几人同。

寻梦影，怨西风。听霜鸿。秦淮呜咽，点点乡心，流到江东。

其二

南明一水似西湖。游踪倒酒壶。十年九回归梦，输与蜕庵图。

风景好，众壑殊。话清都。龙池清浅，堕尽红衣，处处啼乌。

东风第一枝·壬戌十二月二十日立癸亥春，和梅溪韵

接福催题，行台列戏，岁时能记乡土。旧游无梦寻踪，暇日有松闭户。葭灰竹管，是静里知窥春处。更底事词笔干卿，看取水痕烟缕。

寒日短烛迎俊句。清夜永酒浇孤绪。岁朝十日催人，笛月几番问侣。江南花早，渐次第明年听雨。正好鸟唤起春来，切莫又呼春去。

注：贵阳故事，立春日府县吏胥承应，以行台四结束子弟如杂剧，为太平有象渔家欢乐诸目。自东郊经行，每四人肩一台，至府县治。沿途纵观，名曰看春，至则欢呼曰：春来矣。既迎春，府县隶人疾驰分报抚部，以次腰插金书红旗，皆吉语，抚部得报则鸣炮庆春。阖城士庶始接春然爆竹，以红笺作迎春接福字贴之门庭，遂食紫萝卜，谓之咬春云。

莺啼序·谱梦窗残寒政欺病酒有赠，有序（癸丑）

庚戌九月百铸尝约集樱桃斜街之云瑞堂看菊，明年再集，秋尽花阑，尽感前游。而摄政退藩，适闻报至，已而国变，堂亦掩关，亚细亚报馆馆焉。癸丑故正复偕百铸过佛言，候于厅事，旧集地也。离痕欢唾，不堪点检。琅琊大道，谁吟蚕尾之诗；流水板桥，拟续澹心之记。掌故所在，感慨系之。太阴正月二十八日。

依稀去年梦境，只沉烟坠缕。乍春

醒才解，成愁几分，初散还聚。软红内千胸万臆，前尘点点伤心赋。向东风吹皱眉头，更添幽素。

寥落千秋，旧椠蠹尽，问苍生几顾。惜孤负珠玉文章，总知无甚凭据。忍重看残笺泪血，化腥碧斑斓悽楚。暝窗寒，回首斜阳，此情难诉。

绳驹磨蚁，转轴星周，也忙似迅羽。恰过眼落花天气，又早昏晓，惯作阴晴，许多风雨。风人善引，诗心能怨，啼鹃声里江山迥。遍天涯共读惊人句。龙蛇感泣苍茫，唤出湘魂，问天怎地无语。

零芬剩劫，仿佛前朝，料翠条记否。正柳起清明将近，旧社难圆，草蔓苔荒，雨今云古。浮生似此，惟须长醉。风萍波梗非易会，感沧桑陈迹樱桃树。欷歔旧馆芳菲，怕觅欢痕，系人肺腑。

满江红·戊申除夕得鄂生先生讣，己酉正月十日作

一代江山，都生就一朝人物。有多少是非功罪，赚他心血。柱石西南天万里，文章今古书千叠。便鼎湖一去堕龙髯，倾天裂。

孤臣泪，长河决。人间世，寒云结。待朝来漏尽，更残悲咽。昔日衣冠如梦幻，空山甲子何年月。恁无情回首望东风，千秋别。

注：鄂生，即唐炯。

答梁启超

夙昔志千载，乱来无久计。
眼看割据成，余亦踞破寺。
一日草间活，买书时拓地。
故纸已绕屋，身入古人队。
积为骨董癖，搜罗到瓦块。
几家金石录，姓氏教改隶。
毡拓自系题，如下尊罍敦。
搦管无不为，将来难状志。
鉴真得及脣，我身傥亦伪。
掩关百不竞，万流况鼎沸。
少年掉头去，只此仍故态。
因之拟述作，胡为吟老至。
不信五十年，曰艾艾犹未。
皇皇仓籀业，董理非细事。
请于十年役，为除群言蔽。
发愤今以始，石田有良岁。
嘉言增感激，摅作答宾戏。
愿言具酒食，牛羊与鱼脍。
觥酬贤圣杂，佛前共宾醉。

不死莫论穷，在陋何否泰！

悼烈士（二首）

二月六日雪

留得一冬雪，春来两度看。

为因埋战血，较觉作花寒。

未霁仍将积，施消若已残。

不成惠连赋，愁思动长安。

二女士

宣和不闻陈东死，南渡胡为死东市！

千年夷夏祸犹存，碧血又渍绿窗史。

呜呼刘杨二女士。

编者注：以上二首献给死难的女师大同学刘和珍、杨德群两位烈士。标题为编者所加。刘和珍和杨德群是北平女师的学生，在"三·一八"惨案中牺牲。

方舟二首

题方舟画集

生前着意染胭脂，别样风姿正入时。

画里玄机惟守墨，可怜落笔苦争奇。

题方生遗墨鹜

方名舟，湘人，以李大钊党，同日弃市。

朝浴清波暮白沙，野性由来养不家。

冷魂黑夜绕洲渚，孤影依然伴落霞。

编者注：标题为编者所加。方舟，字伯务，湖南衡山县人，生于1901年。1921年考入北京艺专，姚华时任教师。1925年留校任助教，兼京华美术专门学校讲师，姚华时任校长，师生感情深厚。艺专毕业后，方舟在中国共产党的领导下积极进行革命工作，是北京人力车工人运动的组织者和领导者。1927年4月6日，奉系军阀在北京逮捕了李大钊同志，同时被捕的有谭祖尧、邓文辉、方舟等十九位同志。同年4月28日，方舟与李大钊同志等一起在北京殉难。师友集资影印其四十幅遗作，辑为《衡山方舟画集》。姚华、齐白石等人于画集上或画幅上题词，深切怀念。

柳梢青·贵筑南郭小景

浅水妆梅，疏烟做柳，腊后春初。负郭人家，黄昏打火，画也难如。

故乡何处吾庐？莫问讯兵残爇余。倚醉阑干，偎吟楼阁，梦也都天。

编者注：此诗作于1924年。1920年贵州遭兵灾天祸，姚华委托北京书店篆刻铺南纸店义卖画扇赈灾款数千元，悉数汇贵州有关单位，赈济灾民。

清斋

春蔬乡味，食之甚甘，辄吟二十八字。

春春腊豆号桃花，盐豉一般味可嘉。

乍剪青芜烹白水，一杯清酱足风华。

夜行船·莲华寺寓斋见月作

碧幕笼寒霜满院，正横窗、树枒遮断。菊后殇情，梅前笛意，潇洒一庭清怨。

向老心怀殊为浅，照相思、夜长天远。化水浇愁，勾诗作梦，幽处更无人见。

赠铁珊

铁珊妙笔西南秀，廿载书来又掌珠。

不只羽毛增凤美，受经有时授诸儒。

注：诗题为编者所加。此诗赞贵阳萧娴父女也。

中秋送任志清巡按云南

使君杖节西南去，复见官仪望若梅。

万里风烟秋共迥，十年灯火梦初回。

文章滇海新朝气，经济成山老辈才。

为访吴王寻拜殿，金台残沈待诗材。

注：任志清，即任可澄。

伦明

伦明（1875—1944），字哲如，一作哲儒，广东东莞人，近代藏书家、学者。曾任北京师范大学、燕京大学、辅仁大学、民国学院等校教授。编有《续书楼书目》。

姚华

莲花寺里绿杨阴，谈画论书畅素襟。

除却元刊《曲江集》，斋中原不少璆琳。

陈师曾

陈师曾（1876—1923），原名衡恪，字师曾，号朽道人、槐堂，江西南昌义宁（今江西修水）人，著名美术家、艺术教育家，与贵阳人姚华志同道合，并称"姚陈"，被公认为当时北京画坛领袖。"

为姚重光画秋草图并题

汉阙秦关夕照余，当年曾此认模糊。
风霜猎猎飞萤散，野烧荒荒落雁孤。
瘦影未同前殿柳，艳晴空比上山芜。
秋灯梦断芳菲晚，留补诗人感旧图。

注：姚重光，即姚华。

茫父失手堕古铜镜破而惜之，调以此诗（二首选一）

其二

应知朗月不孤圆，堕甑尘空一辗然。
犹未忘情怜故剑，争如窗下抱残篇。

静庵道兄属谦中茫父定之半丁四君合画山水，衡恪末次为补远山，戏题短句，以博一粲

各有各心肠，无声亦柏梁。
参差五云起，庄严七宝装。
庐峰留面目，颜咏屏山王。
遥岑添寸笔，已觉续貂长。

注：静庵，王国维；谦中，肖谦中；茫父，姚茫父；定之，汤定之；半丁，陈半丁；衡恪，陈衡恪（师曾）。

吴慕尧

吴慕尧（1877—1915），原名尚隆，苗族，贵州锦屏人，举人副榜出身。曾参与戊戌变法。曾任《国风日报》主笔。

戊戌春再游黔灵山（四首选二）

一

闲暇约友上黔灵，走出书斋喜气盈。
遥听树间山鸟叫，对人似作不平鸣。

二

登峰放眼贵阳城，螺屋蚯街散乱横。
可叹今朝谁个晓，更忧长夜烛为萤。

吴绪华

吴绪华（1878—约1939），字协安，贵阳人，1897年被保送入贵州经世学堂，同盟会会员，曾任中国留日学生总会会长、贵州高等审判厅厅长、云南高等检察厅厅长。

七律（三首）

其一

摩诘今朝喜挈装，偶读身世一衔杯。

旗亭早唱消魂句，幕府争延草檄才。

薄宦十年余嚽喒，壮游五岳赋归来。

河山举目都非旧，难禁王郎斫地哀。

其二

壶天小拓足横肱，身似萧闲退院僧。

三月莺花春阆寂，八方风雨岁凭陵。

卖文为活差堪了，怀刺干人谢不能。

尘尾青毡长物在，头衔笑谢一条冰。

其三

廿载交情白首新，每于脱略见天真。

骥心笑我今犹壮，龙性怜君老渐驯。

室内琴尊多暇日，座中裙屐尽词人。

腊前先祝东坡寿，已有梅花报早春。

编者注：七律三首，题贵阳人王敬彝。

何宾笙

何宾笙（生卒年不详），字芷舲、稚苓，号青羊居士，斋名青羊镜轩，近代书画家，鉴赏家，工诗。有《新政刍言》。

丙辰题姚华墨菊画

交游孔北海，豪放李东阳。

说剑青灯短，谈碑白日长。

春锄梅影瘦，秋写菊魂忙。

可有沧桑意，清吟梦玉堂。

任可澄

任可澄（1878—1946），贵州普定人。1903年中举，曾任贵州教育总会会长，1920年被推为贵州代省长。主持续修《贵州通志》，编印《黔南丛书》。

壬午花溪修禊即事有作

风雨夜扰林，意恐清兴败。

侵晨雨忽止，佳日行秋禊。

出郭门西南，胜侣纷来至。

茗坐社会处，登车群揽辔。

飞轮奔如电，又似虎插翅。

花溪倏在眼，川原辉以媚。

安步散尘襟，小筑初小憩。

麟山前为兀，鹤洲后萦带。

诗从坝桥觅，壁拟旗亭画。

霜菊香馥郁，红紫花万态。

尚武俱乐部，于此成嘉会。

老友今几人，我外只有二。

草玄云亭杨，札璞曲阜桂。
余李潘陈柴，佳士类同契。
促席张大谭，放眼时高睨。
念昔少年游，娓娓出清话。
时亦穷险怪，纵浪六合外。
岂惟破鬼胆，直欲脱天械。
谈谐未及终，饥肠颇不耐。
临溪晚得鱼，寒疱生煮菜。
肴蔌杂前陈，大箸争铺啜。
止酒既十年，引杯拼一醉。
此日良足乐，兴尽翻成梅。
有客起喟然，今古真一慨。
忆昔清德衰，黔祸天方济。
夏五六月中，同治甲子岁。
桀魁芒坝潘，与何二狼狈。
谓花革老者，省民食所赖。
豕突期一逞，扼亢兼拊背。
省门成孤悬，大惧厄陈蔡。
觥觥刚节公，杀贼贼所畏。
同泽玉堂林，与为角犄势。
更战夺溪桥，蚁贼乃鱼溃。
嗟哉古战场，今称黔胜最。
避世得桃源，游赏到吾辈。
缅兹前人烈，弥叹今时事。
往事未须论，问今是何世。
呫呫全民战，摇摇天欲坠。
杀机海陆空，大盗德日意。

生民所未有，相斫此书大。
况值倭难革，横鲸海东沸。
神州半陆沉，山河几破碎。
哀我羲皇胄，走死竟无地。
咸沦胥以痛，或造次颠沛。
哀我前徒众，空拳敌所忾。
背骸为城垒，前仆复后继。
血流将涨川，尸积恐齐岱。
念世煎中肠，前路知何屈。
釜鱼漫相煦，幕燕讵能快。
公等竟云何，兹游毋乃肱。
我意宁不然，请得以臆对。
腐儒今散人，老矣甘放废。
恨无谋可用，决胜帷幄内。
抑岂能执戈，社稷资保卫。
天人谁怨尤，自惜成疣赘。
值兹秋气悲，噍杀感万汇。
坐愁生意尽，陡觉天地隘。
九日阳数极，嘉名足深味。
欲荐菊千觞，寿业蕲保大。
欲纫万蕙佩，淡此生人害。
亦或陟龙沙，国魂凭一酹。
或跻戏马台，作彼战士气。
哀乐本无端，歌哭同无奈。
结习诚未忘，微意自有在。
茫茫尘劫外，惨惨西日迈。
百忧如可写，万事无足芥。

所愿乱有豸，否极当来泰。

年年人同健，兹游至三再。

且上狮峰顶，一酒千秋泪。

芦荻哨

庚申三月

挥鞭重过日山亭，芦荻全荒野萃青。

何处高人留第宅，当年大树此飘零。

到头世事余歌哭，过眼溪山杂醉醒。

匹马西风无限意，瓣香长与荐芳馨。

庚午八月四日，铁光邀饮厚德福，遂同出西直门，赴觉生寺观大钟，钟重八万一千余斤，身长二丈一尺余，口径一丈一尺许，真巨制也

西直门外觉生寺，屃赑洪钟倚夕曛。

不论兴亡论文字，闲凭杰阁话秋云。

林志钧

林志钧（1878—1961），字宰平，号北云，福建闽县人。闽派著名诗人，法学家和哲学巨擘。有诗文遗著《北云集》。

哭姚茫父

茫父魂兮去何之！

一恫诚为君，初不期君知，

旦暮各有死，有身复安持。

岂待观恒河，皱面方知衰。

达语吾不为，哭友情所私。

回念平生欢，听曲谭诗词，

濡毫染水石，摩拓陈尊彝。

征题无宿诺，问字能吐奇，

持论有不同，飞辩从张眉。

脱帽秃顶露，喧笑欣解颐。

笑言忽中断，人命如吹丝。

固知有此日，久合难言离。

君去遂终古，吾活还几时！

城南朋好尽，子羽惊风枝，

寂寂莲华庵，垂垂董君帷。

日月依旧转，不照君肤肌，

羸残已半人，天赦亦所宜，

定欲夺之去，此理吾滋疑。

吾疑复何用，幻感宁裁悲。

悲来但长号，已矣休费辞。

平刚

平刚（1878—1951），字少璜，一作绍璜，贵阳花溪人，光绪三十年

（1904）在贵阳创办乐群学堂，次年赴日本学习法律，加入同盟会，任贵州主盟人，后任孙中山广州大元帅府秘书，晚年任贵州省参议会议长。有《贵州革命先烈事略》。

秋夜感怀

斯人归去卧山阴，欲入烟霞恐不深。
早识调羹非国手，焉知隐雾是文心。
行观半夜灯如笑，坐对当前石有音。
落落秋怀风雨里，一声孤雁过江沉。

与子玉将军挽诗

子玉光明磊落身，十年征战为尊亲。
鹰惕拳匪倾南海，虎奋绯图会孟津。
解甲犹闻天下计，盖棺不睼大朝人。
将军一死凤诚低，千职别缚自有真。

秋夜

不诵长行与短歌，抚弦三叹意如何。
白生虚室惝惝静，碧入篝灯止止和。
老境爱从清沽遣，诗情偏向黑甜过。
秋来更有思玄处，一日云霞夜细哦。

立冬雷雨

天道反常人召来，立冬时节想春台。
崇朝果注倾盆雨，九月惊闻破柱霾。
阳气不灭何足惧，年程岁旱不为灾。
小儿造化真无益，未若杼机任自裁。

秋意

平生志向任嚣嚣，为雨为云入邃寥。
自幼功名凭白笋，于今衰老畏青苗。
敢希他日凌烟愧，惭愧多年种露桃。
倔得正安小幢子，和英煮石慰无聊。

严庆祺

　　严庆祺（生卒年不详），字小增，一字仲琳，或作仲麟，号泰叟，吴县甫里（今江苏苏州）人。有《红药山房诗钞》。

花仡佬

地以种人名，是曰花仡佬。
耳目亦可娱，蛮花与犵鸟。

注：花仡佬，花溪原名花仡佬。

黄炎培

黄炎培（1878—1965），字任之，号楚南，江苏川沙（今属上海）人，杰出的教育家和社会活动家。有《苞桑集》。

漕河泾农学团开学日对两桐树有感
（二首）

其一

小轩瑟瑟两株桐，无奈秋来落叶风。
尽汝孤高成百尺，敢探雨露上天功。

其二

高山流水梦中寻，相赏牙期何处琴。
留为后人作梁栋，园丁自报百年心。

注：此二首作者书赠黄齐生。

花溪初游吴前溪欧愧安为导即赠

花溪寻花不可见，四山霜红作霞绚。
曲曲长虹卧雪湍，千军万马恣观战。
三年从政倘有成，小试略抑物价平。
最近军书苦鞅掌，碧云窝绝酬唱声。
有声忽地风送来，青蓝万袂蠕作堆。
山市一哄缘溪排，峨峨帕首饶风裁。

其人仲家足腴秀，其物布谷盐铁煤。
一时熙若春登台，日斜人散车声杳。
唤将一抹溪云扫，惟余流水喧昏晓。

贵阳雨中访达德学校旧好新知，生离死别感而赋此

抵掌京华付逝波，烬余重许听弦歌。
兴邦大难天庸玉，留客深情雨故多。
贞干堂前悲墓草，徐公桥畔惨兵戈。
定将达德追经世，一代人文入网罗。

注：诗中"旧好"，指黄干夫（禄贞），黄齐生胞兄。"新知"，指达德校长曾俊侯、老校长凌秋鹗、教师凌惕安等人。黄干夫墓在贵阳油榨街汤粑关，碑文为樊晓文所书。贞干堂，纪念创校者黄干夫（禄贞）。

贵阳遇故友

五领南来似转蓬，耦耕亭下一樽同。
乱离桑梓乡音慰，情话葭莩气谊通。
忍将海波三月赤，坐怜劫火卅年红。
乾坤旋转吾徒事，吟罢江山气自雄。

桂百铸

桂百铸（1878—1968），名诗成，字百铸，又字伯助，贵阳人，举人。曾任贵州省文史研究馆副馆长。曾参编民国《贵州通志》，有《百惠堂诗集》《百铸回忆录》。

自悼

人生几度见沧桑，闻道沧桑竟渺茫。
室有天游真是幻，炉无活火乍疑香。
且将革命分真伪，莫为花招辨短长。
世界静观探真理，老来休以醉为乡。

黄齐生

黄齐生（1879—1946），名禄祥，别名鲁连，字齐生，号青石板，晚号石公，贵州安顺人，著名教育家。为王若飞二舅父，曾任贵阳达德学校校长，遵义第三中学校长。有《黄齐生诗词选》。

正安道中口占示景任咨桐（四首选二）

其一

一番世界一番新，幸福都缘奋斗生。

纨绔何尝不饿死，杜陵枉自笑儒巾。

其二

卅年辛苦我何堪，不为积财不为官。
为了此心真愿力，责任还从尔辈担。

归绥狱中探望若飞（六首选三）

其一

忽惊一电发归绥，令圄阿甥盼诀离。
三次往探嗟无术，难为视死等如归。

其二

似此哀鸣我何堪，居庸关外望江南。
幸有管营知识趣，十天许我两回探。

其三

欢情得自酸肠后，垒块销从烈焰中。
如此年华如此度，人间何地不春风？

注：诗题为编者所加。黄齐生是王若飞舅父。此诗是三次前往监狱探视时所写。

固真姊寿晋七旬得四绝（选一）

其二

子妇孙男先后归，阿婆拍手笑千回。
过去辛酸说不尽，从无一念使心灰。

答炎培宗兄《漕河泾农学团开学日对两桐树有感》（二首）

其一

亭亭双玉碧轩桐，惯战繁霜惯战风。

为具先天刚直性，平分雨露不矜功。

其二

工师无复肯相寻，韵事居然爨尾琴。

除却钟期谁解赏？高山流水伯牙心。

注：炎培宗兄，指教育家黄炎培。诗题为编者所加。

祝徐特立寿诗

一九又三九，相逢在贵阳。

有客夸辩证，信口作雌黄。

听公针见血，嗫彼舌如簧。

马列岂虚誉？都缘实践香。

原注："公语客：'马列主义不实践，百分之百皆骗人语耳。'合座为之惊悚。"

新秋即事（十首选二）

1942年在四川壁山正则学校

一

笔砚收藏任老妻，朝朝埋首笑吾愚。

十年多活写多少，何苦沉酣学蠹鱼！

二

星期盼到两三朋，几样家常菜味浓。

物价涨来千百倍，相欢也得许稍丰。

柳诒徵

柳诒徵（1880—1956），字翼谋，亦字希兆，号知非，晚年号劬堂，又号龙蟠钓叟，江苏镇江人。中国近现代史学先驱，中国文化学奠基人。抗战期间曾于贵州大学执教。有《中国文化史》《国史要义》。

溪行

雨足不须犁，秧畦一碧齐。

弭愁聊适市，耽画重缘溪。

瀑雪明牛背，山花宠马蹄。

闲身犹愧蝶，自在绿茵栖。

章士钊

章士钊（1881—1973），字行严，笔名黄中黄、青桐、秋桐，湖南善化（今长沙）人。著名民主人士、学者、作家、教育家和政治活动家。

鹧鸪天·得萧娴兰州书，
为其夫婿江达言事

大字雄奇小字腴。黄庭亲见写成初。匆匆二十年华过，犹忆榕阴卷袖余。

郎意苦，父书芜。魏公援手旧含胡。惊心老滞秦关客，却答文姬陇上书。

谌湛溪

谌湛溪（1882—1958），名立，又名祖恩，贵州平远州（今织金县）人。科学家、教育家。十岁能诗，十二岁参加光绪甲午（1894）科大定府考，中秀才，时人誉为神童。有诗集《柏余集》。

花溪（二首）

其一

堰障一川碧，山围四面青。
炊烟随市远，田水带秧平。
点缀资新构，貔貅列野营。
农村渺云树，黉宇散郊坰。

其二

异代虹长卧，当衡雷殷鸣。
暮江沉月暗，初日抱岚明。
地胜从人说，身闲怡我情。
谁倾战海血，来洗老夫睛？

上陈石遗师（二首）

其一

再拜吾师南海上，七十人豪童子颜。
富国筹谋空夙昔，余波绮丽惊尘寰。
传经中垒饶心事，落笔昌黎自斗山。
半百门生昂首问，谁系斯文天地间。

其二

华岳三峰石裂成，一回瞻眺一倾诚。
未知四度秦川眼，争似陈门两立情。

编者注：作者在京师大学堂就学期间，曾从我国近代诗人陈衍（石遗）习诗。

哥伦比亚大学中国学生
欢迎来宾歌

长河浪挟鱼龙走，南岭云横霄汉间；

维我黄人叨帝眷，千秋拥此好江山。

成周礼乐汉唐烈，盛轨莫追攀，

古邦岿立耀瀛寰。

连城攻借他山石，古鼎长留不断香；

巨浸并收欧美水，震霆一启典坟光。

神州文物昭回耿，赖我少年扬，

著鞭莫闲前途长。

大同雅化何人振，并世两雄白与黄；

黄白一朝握手见，众生齐上华胥乡。

师生朋友欢今夕，丝竹夜无央，

和平世界鞭先扬。

安源萍乡总工会开幕

赤帜连云起，金声动地来。

万人开胜会，八尺建高台。

滚滚词翻峡，轰轰掌击雷。

晴明生气溢，瞻顾几低回。

孙竹荪

孙竹荪（1882—1967），名嗣奎，以字行。生于贵阳，云南呈贡人。清末秀才，毕业于法政学堂。曾任清镇等县知事，贵筑县县长。

国庆画绿竹太阳

绿化江山旭日红，十年树木庆成功。

腾欢万万千千个，同在阳光照耀中。

清镇县重修华盖洞

一生殊自得，岂意老将临。

浪迹寄天地，放怀观古今。

觞流依曲水，人醉慕山阴。

喜与诸贤会，清风类竹林。

陈筑山

陈筑山（1884—1958），又名光焘，字维藩、为藩、维凡，贵阳人，与文宗潞、黄韵谷、熊述之受业于姚华。日本早稻田大学毕业。1933年任四川省政府秘书长，1939年兼任四川省政府建设厅厅长。

救国歌

中国人勿要安闲，大家起来救国难。

好男儿赤心肝，誓热溅血洗河山。
国仇不报休苟存，唯一生活只抗战。
中华历史五千年，光荣伟大美无前。
中华民族团结四万万，
自强自决雪耻有何难。

王谟

王谟（1885—1935），字廷分，号漱荪，又作树声，贵州仁怀人。民国初年主办《贵州公报》，曾任贵州省政府政务厅厅长、教育厅厅长等。

葡萄井

天未雨珠玉，雨无济寒饥。
葡萄泛井底，琼瑰满清池。
万户忘梅渴，千畦润稼肥。
何当风雅助，煮茗细评诗。

黄侃

黄侃（1886—1935），曾名乔鼐、乔馨，后改为侃，字季刚，又字季子，晚年自号量守居士，湖北蕲春人。中国近代著名语言文字学家、音韵训诂学家。有《音略》《声韵通例》《说文略说》《尔雅略说》《文心雕龙札记》等。

初春得平君岛上见寄诗，感念今昔，因成长歌一首，还寄

昔年受经东海滨，自惭后觉依天民。
剥复之交巨儒出，欲持汉道清胡尘。
贵阳平君素轻侠，弃家远游避官牒。
翻然折节攻诗书，曩日阴符在行箧。
与君同志兼同师，倾盖已恨相逢迟。
惟怜逸气俱未尽，回看故土愁崩离。
中原豪士何纷蔼，冥鸿各免直罗害。
僦屋皆依新小川，占名咸入同盟会。
曾云行远宜高文，一篇名报张吾军。
老师为事诚殷勤，二汪刘胡俱策勋。
同时我师驱胡橄，斌玞亦与玙璠群。
孙黄酰岁众争怪，镇南一衄连三败。
都言张楚失兵机，谁信衰周自天坏。
我闻鼙鼓动武昌，君乘轺传经沅湘。
南都枚卜得民主，北地移文讽让王。
乘时攫柄谁家客，漳滨决起来燕陌。
运时翻嫌九鼎轻，投鞭似惜一江窄。
瞻言之子有良谋，鲰生一误在论都。
空贻长策制天下，不敢雪弓临北胡。
革命奇功运而往，嗟君南北徒鞅掌。
新旧相鏖祸有胎，弩末犹存国民党。
宋生智计冠同侪，岂知大道忌阻谋。

弹丸飞来谁所仇，苌弘碧血三年留。
章君筹边羞碌碌，直言招过身将辱。
竟能捐印效虞卿，绝似临河叹鸣犊。
顷之湖口兴南风，楼船漂栌下吴淞。
白门收骨哭新鬼，丹穴熏君得老公。
兴平再至伤重足，款言但感荣枯述。
大索惊传逐客书，凯歌竞唱南征曲。
哲人防患亦多疏，可怜鱼腹困余且。
此日纳馈唯宁武，昔时载酒有侯醑。
微躯甘受饥寒累，诎身戎幕儒为戏。
枉将小技换钱刀，却望师门负恩义。
君当出走防株连，自伤亡命如当年。
唯将广语慰君意，庑下今有鸿妻贤。
春来羁旅无人问，抚今怀古缠绵恨。
忽闻岛上尺书来，伸纸低吟泪频拉。
世态纷纷且未陈，更须珍重百年身。
朔方今岁解冻早，东风转眼千花新。
鹔鹴裘在可赍酒，卓氏岂怨相如贫。
花前对酌有好句，即付邮筒酬故人。

注：平君，即平刚。

熊朝霖

熊朝霖（1888—1912），字其贤，贵阳人。中国近代民主革命家。早年入湖北陆军中学，著有《军人思想》一书，宣传反清革命。1912年1月，熊朝霖与王金铭、施从云等人发动滦州起义，不幸被俘，英勇就义，年仅24岁。

绝命诗

极目中原久陆沉，南天痛史更伤心。
我今欲向前朝问，劫海茫茫何处寻？

就义前犹赋诗言志

夷祸纷纷鬼霸才，天荒地老实堪哀；
须知世界自由价，尽是英雄血换来。

梅贻琦

梅贻琦（1889—1962），字月涵，天津人。贵阳花溪清华中学的创始人之一。曾任清华大学校长。

和诗

敢言程雪与春风，困学微忱今昔同。
廿载切磋心有愧，五年漂泊泪由衷。
英才自是骅骝种，佳果非缘老圃功。
回忆园中好风景，堂前古月照孤松。

注：1938 年，潘光旦、冯友兰、顾毓琇到花溪清华中学讲学。此为和顾毓琇诗。

潘光旦

潘光旦（约1899—1967），字仲昂，江苏宝山人。与闻一多、梁实秋、朱湘等创立清华文学社。新月派重要成员。曾任清华大学教务长、图书馆馆长。1938年到花溪清华中学讲学。有《铁螺山房诗草》。

花溪麟山

凤鸟龟龙各有山，麟山独不著尘寰。
春秋一见疑终隐，竟化灵峰镇百蛮。

注："镇，"安定"之意。

顾毓琇

顾毓琇（1902—2002），字一樵，江苏无锡人。曾任上海市教育局局长、国立政治大学校长。1938年到贵阳清华中学讲学。

贺梅贻琦先生寿

天南地北坐春风，设帐清华教大同。
淡泊高明宁静志，雍容肃穆爱和衷。
诲人自有宗师乐，格物原参造化工。
立雪门墙终未足，昆池为酒寿高松。

注：梅贻琦先生，贵阳花溪清华中学创始人之一。

马道穆

马道穆（1890—1963），名汝骅，贵阳人，秀才。曾任贵州省文献征辑馆编审。长于诗及联语，并擅楷行及隶书。贵州省文史研究馆馆员。

沁园春词（三首选二）

其一

迭荡词场，罷黜名场，王郎盛年。慨磊落多才，哀空斫地；探筹一第，难比登天。小叩小鸣，大惭大好，稗贩丘坟不值钱。笑投笔，让目中余子，云路联翩。

一官偶落穷边，喜东阁宏开节度筵。记幕府依莲，盛称奏记；翠湖咏柳，传和蛮笺。州尹罷猱，棘栖鸾凤，下考难为一代贤。摇鞭去，倏冲风一骑，直上幽燕。

其三

勌社联吟，风雅唱酬，晨星旧交。问几人意气，真同沆瀣；商量文字，不厌訾謷。皮里阳秋，眼中青白，螺蠃蜦蛉蚊二豪。酒狂态笑，盖公老去，犹露牢骚。

六旬又六生朝，恰照水湘梅绽绛苞。看东坡笠屐，传为图画；东山事业，付与儿曹；著述等身，蹉跎补寿，大隐无妨恩市朝。听予奏，鹤南飞一曲，同醉松醪。

编者注：此为《柳瘿庵诗丛》而题。

汪东

汪东（1890—1963），名东宝，字旭初，号寄庵、寄生、梦秋。江苏吴县人。同盟会会员，任《民报》主编。曾任民革江苏省副主委。精词学，擅书画，与贵州王若飞、姚华、谢孝思等交游。有《词学通论》《梦秋词》《汪旭初先生遗集》。

临江仙·谢孝思自东西山作画归

绿叶翻藏朱实底，果农哗报年丰。丰收无语可形容。宝珠层塔垒，林立万千丛。

戴笠肩锄亲入队，一舟来往西东。烟云缥缈画图中。写生添双采，双袖洞庭红。

小梅花

北泉公园有石工马泽沛者，取嘉陵江畔小三峡石琢以为研。倩人书画其端而施镌刻。己卯夏秋闲予与高安彭醇士同寓园之竹楼六十余日，为作数十百方，一时人争取之，稍用流布。曩岁陈师曾、姚茫父居北京，好为人画铜墨合，竞相贵重。安知他日不有好事者遂以北金南石并称邪。今姚陈往矣，予与醇士流离迁播，捷此因缘，每戏诵东坡泥上偶然留指爪之句，以为真为吾二人写照也。暇述此调，更遣醇士图之。

探天窟。凿山骨。五丁见之应愁绝。颊添豪。笔如刀。一时狡狯，造物惊儿曹。飞鸿飘泊随迁客。泥上偶然留爪迹。爪痕留。客心忧。明日西东，谁能更相谋。

春明路。旧游处。槐堂一笑携茫父。车盈门。缣盈庭。声名雷动，千载传丹青。吉金嘉石还同寿。谁与姚陈同

不朽。朱颜酡。君应歌。人生行乐，由
命匪由佗。

芳草渡·同若飞仲坚，和清真韵

曲径好，认绣毂雕鞍，竞携佳侣。
乍一声骊唱，归程自指烟雨。樽酒情味
苦。听樽前低诉。奈向晚雁阵冲寒，欲
背人去。

休顾。楚云梦短，缥缈巫山迷旧
路。便重理残脂蠹粉，无心傍镫户。凤
书待寄，又怎写经年愁绪。共坠叶，漫
对西风倦舞。

丁扬斌

丁扬斌（1892—1965），名光训，
贵州黔西人。同盟会会员。曾在西北军
任纵队（旅）长，晚年还乡从教。曾任
黔西县人民政府委员，贵州省文史研究
馆馆员。有《四万万救国方略》《学术
文》及诗集《朝气》。

谢平刚先生祝寿联（1949年）

最低责任未完成，逝水流年过半生。
马齿日增无走劲，其将何以对同盟。

注：平刚，青岩人。

周西成

周西成（1893—1929），名世杰，
号继斌，贵州桐梓人。曾任贵州省省
长，国民革命军陆军第25军军长兼贵州
省政府主席。

即事有感

短策三年感，长江万里情。
民欢田野治，贼尽道途平。
宝藏新开地，笙歌不夜城。
大同竟何日，南望颂休明。

游天台山

白云隐隐露高峰，峭壁巍峨叠几重。
峻岭登临空眼底，群山俯首拜春风。

吴道安

吴道安（1898—1972），名德远，
号道安，别署稻庵、倬安、佩韦，贵
州镇远人。北京大学毕业，大夏大学

教授。有《论衡校释》《郑子尹年谱》《贵州政局演变史》《贵州型的社会》。

戊寅三月十日郑珍君子尹于扶风山公祠用珍君诗平夷生日元韵（二首）

其一

维年日戊寅，三月日之十。
春雨郊坰净，值公先揆日。
雍容随众彦，向往心如一。
昔释高密奠，公施张其说。
今者来尊公，徒惭诗笔拙。
此地尹王祠，分庭牲荐血。
公生两公后，冥然契道术。
早岁集公谱，搜讨多遗逸。
殷殷仰止心，耿耿情未毕。

其二

昔在五年前，犹忆月为十。
走访望山堂，寒云黟冷日。
拜墓见荒草，手植百无一。
披榛寻遗址，检集存空说。
郡人事修葺，义举自非拙。
此是大贤乡，岂忍祀乏血。
公诗光万丈，而况擅经术。
骖靳当时贤，骎骎绝尘逸。
黔学久销沉，后生事岂毕。

张学良

张学良（1901—2001），字汉卿，号毅庵，辽宁鞍山人。国民革命军将领，奉系军阀首领张作霖的长子，中国近代著名爱国将领。

在麒麟洞参加花溪诗会即兴作诗

犯上已是祸当头，作乱原非余所求。
心存广宇壮山河，意挽中流助君舟。
春秋褒贬分内事，明史鞭策固所由。
龙场愿学王阳明，权把贵州当荆州。

刘剑魂

刘剑魂（1902—1960），名泽民，字剑魂，号涵青，布依族，贵州平越（福泉）人。曾任贵阳县长，后在贵州省图书馆工作。颇负诗名，与余达父（彝族）、潘咏笙（侗族）并称为"民国贵州少数民族三大诗人"。有《刘剑魂诗存》。

丁丑季秋花溪夜巡宿清晖楼（二首）

其一

两岸笙歌月满楼，秋怀耿耿夜悠悠。
凭栏正念黄花冷，渐起云棉护鹤洲。

其二

几重流水一轮月，千嶂浮空万顷烟。
负于缘溪听夜读，不知清露压吟肩。

注：丁丑即 1937 年。

花溪秋巡

次王部长太葆原韵，民国二十六年秋日，剑魂时任贵阳县长。

姑于生聚忧劳里，经始花溪与众游。
竹树千重深荫岸，风云万里一登楼。
每因山好怀边塞，常问民艰到陇头。
如海稻香渔唱晚，枕红亭畔系轻舟。

花溪杂咏四首并序

花溪之经营始于民国廿五年冬，欲引城市士女到农村知稼穑之艰难耳。山水清丽，固可一涤胸襟。此大自然之怀抱中，诚如欧阳醉翁所云："四时之景不同，而乐无穷也。"乐云乎哉有无之感耳，因分春夏秋冬以咏之。

其一

柳岸风柔筆路蟠，清晖楼上一凭栏。
水中华阁连瑶蛛，云里青溪绕翠峦。
万缕夕阳红杏闹，一犁春雨绿蓑寒。
莺莺燕燕寻芳客，到此应知稼穑难。

其二

碧云窝里羡深居，白日悠悠照绿渠。
峻角鹰盘雄寇冢，沧浪珠泻美人鱼。
山无远近皆堪画，校峙东西竞读书。
且倒清樽涵翠馆，南薰吹梦入华胥。

其三

小立西峰一望遥，晚霞红映叶萧萧。
倚天亭下云归壑，放鹤洲间月过桥。
察隐渐无包老目，多忧瘦却沈郎腰。
秋高振翮横东海，耻作寒山泣露蜩。

其四

绕楼似种万梅花，驴背敲诗任径斜。
美酒有谁飞阁上，寒流出此即天涯。
银铺大地纷纷雪，风撼高枝点点鸦。
多少悲歌慷慨士，燕云北望已无家。

和唐梦虹先生清晖楼元韵

楼拥黔中十万山，槛边群鸟逐云还。
林拖晚照丝千缕，帘卷秋声月半间。

涵翠几湾风潋滟，撑空一石藓斓斑。

清才我笑汪仙谱，如此溪山付等闲。

初夏花溪尚武俱乐部宴集

林外青山迈剑佩，水边红袖倚栏干。

绿杨万树飞雏燕，剪取溪光照座寒。

和聱园翁春游花溪韵（三首）

其一

桃花香透一溪风，觅句曾来白发翁。

人在画中疑是梦，楼台伸影入波红。

其二

轻风微雨也相宜，红杏吹开第一枝。

处处笙歌春意满，麟山风阜翠纷披。

其三

溪上人家月作邻，荷锄归去踏香尘。

乐于耕暇习戎事，总是泱泱大国民。

注：聱园翁，即聂树楷。

花溪和王仲肃叟（二首）

其一

吟哦山馆看云生，倚杖柴门听水鸣。

梦望涤肠情篆籀，有人高卧在书城。

其二

凭栏雨后万峰新，说礼敦诗气味亲。

如此林泉堪小隐，何年来作卧云人。

注：王仲肃，即王延直。

奉和杜惕生先生壬午九日花溪宴集元韵（四首）

其一

几曲清溪一径花，寻诗先过少陵家。

波涵云影摇秋碧，霜挟天风入鬓华。

更上高楼同坐咏，万层冷翠不须赊。

奚囊满贮清晖去，回望空山驻绛霞。

其二

秋风饥隼下芦边，沙苑何堪再引弦。

有梦结庐红树里，几回携酒翠岩巅。

偶逢汉武横汾日，遥想陆机入洛年。

且向文峰聆一曲，抚云负负十三篇。

其三

幽栏小倚听江声，隔岸夕阳几树明。

落叶渐深青嶂出，孤舟归系绿漪轻。

扫除风雨重阳会，无敌旌旗五字城。

不向扬州留一梦，诗堂合署浣花名。

其四

入望阵云犹滚滚，分司谏草总堂堂。
宣城雅度楼千尺，山谷声华纸半张。
也把茱萸临水树，独知肝胆照秋阳。
千年风义吟哦外，早向蘅庐致瓣香。

花溪重访（三首）

其一

欲借花阴一钓竿，藓崖惭有姓名刊。
麟山夜碧天如水，无尽溪声浴梦寒。

其二

耆旧争延赴酒家，犹谈春雨种桃花。
溪山青似当年眼，云外人归发已华。

其三

幽意重寻上层峦，如云往事倚栏干。
成荫夹岸依依柳，竟作刘郎遗爱看。

花溪

集元人句（十四选一）
桃花流水一溪云，绿遍苔茵路不分。
行到小桥春影碧，莫教惊散白鸥群。

注：集句分别选自周权、萨都剌、彭炳、
贡师泰。

戴安澜

戴安澜（1904—1942），原名炳
阳，字衍功，号海鸥，安徽无为人。
1924年为表达"镇狂飚于原野，挽巨澜
于既倒，誓死振兴中华"之志，遂改
名"安澜"。1925年考入黄埔军校第三
期，在抗日本战争中，先后参加古北
口、漳河、台儿庄、昆仑关等战役，战
功卓著。1942年3月，率军出师缅甸，
协同英军对日作战。在孤军深入的情况
下，指挥部队英勇奋战，重创日军。同
年5月，在率军返国途中，遭日军伏击，
身受重伤，壮烈牺牲。2009年，被评为
"100位为新中国成立做出突出贡献的英
雄模范人物"。

绝句诗（二首）

其一

万里旌旗耀眼开，王师出境岛夷摧。
扬鞭遥指花如许，诸葛前身今又来。

其二

策马奔车走八荒，远征功业迈秦皇。
澄清宇宙安黎庶，先挽长弓射夕阳。

昆仑关口占一绝

仙女山头竖将旗，南来顽寇尽披靡。
等闲试向云端望，倩影翩翩无绣衣。

曾昭桦

曾昭桦（1906—1951），字瀛士，号酌霞，曾国藩曾孙，曾广钧之子，湖南湘乡人。1930年毕业于香港大学，精通英、德、法等国语言。曾任贵阳等地关税帮办。

花溪

逆旅劳生未许休，执鞭方觉富难求。
自怜贫病崔亭伯，聊胜江湖魏子牟。
浊酒浼唇心已醉，清渠窥影叹长流。
河山带砺今犹昔，更拟他年作胜游。

吴寿彭

吴寿彭（1906—1987），号润畲，江苏无锡人。先后在江、浙、湘等省军政机关任职。有《大树山房诗集》。

羁滞贵阳（二首）

余于丁丑己卯曾两逊黔中。自军兴后，敌机遍炸宇内，列邑残破，往往成蒿莱。贵阳荫雾中，独无所损。隔四年复来，昔之僻地，已成通都。

其一

比阎万户上灯初，卖醉南明旧酒炉。
闻道新栽云锦似，花溪重访诸苗居。

其二

漏天不放十分晴，护得群岈积翠青。
几驿西南芳草路，黔陵山上数旗亭。

汤炳正

汤炳正（1910—1998），字景麟，室名渊研楼，山东荣成人，师从章太炎。曾任国立贵州大学教授，后兼任贵阳师范学院（现贵州师范大学）教授。有《屈赋新探》《楚辞类稿》《广韵订补》等。

无题

蝉翼纱窗静里开，麟山一角画中来。
踟蹰忘却心头事，听罢溪声数落梅。

林青

林青（1911—1935），原名李远方，字肃如，号矛戈，贵州毕节人。1934年，同缪正元、秦天真创立贵州地下党较早的——毕节支部，任支部书记，领导各种进步团体和发动广大群众，深入开展抗日救亡活动。因组织暴露，林青等被迫离开毕节，转移到贵阳及安顺等地继续开展革命活动。1935年，与邓止戈、秦天真组织中共贵州省工作委员会，任书记。同年7月不幸被捕，9月殉难，时年24岁。

真理

真理被道德欺骗，两种人类各在一边。

愿将满腔热血，换来幸福人间！

注：题目为编者所加。此诗为林青的绝命诗。

潘受

潘受（1911—约1999），又名国渠，字虚之，号虚舟。福建南安人，移居新加坡。有《海外庐诗》，附词一卷。

鹊踏枝·避寇归国
小住黔中花溪听雨赋此

锦瑟华年弹指去，无计留春，鹈鴂声声误。身世因风全似絮，他乡况又闻秋雨。

几日花溪聊小住，行遍花溪，认遍花溪树。谁解秋人心独苦，江关检点兰成赋。

卢前

卢前（1905—1951），原名卢正绅，字冀野，后改名卢前，自号小疏、饮虹，南京人，散曲家、剧作家、诗人、学者。有《黔游心影》。

越调·天净沙

连环结住绒腰，淡青裙子三条，舞向花街最好。六声欢笑，花溪花里花苗。

土编 —— 新中国部

前途展拓凭金草　大任担当要铁肩

周素园

周素园（1879—1958），名培艺、澍元、树元，贵州毕节人。清末贡生，贵州辛亥革命元老之一。曾任大汉贵州军政府行政总理。1936年红军长征到毕节，周素园出任贵州抗日救国军总司令，参加长征。解放后任贵州省副主席、副省长。

春日小极书怀（二首）

其一

艰难尝尽好归田，退老闲居十二年。

漫信山中能避地，翻从井底得观天。

强权胜后人无类，学道成时犬亦仙。

为异迷盲遵觉路，敢辞残废着先鞭。

其二

慈悲只是口头禅，遗臭留芳两漫然。

祖国山河甘断送，吾曹兄弟苦颠连。

前途展拓凭金草，大任担当要铁肩。

可有还童真妙术，让余腾步学高骞。

郭沫若

郭沫若（1892—1978），原名郭开贞，字鼎堂，号尚武，乳名文豹，笔名沫若、麦克昂、郭鼎堂、石沱、高汝鸿、羊易之等。现代文学家、历史学家、新诗奠基人之一。曾任中华全国文学艺术会主席。

泛舟花溪

舟行缓缓下花溪，断岸嵌崎路欲迷。

岁首飞泉无水迹，山头绁索有人跻。

鸢翔半岭天穹狭，亭峙中流岛势奇。

慈竹万笼青翠甚，波间倒影更猗猗。

陈弦秋

陈弦秋（1895—1992），字鸿远，贵州兴仁人。曾任贵州省政协委员。

花溪桥上静观水月

天上一明月，水中一明月。

天上一碧色，水中一碧色。

水天成一体，上下了无别。

身在水天中，浑与尘世隔。

一时水天心，和合共澄澈。

三者齐空明，身心不可得。

微闻水幽声，唤醒逍遥魄。

悠然溪桥上，风物尽清绝。

论诗（二首）

其一

心似神龙放不羁，常从物外纵遐思。
笑非旷世风骚客，每获惊天绝妙诗。

其二

诗要自然也要工，名山胜境满殊胸。
挥毫洒落无尘气，天地精华在此中。

自写

戎马诗人劫后翁，身虽老去不龙钟。
问君有甚长生术，心似澄潭意境空。

林散之

林散之（1898—1989），名霖，又名以霖，字散之，号三痴、左耳、江上老人。江苏南京人。诗人、书画家，被誉为"当代草圣"。有《许瑶诗论怀素草书》《自作诗论书一首》《李白草书歌行》等。

新居江南，喜得汝舟黔中消息，诗以报之

相思深处望南天，一入江南思更悬。

云外忽传黔水字，灯前时认浣花笺。
青林有梦五千里，白发惊心二十年。
江上草堂残竹影，短窗风雨记从前。

注：汝舟，即张汝舟。

柴晓莲

柴晓莲（1898—1974），名申荣，字晓莲，贵阳人，民革成员。曾任贵阳市政协副主席。参加民国《贵州通志》编纂，《贵阳五家诗钞》之一家。有《贵州名胜考略》《心远楼剩稿》。

丁丑孟夏文献馆同人游花溪分韵得木字

劳劳尘网中，七日得休沐。
趋车有南针，轶尘若电速。
林峦掠眼飞，瞬及花溪曲。
寸晷三十里，居然地可缩。
下车大欢笑，山川信清淑。
惜哉花事阑，溪柳空摇绿。
石麟卧当道，一角倚天矗。
浑沌何年启，所友惟樵牧。
曰狮无不可，与世忘荣辱。
一经名手记，韵事震流俗。

而石顾何言，品藻在人目。
危楼榜清晖，凭高畅遥瞩。
甘澍已盈畦，风过绉文縠。
忆昔我先公，买田山之麓。
当时路纡回，往返动经宿。
为解群雏饥，风尘长仆仆。
于今坦途启，钟山泣宰木。
即景拾前踪，万感纷枨触。
相迓见林鸟，吞声泪盈腹。

壬午花溪秋禊次覃师韵

中原无计问嵩高，一角溪山怜坐豪。
劫过依然余故我，年登差喜见村糕。
觚棱梦坠思天宝，爪雪痕留付石涛。
俯仰兴怀陈迹在，临流却感此身劳。

壬午九日集花溪（二首）

其一

宵来一雨怅鸣廊，到晓无声意欲狂。
卅里云烟如故友，百年兴废到冰肠。
畏从过雁探边讯，拟向残山酹此觞。
茱佩木符佳话在，人间可有避兵方。

其二

荦确麟峰犯雨登，穿幽履险挟良朋。
暂开笑口聊复尔，无限秋怀每不胜。

望远试穷千里目，扶危端赖一枝藤。
苍然暮色笼天地，欲挽斜阳力未能。

步独清壬午九日韵

不信神州竟陆沉，茱馨酒酽更何心。
远行宛有送归意，违俗难为拥鼻吟。
日暮对花余独惘，水乡如梦忆前临。
当年未解秋摇落，一劫秋情尔许深。

八月二十一日倭机扰西南郊，与荫儿走避红边郭外山涧。是日闻警二次，投有重弹，损伤甚微

一声枭叫走如蚤，足茧荒山曝如槁。
趋岩大似鼠投穴，幕天席地颠复倒。
果然有震来虦虦，日边一点星光皦。
渐若孤鹜映朝霞，谁其见之眸子瞭。
倏尔一落千丈强，两翼垂天同栲栳。
市郊盘旋饱览余，悠然而逝尾忽掉，
且幸虚惊又一回，肩摩袂接返城堡。
那知喘定才中途，又闻警笛喧天表。
短音刺耳腿如绵，蛇行依旧伏幽淼。
一之谓甚况再乎，性命呼吸托苍昊。
何处投弈闹轰隆，岩穴震撼舌为桥。
须臾雷车颠顶旋，肤粟面霜心如捣。
众生沉沉入定中，肯以色声示彼狡。
四山机张射妖鸟，伫盼铩翮堕荒草。

惜乎技穷博浪椎，尺短寸长差微秒。
六鹢苍黄悉退飞，流星怒啸残烟袅。
坐令漏网得生还，天聋地聩山悄悄。
逾时彼枭复长鸣，心情已异心殊好。
终凭两胫奏奇勋，拾得惊魂归故道。
郎罢已疲阿团饥，长日腹枵图一饱，
堪笑灶冷釜空轸，焦饭何嫌馋吻燥。
迩来庭阶竟小趑，骨疼似觉腰脊拗。
平生任作牛马呼，讵耻折腰致神恼。
济胜无具困奔波，杖乡居然侪耄老。
忆向图宁寄一椽，午夜排闼攫群爪。
岂无红边旧草庐，池鱼何辜烬一燎。
黔山纵半天下青，远隐又苦良药少。
以兹疏散令如雷，且庐人境甘嚣湫。
但蕲一雨弥劫隙，雨中竟出日杲杲。
去住两难心踌躇，斗室不觉千百绕。
拟从电炬参消息，市南为宵市北晓。
一机不报花样新，致令厉鬼啖人脑。
千夫指目忽恍然，待得狂奔机已杳。
我思王者守四夷，蠢尔虾夷实渺小，
天欤人欤谁厉阶，忍使神州屈三岛，
更瞻鹰隼盘碧空，升降折旋技何巧？
人袭其技转相屠，可怜人兮不如鸟。
  吁嗟乎，
可怜人兮不如鸟，战伐纷纷何时了。

癸未九日池铭约登电讯局楼，贵山书院遗构也

未许名山拓眼宽，小楼促膝亦良安。
栏干可恋日长逝，风雨不来诗自寒。
讵为杯深忘世劫，偶因菊淡上儒冠。
刺松碑出斯文废，向往明时此杏坛。

  注：山长陶文节刺松诗碑近出土，池铭庋诸楼，《黔诗纪略后编》无文节诗，可补遗。

新通志完成，适文献馆改组委员会，覃师志以长律，命同作，因次原韵

慨从劫罅赞删修，礼失犹知野可求。
本为南中宏志乘，尽忘皮里有阳秋。
豆卢杖在今同感，说友篇繁例已留。
继往开来无限意，牂牁文物足精搜。

谢六逸

  谢六逸（1898—1945），号光燊，字六逸，笔名宏徒、鲁愚，贵阳人。中国现代新闻教育事业的奠基者之一。与王若飞等人由黄齐生率领赴日留学。曾任复旦大学中文系主任，创设闻名海内的新闻系，任主任。

花溪

花溪已非小碧流，将星光耀放鹤洲。
细雨飞花惊客梦，晚霞烟润洗人愁。
黑水非比南明好，白山亦似黔灵幽。
贵山从此添秀色，黔南自今更风流。

　　注：诗题为编者所加。时花溪诗会宴陪张学良将军。

罗浮仙

　　罗浮仙（1898—1987），初名永生，后更名永参，字贯之，自号浮仙，四川合江人。世代耕读传家，从其祖父研习《周易》《尚书》及医道天象之学。或设教、或为仕、或从医，经历起伏跌宕。毕生嗜诗。有《人傍山斋残稿》《叩甦斋诗稿》《枕头集》《补辑集诗稿》。

冬兴（四首）

其一

谁管朝暾几丈高，懒鸦贪睡未离巢。
孤衾留得三春暖，万虑惟凭一静消。
养老难寻还少药，传家学炼济人膏。
闲将周易供少戏，不爱阴爻爱九爻。

其二

憎达文章不救贫，徒然温故少知新。
醒苏五世同堂梦，纯洁新生一代人。
胼指赘疣无用物，白云孤鹤等闲身。
敝庐被占残书在，幸有其人继火薪。

其三

斗室朝来笑语哗，载谈就业载宜家。
满门再世新桃李，三代先人旧葛瓜。
邶国关关双鸣鸟，南明朵朵自由花。
归装驮有琴书画，何必夸夸富五车。

其四

枕头一醒便推敲，兴比拿云捉月豪。
佳句得之茅草寨，清怀端在付家桥。
厌陪五柳先生醉，不应孤山处士邀。
击节旧吟欣赏句，山无凭借自孤高。

花溪三月

两间万有异生涯，莺有阿爹燕有妈。
托石蓬蒿围岸柳，蟠根松柏抱岩杉。
美人鱼戏夭桃浪，大将山簪少妇花。
莫问老翁夸富有，此图此画属吾家。

花溪实录

石刻已为苔藓蚀，卅年废话有谁听？
清晖楼阁天方白，霸气丘坟草不青。

正月已香王者蕙，半岩独剩翼然亭。
花溪我是命名者，作证唯余天上星。

文齐乡友壬戌仲夏

草茅小子亦王侯，累荡舟如赤壁游。
半夜雄谈无鬼论，一灯朗照有仙楼。
泰山丘垤同高下，大海行污各泛流。
柴火慢烹茶盖碗，仲尼备柬约庄周。

论诗

生涯犹可勉支持，草草劳人咎在诗。
潇洒成为身外累，精微只有个中知。
雕虫不羡雕龙巧，脱俗终于脱稿迟。
未叶宫商偏爱听，不灾梨枣却阿私。

七律既成，余兴尚多，明知拉杂，割爱未能，遂续成排律。上七律有如起解。

斯文吐嘱彰兴替，此调低昂听竹丝。
盛世欢呼无帝力，老人击壤唱康衢。
乃耕乃插先农事，咨契咨夔专职司。
稼穑渔樵留典诰，桑麻鸡犬谱幽歧。
商周雅颂尊王室，秦汉风骚继楚辞。
六代哀音沉大陆，盛唐高调震边圻。
大荒吞吐边笳月，万里风飘帅字旗。

去国怀乡迁谪泪，葬花焚稿儿女痴。
陌头杨柳悔夫婿，指上琴弦寄怨思。
烛灭声凄金缕曲，望夫石嫁弄潮儿。
王孙归来天涯草，游子何之母氏慈。
长恨一歌传白傅，双文凤孽苦微之。
光明磊落须眉气，文采风流飒爽姿。
哀绝动人无赖调，方圆为巧腐儒嗤。
非常生可非常死，慷慨人惊慷慨词。
宋运迤遭南渡日，倭奴蹂躏九州时。
名都大邑成焦土，妻骨儿肠饱饿鸱。
海泣山枯天既醉，家亡国破泪无眵。
甘为鬼雄枭戎首，不报生仇愧死尸。
筑垒十年是何事？养兵千日究胡为。
独夫小胆逃西蜀，砥柱中流赖北陲。
砍地誓师全面战，抽刀断水万骑嘶。
执戈童子能殇国，投笔书生誓裹尸。
进行曲成新国乐，大刀向吼老雄狮。
文章报国一枝笔，一纸贤于十万师。

张汝舟

张汝舟（1899—1982），名渡，自号二毋居士，取"毋欲速毋自欺"之义，安徽全椒人。曾任贵州大学教授、中国训诂学研究会顾问、《汉语大词典》安徽编纂处复审顾问、安徽省政协委员。有《谈杜诗书》。

初到花溪

我来九月底，无以见溪花。
淡荡浮轻黛，冲融映浅霞。
穿芦移画舫，傍柳过香车。
地有东南美，何缘更忆家？

咏花溪盛景

江南回首十余年，且以黔中较后先。
木岭连朝人似海，花溪三月酒如川。
中原谁敌巢经学？举世咸推桐垫贤。
幸就此间藏我拙，飞腾无翼可垂天。

约老友林散之邵子退游琅琊山

归来日夕对浮槎，何物浮槎六一夸？
屡失黔中山水约，琅琊也有半溪花。

蓝木戊子二月初九五十初度
（遗稿四首）

其一

龙场不惑作人师，滥吹经筵十载迟。
坐视三笑清宿债，待敷五教致良知。
神州记漫玄黄血，边地空传百一诗。
差喜黔中花事早，溪花山鸟慰流离。

其二

又向边州听早莺，老妻怪我不归耕。
须知林密能藏鸧，见说山深可避兵。
世上双珠宁再起，眼前二子是孪生。
年来自笑诚偏爱，客里痴儿亦慰情。

其三

固将礼坏乐先崩，前辈犹能见准绳。
逆旅赠信成服慎，深山闻啸拜孙登。
闻披经传还须问，祸福然疑却待征。
学易真惭虚有愿，浪从许郑乞传灯。

其四

亲收俚语入行间，又向诗坛透一关。
陶令心闲能意远，扬雄口吃故辞艰。
频年得句低人首，一旦知非汗我颜。
学道应师玄豹子，花溪烟雾似南山。

李侠公

李侠公（1899—1994），贵阳人。参加北伐战争，抗战期间任陆军大学政治部主任、文化工作委员会副主任。新中国成立后被选为全国人大代表、省政协副主席，民革贵州省委员会主任委员。

忆一九一九年负笈东瀛

一别黔山去，东风万里游。
强华需饱学，庭训记心头。

赠萧楚女同志

原来楚女非巾帼，忧国忧民慈母心。
诛伐魑魅如椽笔，九州风雨一奇人。

原注：一九二三年识萧楚女同志于
上海，时萧楚主笔于团中央刊物《中国
青年》也。

赴绥阳县蒲老场道中

一九六三年十月二十九日即重阳后
四日，因公去绥阳县，途中纪实。
晴空万里脱尘嚣，山拥田行大道遥。
已见三秋完活路，分明九日才登高。
麦青菜绿耕耘细，泥滥土松肥水饶。
小憩垄头童稚集，笑声争送玉粮糕。

黔灵诗词书画研究社成立大会济济
一堂各有创作予亦挥毫赋一绝志盛

临池久废又涂鸦，"戈法"已忘怯右斜。
画伯书家欣共赏，生花几案走龙蛇。

一九八三年出席贵州全省"双拥"
先代会诗以颂之

人瑞年丰天下足，宏开盛会管歌中。
一堂少长说先代，"双拥"勋名树党风。
忆昔壶浆迎勇士，从来卫国仗英雄。
娄关赤水山河壮，永记军民鱼水融。

注："双拥"即拥军优属，拥政爱民。

赠萧娴书法家

万里还乡一凤毛，满城争说女书豪。
龙蛇笔走公孙舞，横扫千军南海潮。

赵毓祥

赵毓祥（1901—1967），贵阳人。
有诗词集《太慈濡墨》《雾岛杂拾》。

青岩一夕，寄寓白府，主人旨酒相
对，琐谈时事，次日漫成一律，
即呈白府昆仲

清溪一曲隐孤城，万户千门伴圃耕。
老树北风纷落叶，客尘南望辨机声。
旧家燕去栖迢缅，寒夜人来酒屡盈。
入蜀几人行杜甫？新亭周觊泪颐横。

七律一首

胜处园林好作家，危松抚罢话谢麻。
不因上国腾奇虏，岂有鲰生泛海槎。
读史从来知变乱，论人未必便惊嗟。
橘中一卧年时几，记得春春爱种瓜。

注：诗题为编者所加。

萧娴

　　萧娴（1902—1997），女，字稚秋，号枕琴室主，又号蜕阁，出生于贵阳市金井街。著名书法家，曾任中国书法家协会名誉理事、江苏省书法家协会副主席、南京市书法家协会名誉主席、江苏省政协委员。

即事

小院低篱三五家，隔墙儿语笑声哗。
互相学习忘过午，幸有芳邻告日斜。

一九四九年冬送弟暨子女婿
四人参军去西南

执手叮咛嘱，报国愿已酬。
四人分三处，勤书付军邮。
莫以家为念，西南望早收。
男女四方志，女子亦同俦。
同行诸兄妹，相互照顾周。
莫耍娇憨态，服从是上筹。
万众同一心，欣喜得依刘。

住乌江偶成虞姬一首

大王天下真英雄，姬亦人中奇女子。
堪叹无情太史公，为何不写美人死。

感怀并呈林散之兄

髫年曾唤作书痴，违俗孤高信有之。
腕弱簪花羞此格，笔强夺锦负今时。
青萍长价成虚誉，黄绢无亏有妙辞。
惭愧天生朴野性，逢人说项感君知。

满江红·题碧江柳岸钓月图

　　一片中原干净土，偏多荆棘。只剩得沧江风景，尚同畴昔。别有洞天非世间，此中老稚忘休戚。盼崖前两岸柳如烟，摇空碧。

　　天上月，光如揭。波心掩，映虚白。照过了古今多少豪杰。诗酒为钩月作纶，垂竿不钓寒江雪。遥指点，一幅画图中，谁点缀。

高二适

高二适（1903—1977），原名锡璜，斋号证草圣斋、孤桐堂。江苏泰州人。当代著名学者、诗人、书法家。有《新定急就章及考证》《校录》《刘宾客辨易九流疏记》《高二适书法选集》。

为萧娴题石门颂临本（二首）

其一

忆昔周遭独石桥，闻将大字郁峣苕。
卅年老笔纷披在，真见摩崖汉隶超。

其二

临本堪称夺雪霜，扫除蛇蛭稼苗良。
高亭未比褒斜道，不得同君榜蜀冈。

李大光

李大光（1904—1990），广东始兴人，民革成员。曾任贵阳县县长、贵州省地方志编纂委员会顾问、省诗词学会顾问、黔风诗社副社长、黔灵诗画社副社长等。有《闲叟存诗》。

花溪杂咏（六首）

其一

树木清华入画图，杂花簇拥一亭孤。
沿溪试与芟荆棘，好种垂杨十万株。

其二

一水溶溶坝上桥，清溪泛碧去迢迢。
平流越石成奔湍，夜静凭栏当听潮。

其三

溪头几树碧桃花，掩映澄波倒影斜。
独上前山高处望，白云坞底有人家。

其四

幽居最好碧云窝，看山看水逸兴多。
待得人归场散后，四峦袅袅起樵歌。

其五

花间笛语一声声，小坐茶亭待月生。
忽见水中人影过，济番桥下一舟横。

其六

乱石拦河花夹岸，平桥横水树遮山。
时清小筑三间屋，把钓溪头日往还。

七律

园林掩映嵌山坳，亭榭参差立水边。
花外平畴千顷浪，树头初日万家烟。

临溪饮水寻清淬，感旧停云望远天。
五十年前三宿恋，诗坛今又喜留连。

注：1940 年 3 月，花溪公园建设基本完工，李大光欣赋此诗。

阿哈湖题词

湖山旧喜江南秀，晚爱阿哈气象雄；
复嶂四围涵碧水，晴波一色媲红枫。
歌声呖呖游船里，人影离离曲径中；
风景明朝当更好，双柑斗酒集诗翁。

汪岳尊

汪岳尊（1905—1999），字石庐，晚号癯叟，安徽全椒人。名中医汪文弼之子。中华诗词学会会员，有《石庐文存》《石庐诗词存》《石庐联存》。

满庭芳·偕启东访春斋花溪寓居

高展黏云，低舷划水，花溪闲散春愁。相携旧雨，难得在边州。一自天涯羁旅，湖山癖喜未全瘳。问摇曳堤边柳色，曾否识闲鸥。

如钩。今夜月多情照我，不醉无休。甚乡关万里，归梦悠悠。弹指收京讯到，涤双砚赋笔先酬。归去也江南风景，翻此忆清游。

踏莎行

四内侄何朝阳自贵阳归省。因怀花溪。

旧游风阁招帘，月桥曳履。卅年犹梦花溪路。一回梦到一回惊，旧盟难觅前鸥鹭。

浩劫流离，穷途嬉怒。怪他名字麟山误。而今薄海庆升平，麟山应有卿云护。

谢孝思

谢孝思（1905—2008），字仲谋，贵阳人，书画家。曾任贵阳达德学校校长，后移居苏州。有《谢孝思书风》《谢孝思画集》《槿花楼诗文集》。

题与叔华合作《梅竹双清图》

一九九二年八月一日

濡沫相亲五十年，算来一万八千天。
槿花楼上传心事，好把双清仔细看。

题巨画《百花湖》

黔国江山如画图，峰峦洞壑似天都。
老夫一向心胸廓，最爱汪洋千岛湖。

注：诗题为编者所加。

题画黔灵松

一九九二年参加贵阳苏州书画展

黄山古怪华山清，数到家山应有名。
笔底邀来都是友，乡亲毕竟让黔灵。

题与刘复莘合作山水图复莘画藤竹我补洞壑，此道地家乡风味也

一九八五年十一月于贵阳花溪牛乳场招待所，作此即以赠之。

藤竹挂高崖，清泉出幽谷。
黔山景气佳，处处写心曲。

登甲秀楼

一九八五年十一月

老去江南四十春，归来乘兴一登临。
人天是处开佳景，甲秀风光甲秀城。

罗登义

罗登义（1906—2000），贵阳人。著名农业生物化学家、教育家、贵州大学名誉校长。

农院成立刺梨研究所

幽居空谷新山珍，盛世迎进科学门。
企望今后显身手，造福增光为人民。

注：农院，即今"贵州大学农学院"的简称。

绿化荒山

放宽林业好政策，绿化荒山办林业。
解放思想贯三定，冲破束缚有法则。
千家喜栽摇钱树，万户欢拥聚宝策。
生态平衡子孙福，勤劳致富人人悦。

牟龙光

牟龙光，生于1906年，又名牟翔，贵州普定人。曾任贵州省人民政府参事、省政协委员、民革贵州省委委员。

癸亥中秋寄台湾友人

千里共蟾又一秋，难忘过往赋同仇。
冲冠每以夷戎患，横槊长歌宝岛收。
正庆敌除新古国，何期见异障宏谋。
中兴纽键为团结，伫企言旋解系舟。

江城子

民革贵州省委员会二届四次会议纪盛。

一觉古稀满头霜。未颓唐，慢评量。盛会宏开，群彦列班行。共为长征输慧力，扫荫翳，换朝阳。

九州一派好风光。气开张。道康庄。万里花黄，芜野分外香。莫嗟日暮路途长，加鞭去，骋疆场。

浪淘沙·念辛亥革命七十周年

清帝主中原，垂三百。生灵亿兆堕深渊。刀俎未休鱼肉尽，黑暗无天。

孙公率群贤，革命倡先。根摧帝制创新元。重整金瓯还赖党，史又新篇。

秦天真

秦天真（约1909—1998），贵州毕节市人。同林青、缪正元创立贵州地下党较早的支部——毕节支部。1935年，与林青、邓止戈组织中共贵州省工作委员会。曾任中共贵阳市委书记、贵州工学院（现已并入贵州大学）院长。

界北关爆破

志大心雄排万难，铁锤打破界北关。
腰断花眉神庙去，坦途飞车小龙潭。

原注：花眉，山名，在界北关。小龙潭，蔡家关内小溪名。

偕速航同志回安顺有感

离别四十载，不见钟鼓楼。
春风绿南岭，虹山客恋游。
昂首当年事，西关斗敌酋。
英烈遗戈在，老笔写春秋。

李独清

李独清（1909—1985），又名忠信，字笃卿，别号洁园，贵阳人。曾任贵阳师范学院（现贵州师范大学）教授。参与纂辑《贵州通志》《黔南丛书》《贵州文献季刊》。有诗集《洁园剩稿》。

八月二日贵阳文艺编辑部招集花溪公园（三首选一）

其一

十年曾被梅花累，俯仰溪山有几回。

又换人间佳兴在，园林依旧好楼台。

题周渔璜宫詹《西崦春耕》与《桐埜书屋》二图

两图完好藏其家，崧山给谏言偶差。

绘者禹沈皆名手，先生风貌长清嘉。

是时海内人物盛，边徼寂然堪咨嗟。

奇窭崛起人中哲，高掇巍科驰声华。

同编《类涵》与《字典》，

石渠载笔粲若花。

两浙试罢禹陵祭，阅兵江淮竞鼓笳。

简在帝心直庐问，泽州奏对雄才夸。

《华严大钟》句无匹，同馆搁笔愧涂鸦。

物望所归趋群彦，异军特起创幽遐。

不是夜郎争汉大，齐盟狎主讵非耶？

浣衣似觉京尘厌，独赏林壑饶烟霞。

披图便可见高致，题咏诸贤翰墨加。

东坡笠屐传图画，扬抎风雅兴不赊。

岂料巫阳遽相召，万里归骨发軿车。

吁嗟乎！传业无人何须叹，

《桐埜》一编瓣香所奉将无涯。

石谱寺谒周桐埜先生墓

秘谱神奇陈乱石，携来袍笏米元章。

诗宗一代妥幽室，大句千秋接混茫。

补衮功名怜短梦，回青池馆冷斜阳。

何须更说仙人迹，竟是初平欲叱羊。

孟关

四面山高翠霭浮，南天一箐我来游。

人稀始觉乾坤大，路险不知风景幽。

要隘昔年屯虎豹，场期今日问鸡牛。

虽无世外桃源乐，每到常销战伐愁。

　　注：孟关在花溪东部境内。

次咏笙九日花溪登高原韵即效其体（二首）

其一

煮簧添薪颇自咍，忽辟灵襟亦大佳。

人比雁酸息豪怒，诗如岩险最崴嶵。

太荒暝色蔑须有，何处波声不可阶？

便欲与君阿阁外，欹斜一说被酒怀。

其二

作健逢辰领元老，山川一笑自掀髯。

风花旧梦空相忆，恩怨平生不可兼。

何必更说烂羊胃，为我能歌阿鹊盐。
归车飙发过箭疾，碾尽秋峰玉破尖。

且任斜日坠，但觉孤云立。
坐久不自知，一襟花气湿。

花溪酒集与贵大诸生

平生困米盐，六经少诵习。
聆声而响和，郭君愧弗及。
有毁虽不惬，其失深自识。
硁硁守吾道，碎义每拘执。
诸生不我弃，叩门常来集。
灯火夜晶莹，极论解疑惑。
忽传敌骑攻，避地弦歌息。
所幸误虚弓，疮雁联归翼。
有此名胜区，倘徉尚可得。
潇洒浴尘襟，水光杂山色。
况是春服成，童冠奚止十。
舞雩归路长，浴沂奔流急。
谭侯去巴蜀，道远隔邻邑。
曲槛疏林际，惘然念曾涉。
列坐两吴生，英发及渊默。
三陈相推让，酒量何逼仄？
皮子富吟情，发言常秀特。
周君谨厚士，动静合仪则。
我已不飞鸣，老鹤三冬蛰。
勤修期共勉，相携圣域入。
此会不寻常，应各有篇什。
当知俯仰间，盛游即陈迹。

浣溪沙·花溪次恒安韵（十首选二）

其三

侧帽行吟傍水边，樱桃谢蕊柳飞绵，灯楼钗市改当年。

斜灶茗香盈翠椀，晚砧鱼熟篏青帘，人家半在画桥前。

其六

双桨涵春晚荡舟，波声分洗佩鬟愁，银澜照影趁烟流。

小妹青溪工短曲，湘灵怨瑟忏初讴，萍花省识不禁秋。

乐砚翁

乐砚翁（1911—1998），名光彦，民革成员，旧宅乃贵筑普定街（今贵阳黔灵西路）乐家大院憩园。曾任贵州省诗词学会、安顺地区诗词学会理事。有《耕砚斋诗稿》。

游花溪并访旧居邻

小路崎岖讶广平，卅年重访旧居邻。

草房改变成砖屋，幼女传呼有客人。

宾主相看欣老健，酒肴罗列感情亲。

临歧频嘱常来往，真喜农家已脱贫。

静麓叔九十大庆称觞值黛云女弟来筑开会喜赋

犹记竹林当少年，隙驹忽过已华颠。

玲珑石畔观春柳，湘梦楼头看远山。

难得故乡重聚首，却夸道韫最才贤。

星辉南极乔松寿，晚爱明霞万里天。

注：黛云，北大教授乐黛云。

车过盘山疑失路，桥连峻露忽如风。

两星双照黔西侧，一线孤影白雾中。

云贵高原今始见，晚来犹自送英雄。

田际康

田际康（1912—约1992），山西汾阳人。自幼随叔父田润霖学书法，擅隶、行，书作质朴娇媚，别有新意。

花溪书法协会成立纪念

贵阳好景重花溪，锦簇花团路欲迷。

喜得奇葩添艺苑，园中处处是新趣。

柳倩

柳倩（1911—2004），原名刘智明，四川荣县人。当代著名诗人、学者、剧作家、书法家，左翼作家联盟成员。曾任上海诗歌工作者协会副主席、中国诗词学会顾问。

花溪书法协会成立纪念

团团明月拥青峰，越洞穿云似转篷。

翁闿运

翁闿运（1912—2006），字慧仁，原籍浙江杭州，生于江苏苏州。清光绪进士、诗人翁有成之少子。中国书法家协会德艺双馨会员，上海市书法家协会顾问，上海市文史研究馆馆员。有《辞海》（书法·碑帖部分）、《大学书法》（技法部分）。

予作可书史绝句自商周至近代此咏颜
真卿四首之二书赠花溪书法协会共正

其一

林甫国忠诣佞徒，禄山作乱舞群狐。
颜公奋起千钧笔，力挽狂澜树楷模。

其二

秉真内美耻阿谀，不作铅华献媚图。
正气欲驱当路虎，书城开辟现通衢。

陈述元

陈述元（1914—1993），湖南益阳
人，贵州大学教授。"一二·九"运
动时任武汉学联主席，并与沈钧儒先
生等"七君子"同任全国各界救国联
合会执委。

寄怀朱达莹君（五首选一）

其五

花溪日夜卷惊涛，淘尽英雄又几朝。
解识华严无住相，任他暮暮与朝朝。

宁汉戈

宁汉戈（1914—1997），字起鲲，
贵州毕节人。长期在云、贵、川、甘等
地从事党的地下工作。曾任山东省教育
厅党组副书记、副厅长。有长篇叙事诗
《高原之鹰》和《雨花魂》。

忆念熊蕴竹同志（二首）

其一

春雨迷濛览群峰，千松万竹哭苍穹。
忠魂永伴花溪水，一片丹诚映日红。

其二

花溪烟雨绕千峰，堤畔低徊恸无穷。
景物依稀人宛在，深山犹荡"映山红"。

注：映山红，电影《闪闪的红星》插曲。

黄绮

黄绮（1914—2005），原名匡一，
号九一，斋名笔帘留香处、五金屋、二
象室、夜吟馆。江西修水人，生于安徽
安庆。在古文字研究、诗词创作、书
画篆刻等领域都有建树。曾任中国书
法家协会副主席。

满江红·忆花溪陋室

只为栖身，自信与重楼无别。且借得两三家具，东陈西设。风大纸糊墙角缝，鼠多石抵床头穴。听玎玲屋漏木盆承，催诗切。

沽酒饮，烹茶歠。书在手，香留舌。更徘徊颂祷，毋庸击节。黄雀集团三匝舞，青山赴约千层叠。合披离寒韵竹敲窗，西风叶。

田君亮

田君亮（1894—1987），原名景奇，贵州平塘人。曾任贵州大学教授，贵州大学校长，兼任贵州省文史研究馆馆长。有《病牛遗诗》。

森林公园

泼空一片绿，众睹心已喜。
快哉更有亭，森森万木里。
茶香酒味好，亭内堪隐几。
挥杯相饮劝，客气不可以。
革命大家庭，一体无此彼。
劳逸互结合，业余应乐矣。
亭外几丛花，颜色自丽绮。
天风自西来，树对清音起。

忽变作涛声，恍如大地洗。
兹地田荒芜，新时胜境启。
要识是非真，新旧请对比。
洛阳名园宋代夸，权贵独乐何足纪！

东山

突兀峥嵘势接天，众山星拱自年年。
东升旭日峰头出，一片红光照大千。

花溪坝上桥

坝桥流水意悠哉，多少游人日往来。
逝者如斯谁会得，倚栏吟望独徘徊。

胡稷同

胡稷同（1905—1986），贵州独山人。民革成员。贵州省文史研究馆馆员。

花溪坝上桥观鱼适雷雨骤至

玲珑石窦跃晶珠，漱水游鳞如画图。
雷雨来时都不见，纵然龙战尔何虞。

寄怀滞台旧识

记否当年一局棋，全盘输尽只缘私。
今朝有幸邀和合，正是回头补过时。

喜黄植诚驾机起义归来

浩浩凌云气，丹丹爱国思。
新天归燕日，万众庆功时。
四化欣唯实，"三民"耻托词。
拳拳期彼岸，归也慎毋迟。

万式炯

　　万式炯（1905—1991），贵州铜仁人。参加上海、南通、江阴、镇江、南京、武汉等战役对日作战。新中国成立后任贵州省政协常委、省参事室参事、民革贵州省委常委。

寄台湾

大哉统战展红旗，爱国一家何用疑？
寄语台澎诸旧雨，有人朝暮望归期。

纪念辛亥革命七十周年

苍溟正气郁磅礴，七十年前奏凯歌。

豆剖瓜分外患急，腥风血雨内忧多。
救民无视群魔剑，涤秽频掀大海波。
遗教重温宵起舞，此身煞愧老廉颇。

由贵阳到成都参观都江堰

天府名区作壮游，巴山蜀水正丰收。
只缘"四化"路千里，争为"两番"赓一筹。
党政军民歌郅治，工农商学济同舟。
群英畅饮都江酒，鹤发相催大白浮。

徐泽庶

　　徐泽庶（1906—1987），贵阳人。贵州大学毕业，曾任贵阳市政府主任秘书，民革贵州省委员会文史资料征集工作委员会副主任，贵州省文史研究馆馆员。

踏莎行·伴绍俊之麦坪

　　车疾如雷，尘飞似雾。山环水曲千章树。老矣无事好远游，经行犹记旧时路。

　　阆风高踞，麦坪小住。弦歌吾岂尊尼父？无言桃李自成蹊，蓬窗夜读归田赋。

蹇先艾

蹇先艾（1906—1994），笔名萧然、罗辉等，贵州遵义人。曾主编《贵州日报》副刊《新垒》，任贵州大学教授，民盟中委，省政协副主席。《水葬》《到家》等小说在国内外享有盛誉。有《朝雾》《一位英雄》《城下集》《离散集》等。

入党感赋

卅载追求如愿偿，恩情培育讵能忘！
古稀未觉桑榆晚，发愤从头学党章。

编者注：1983年5月，作者在古稀之年光荣参加中国共产党。

丙辰九日李独翁招饮
以战地黄花分外香分韵得战字

忆昔结交时，初期值抗战。
日寇侵陵急，国土遭蹂践。
蒋军怯强敌，望风而逃散。
豺狼塞道路，城邑纷沦陷。
避寇归故乡，糊口勤笔砚。
君方与耆宿，设馆辑文献。
小巷比邻居，切磋获良伴。
谈诗复论文，渊博心所羡。

花溪共课徒，林园足迹遍。
白色侦骑布，又饱经忧患。
倏忽四十春，人间起巨变。
新生事物多，访旧为鬼半。
红日长照耀，江山何娇艳！
盛世藐唐虞，千载难遇见。
君虽稍病衰，朝夕不释卷。
我已满鬓霜，腰脚尚顽健。
华筵度佳节，在座皆俊彦。
举杯同庆祝，中枢诚果断。
嗤彼阴谋家，大权岂容篡！
扫除害人虫，复辟成梦幻。
革命得挽救，海内胥欢忭。
宾主登"翠微"，高歌入云汉。

黔灵山弘福寺雅集

古寺名山聚友生，凭高眺远骋豪情。
挥毫争绘新天地，端赖工农细品评。

榕江渡口

行旅争朝渡，清风水上来。
岸松沙过雨，车骈路无埃。
远树随村合，浮岚入望开。
江城饶画意，欲去又徘徊。

剑河十里长滩

怪石千牙错，扁舟一叶轻。

怒涛流不断，雁阵来相迎。

风雨山头起，雷霆水底鸣。

一滩逾十里，回首浪花平。

悼郭老

耄龄勤著述，为党作宣传。

文思如泉涌，珠玑出毫端。

史哲拓新域，甲骨尤精研。

艺苑称巨匠，治学红且专。

毕生事革命，愈斗志愈坚。

热爱毛泽东，歌颂载诗篇。

奋笔伐魑魅，冲锋恒在前。

忆我"五四"后，负笈在幽燕。

"女神"钦豪迈，"维持"慕少年。

操觚以率尔，可哂不自惭。

对公心仪久，无由识尊颜。

全国获解放，都门相见欢。

文会推主将，予我以策鞭。

为我书条幅，携之返娄山。

上写领袖诗，悬诸蓬筚间。

四害横行时，宝翰独安然。

鲁迅久徂谢，公今复弃捐。

睹物思前辈，不觉泪汍澜。

吴雪俦

吴雪俦（1908—1991），原名吴萃人，贵州湄潭人。曾任贵州省文教厅副厅长，民盟贵州省主委。创办黔风诗社，任社长。有《墨香吟》《蜀道诗草》。

花溪书法协会成立纪念

花溪风物美，山水孕灵奇。

颜柳规前躅，苏黄起后枝。

流觞开雅会，修禊续临池。

又庆书坛立，东风一寄思。

花溪

此地能容十日游，花开如锦水如油。

桃畦醉酒英成褥，柳岸披襟絮满裘。

山展旌旗绿欲动，河凝烟霭翠不流。

东风为使诗情活，尽泄春光待客收。

并蒂菊

文史馆中发现并蒂菊花一株，同人多有吟咏，亦成七绝一章（一九五六年）。

霜萼亭亭并蒂开，秋风篱落笑相催。

果然高士无孤谊，一样清标共体裁。

谒阳明祠

扶风山麓阳明祠，最近修理一新，由省文化局直接派人管理，作为筑郊文化胜地，往游者踵相接焉。

举世尘埋日，先生奋大忠。
一疏扬正气，万里投荒蒙。
明道垂心法，开平致圣功。
巍巍崇祀在，千古仰宗风。

文史馆同人雅集赏菊步桂百铸先生韵

庭园西风花事忙，好将高会对秋芳。
东篱佳士玉为骨，北郭群仙瓮作舫。
坐赏晴姿迎素月，笑撑醉眼看新霜。
锄畦更喜同人健，一径幽香引兴长。

注：馆在贵阳北城，馆中同志多能豪饮。

题贵阳森林公园

林深藏古气，山绿入茫微。
折竹作行杖，牵云补衲衣。

贺国鉴

贺国鉴（1908—2002），字镜湖，

苗族，贵州松桃人。曾任松桃县小学校长，松桃民族中学第一任校长，铜仁中学教员，贵州省民族研究所研究人员，专注苗族史研究。

喜游甲秀楼

筑国风光甲秀楼，沧桑历尽几春秋。
鳌矶激浪声俱咽，铁柱沉沙愿始酬。
既见红旗飘凤藻，更教绿水漾龙沟。
芦笙队队添新调，白叟登临唱野讴。

花溪行

乘兴游花溪，溪在麟山下。
春信到溪山，梅柳迎休假。
皱干着奇葩，柔条飘四野。
溪声撼石桥，山色映琉瓦。
传说古夜郎，此地多名马。
昔年弃遐荒，今日夸风雅。
胜迹留先贤，伟业期来者。
溪山换新颜，人世浩如泻。

夏学忠

夏学忠（？—1986），花溪人。

花溪书法协会成立纪念

雨中禁火空斋冷，江上流莺独坐听。
把酒看花想诸弟，杜陵寒食草青青。

陈恒安

陈恒安（1909—1986），原名德谦，字恒堪，号宝康，贵阳人。治学严谨，书法诸体咸备，尤以大篆与行书见长。曾任中国书法家协会名誉理事，贵州省博物馆名誉馆长、贵州省文史研究馆副馆长等。有《陈恒安诗词集》。

咏花溪

四望田畴际，此中园囿成。
乡风赏花阁，好月和溪声。
麟角高垒势，蛇盘小阜名。
良朋天外至，同我放舟行。

六月十九日游青岩过花溪小憩
（七首选二）

其一

看山如读宋乐章，能密能疏各擅场。
我爱黔山近南宋，梦窗绵丽玉田苍。

其三

千山叠浪势初平，一阁凭虚绿绕城。
知有包山闲着笔，画中来听落花声。

原注：陆一绿画师在青岩授课。

追写花溪之游（六首）

其一

爱汝花溪九月凉，携尊一为款山庄。
重来那是停车处，桥畔疏花带叶黄。

其二

一角幽丛曲径添，褰衣不惜露微霑。
群峰已作秋鬟出，扫却残云当卷帘。

其三

浓春花发到山亭，秋后无花山更青。
一事春秋共幽寂，水声长带鸟声听。

其四

岸边一树红欲绝，索共秋人斗晚妆。
靥上燕支波上叶，教人阁笔写斜阳。

其五

寻常山水无波磔，如览俗书心转慵。
十丈麟岩争地出，稍将姿媚换清雄。

其六

佃车一霎走辚辚，愁对秋光敛翠鬟。

摇兀心旌似中酒，吐茵莫为罪佳人。

雨中陪志希夫子游花溪，
余未同登麟山

危怀秋思两难明，疏雨斜风境界清。

来对高寒开画本，尽挥车马屩山行。

霜前林叶先成醉，足底奔湍势欲倾。

只欠峰巅同小立，看公伸纸写峥嵘。

忆江南（十九章选一）

其十

江南忆，桐埜旧曾经。留得广寒名
句在，几时添作广寒人，天上是湖心。

奉赠谢仲谋兄

圣艺直追吕凤子，高风上承黄石公。

乐育人才达德盛，故家文献君采同。

图云别去有乡梦，宏福新来成画宫。

老向雷门羞弄鼓，称言锡我望归鸿。

原注：石公，谓齐生先生。谢君采
为明代贵阳诗人书家。

买陂塘·巳卯九日书示晓莲独清

似萧萧茂陵秋雨，相如病渴新减。
黄金不买凌云赋，枉觅汉宫阿监。门自
掩，对一点山眉也是平生感。朱弦未敛，
任树底蛩螿，楼头鼓角，从我诉肝肠。

凭高句，只是今年独欠，神州何
处天堑？年年鸡犬升天去，泥犁我侬同
陷。频自忏，奈法秀相诃总坐词华艳。
篱花意淡。叹劫罅江山，凄凉旧调，莫
谱四三犯。

蝶恋花·百铸先生重赋鹿鸣
兼值八五寿辰

六十年前青鬓换。老去词人，悔说
闲莺燕。一代科名蕉鹿幻，难寻逐鹿中
原伴。

人物山川新旧判。鹿鹤同春，旧画
从新看。今岁鹿鸣疏把盏，来春再约黔
灵宴。

涂月僧

涂月僧（1910—1992），湖北黄陂
人。武昌中华大学毕业。善书法，富收
藏。曾任贵州省政协常委、民革中央

委员会顾问、贵州省书法家协会副主席、中华诗词学会顾问等。有《乐山斋诗词集》。

春日花溪小唱

花溪书法协会纪念

缟李绯桃正入时，缘溪官柳已发丝。

岩阴旧种冬青树，犹为争春怒发枝。

乙巳九日陪同弦秋绍康两翁登东山并展阳明祠（三首）

其一

黔灵秋履复春骑，济胜宁因风雨辞。

初上栖霞犹腼腆，名山应愠我来迟。

原注：居黔二十余年，十上黔灵，而栖霞今始一至。

其二

攀援绝顶出盘纡，鳞次飞甍似锦铺。

山水有灵吾岂诳，此来端不为茱萸。

其三

层楼真欲与山齐，高突成林入望迷。

大陆龙蛇今起蛰，风雷如火气如霓。

沁园春·颂三中全会公报

电讯传来，公报新颁，人手一篇。喜揭批诸丑，流毒迅扫，高标四化，万象争妍。采纳群言，共臻郅治，真理皆从实践先。今而后，民康国富，幸福无边。

今朝盛会空前，为建国宏图畅所言。趁宝刀未老，搜罗文史；智珠在握，商讨科研。余悸已平，壮心犹是，发挥潜力造新天。同携手，与工农大众，竞着先鞭。

蓝芸夫

蓝芸夫（1910—1994），原名蓝运富，字仁伯，贵州金沙（原属黔西县新场镇）人。曾任北京大学党委委员，中文系总支书记，新闻专业副教授，图书馆馆长。

读《黄齐生先生传（初稿）》

平生敬仰我黄公，百尺黔灵百尺松。

电讨袁奸涂粉墨，心倾马列灿霓虹。

欧西熟饭腾雏凤，塞北探监惜偃龙。

殉难茶山忧国是，延河流水永淙淙。

论诗绝句（三首）

其一

自有灵犀一点通，不拘律古汉唐风。
强毛劲鲁冲冠岳，各有神思荡五中。

其二

雕龙万里话神思，叩我心弦我和之。
石氏鹏飞云雾外，盖郎莺啭到辽西。

其三

我拜延安讲话高，风刀霜剑自雄豪。
为民自古言之众，澈底澄清在一毛。

原注：毛鲁岳，指毛泽东、鲁迅、岳
飞。雕龙，指南朝梁刘勰撰《文心雕龙》。
石氏句，石达开登黄鹤楼诗："……一拳打
破黄鹤楼，一脚踢翻鹦鹉洲。手拨云雾开，
大呼海鹏来。看我飞腾一去九万里，看他
九州以外佳境如何哉。"盖郎句指唐盖嘉运
《伊川歌》："打起黄莺儿，莫教枝上啼，啼
时惊妾梦，不得到辽西。"

卢雨樵

卢雨樵（1911—1997），贵阳人。
曾在贵阳市志编委会工作，爱晚诗社
理事。

春雨游花溪（二首）

其一

护花夙愿化春泥，陌上轻轮碾路迷。
拂面晓风催驶急，春寒微雨到花溪。

其二

寻春转自惜春迟，来见桃花带雨时。
恰似东坡立水畔，鸭江冷暖识先知。

忆江南（四首）

其一

南明忆，甲秀耸高楼。指点江山容啸
傲，苍茫烟水寄沉浮，倒影画桥留。

其二

南明忆，一角占鳌矶。想象未忘濠上
乐，垂竿欲钓海中螭，烟水自凄迷。

其三

南明忆，亦有大观联。北带巴夔争胜
地，南襟滇诏入云天，何让老髯传。

其四

南明忆，儿戏忆儿时。爆竹裂声飞纸
火，陀螺旋影见鞭丝，尘梦宛如斯。

王辉球

王辉球（1911—2003），江西万安人。曾任贵州省委宣传部部长，中国人民解放军空军政委等职。

回黔有感

万里长征起井冈，四渡赤水战乌江。
血染战袍乌蒙岭，遵义会议放光芒。
莫忘艰辛创业史，四化建设谱新章。
春风吹破三句话，万众欢呼新夜郎。

注：三句话即贵州旧谚："天无三日晴，地无三里平，人无三分银。"

姚奠中

姚奠中（1913—2013），原名豫泰，别署丁中、刘草、樗庐，山西稷山人。著名教育家、书法家。有《中国文学史》《庄子通义》。

到贵阳

怜君何事到天涯，劫火中原亿万家。
满目苍生无限泪，筑山风月锁烟霞。

花溪（四首）

其一

暮色苍茫敛落晖，玲珑"小憩"傍鱼矶。
夜游不待烧明烛，遍绕回溪缓缓归。

其二

朝来旭日催人起，山麓霜林万点红。
行到济番桥上望，芦花洲外水濛濛。

其三

长歌漫步溪边路，潭影波光接坝桥。
最好麟山西向去，几重飞瀑几重涛。

其四

山巅水次登临外，随遣形骸入画图。
岸柳园花无限意，又将红叶就归途。

八声甘州

看溪光月色醉迷离，那得此良宵。正麟山突兀旗亭偃塞四野悄悄。岸草任他绿缛，不必问花娇。但树簇楼飞，嵬嵬翘翘。

应有闲情逸致，俯清流垂瀑，小仁长桥。有良朋携酒，啸傲动云霄。念平山，江湖落拓，问壮怀，前路复迢迢。徒凝望，晴空如洗，月冷天高。

菩萨蛮

秋溪雨霁人踪悄，两行衰柳随溪绕。灞上卧长桥，徘徊听怒涛。

四围无限绿，几点青山簇。梦影聚天涯，不知何处家。

易舜恺

易舜恺生于1913年，贵阳人。贵州诗词学会理事、贵阳诗词楹联学会顾问。

贺花溪诗社成立

绯桃缟李压山隈，流水潺潺曲折回。
盛世花溪春正好，诗坛雅会喜宏开。

春游花溪即事

便道轻车出市西，看山看水到花溪。
畅游天气晴方好，放眼春郊草已齐。
座上诗俦皆旧识，田间飞燕啄新泥。
老弢祀父感人甚，香满画楼花满畦。

梁瓯第

梁瓯第（1914—1968），福建建瓯人，民族学家、教育学家、社会学家。大夏大学（现华东师范大学）社会学教授。

摇马郎（二首）

其一

松林树下影横拖，男女双双在唱歌。
木叶吹来随意和，罗裙飘去任风搓。

其二

心怀旧爱增娇媚，面证新婚自揣摩。
此时苗疆风俗志，客童咸颂马郎坡。

原注：摇马郎，苗语作"Wa Dor Yor"，是苗族青年业余休闲中最活跃的生活，也是苗胞社会中促成男女婚姻所必经的恋爱过程。

王容

王容（生卒年不详），女，贵阳人，20世纪40年代桐梓中学教师。

题诗一首

年年玉笋一排班，雨露春风若等闲。
栽者培之原有意，笑扶新竹上云间。

贺贵州省诗词学会成立

中华千劫诗未休，圣世汪洋万籁流。
黔岭也收波一点，幽兰阵阵香神州。

张夙生

　　张夙生，生于1914年，字孟玄，福建福州人。民革成员，福建逸仙诗社社长，福建省文史研究馆馆员，书法家。

黄源

　　黄源（1915—2007），湖南常德人。贵阳医学院副教授。贵州省文史研究馆馆员。

闻戴安澜将军远征殉国

金甲桓桓几尽忠，国门外倏起长虹。
云埋千嶂鹃声咽，月落孤营虎帐空。
不惜一躯捐异域，堪为百代树雄风。
野人山下怒江畔，战血如花处处红。

游青岩镇

昂首双狮耸翠高，卫城胜概足风骚。
云连殿阁烟尘冷，势控滇黔雉堞牢。
物土丰盈凭聚散，山川秀丽启英曹。
先贤事迹流风在，古镇新装更足豪。

田兵

　　田兵（1915—2002），山东临沂人。曾任贵州省文化局副局长，贵州省文联副主席，全国文联委员。有《田兵诗集》。

杨祖恺

　　杨祖恺（1915—2010），贵州遵义人。曾任贵州地方志编委会特约编纂、贵州历史文献研究会理事等职，贵州省文史研究馆馆员。有《且阁遗稿》，诗词联文合集《将就斋杂稿》。

花溪诗社成立四周年纪念（三首）

其一

花溪景物着黔中，碧水萦渟响濑湎。
才彦耆英游乐处，江山生色启诗风。

其二

霞客记称花仡佬，河山整顿倍清幽。
人间已换风光好，誉满神州盛旅游。

其三

刺梨佳酿味香浓，明媚花路夕照中。
迎客苗家民族饰，甜情劝盏醉乡风。

无题

明初境辟话黔阳，花毂轻舟云水乡。
幽邃早探推霞客，秀灵毓挺重渔璜。
车披道左丝丝柳，人语阡头浅浅秧。
恰趁春和三月景，吟俦雅集待新章。

唐宝心

唐宝心，生于1915年，北京人。美国留学生，民建会员，天津师范大学外语系任教授。参加创建贵阳清华中学，任教师、校长。

回花溪

别梦依稀四十年，万里花溪一日还。
松柏长青故人健，桃李芬芳春满园。

注：标题为编者所加。

杨作新

杨作新，生于1915年，侗族，湖南新晃人。曾任贵州大学图书馆参考咨询组组长，副研究馆员。

棋亭联谊

歌舞结良伴，拳剑拜名师。
对奕逢敌手，啜茗遇故知。

刘承权

刘承权，生于1915年，湖南衡山人。曾任中国书法家协会会员、贵州省书法家协会副主席兼贵州书法学校校长、贵州省黄果树碑林筹建委员会常委兼办公室主任。

花溪书法协会成立纪盛

溪水清涟卉木芳，黔中文化数源长。
书坛此日群英会，健笔纵横瀚墨香。

丰收乐

五谷丰登茨藜黄，家家户户晒谷忙。
儿童未解大人意，乱伏谷堆捉迷藏。

李庭桂

李庭桂（1914—1997），河北藁城人。曾任中共贵州省委副书记、贵州省诗词学会会长。有《铁骑战歌》《李庭桂诗集》《李庭桂纪念文集》。

祝贵州诗词学会成立

水秀山清老更怡，热心倡导筑城诗。
黔风自古喜辛味，苗岭奇葩分外奇。

五绝

同饮黔灵水，相逢易也难。
一杯联旧雨，余热壮诗坛。

题赠省农干院

坳里桃花向阳开，天边杉柏依云栽。
翠明山下育英俊，黔野富民出干材。

欧阳震

欧阳震（1916—2010），字雨辰，湖南攸县人。曾任花溪诗社首任社长、贵州省诗词学会理事、贵州省周渔璜周钟瑄研究会副会长兼秘书长。有《青岩状元赵以炯》《周渔璜·周钟瑄诗词注释》。

贺花溪文联各协会成立

花溪尤重扬文风，画笔共描旷世隆。
锦绣河山笺入彩，峥嵘顾彦留真容。
骚词独具高原美，妙舞别裁边塞雄。
木叶芦笙多韵曲，牂牁逸响在焦桐。

天河潭

河潭洞府胜瑶池，泛舫喜观钟乳姿。
殿阁楼台呈异彩，翎毛花卉启遐思。
传奇人物神多似，宝贵珍藏世莫知。
仁见明珠悬筑市，夜郎添得盛名驰。

咏花溪

孰与夜郎争汉大？敢将阆苑比蓬川。
山依玉镜奇峰出，水绕青岩白雨溅。
独石角云由造化，群矶棋布自天然。
引人最是芦笙曲，各族衣裙百样妍。

花溪诗社成立志感

高原丽色数花溪，每教名流费品题。
剪锦裁云期附骥，联珠拾贝欲燃犀。
抒情言志敲珠玉，激浊扬清奋鼓鼙。
魁甲翰林辉梓里，承先启后作云梯。

编者注：原诗颔联的下联为"激浊扬清奋鼓舞"，然据诗意，"鼓舞"当为"鼓鼙"。

访青岩狮子山红军战垒

狮峰直上最高头，万里长征出道周。
一战功成强敌溃，三军过后火星留。
西风雁叫霜晨月，南国牧歌赤叶秋。
五十年前飞弹处，红云霭霭水东流。

石州引·访骑龙周渔璜故居

山迤蟠龙，河带谷陵，岩刻碑碣。绕村柳暗花明，傍水土司遗阙。遥想当日，中土文教风披，峡川地灵人杰。推

一代诗宗，创九州流别。

高节。宫詹石渡，桐垫书庠，赈荒储设。博学多才，轶事为人争说。夏云奇幻，春茧缫丝，芙蓉出水评新叶。使贵州声名震，儒林心折。

浪淘沙·打铁关

秋兴冰字碧宇白云闲，红叶秋山。川原谷穗笑开颜。瓯窭篝笼香扑面，一片腾欢。

访古上层峦，漫步雄关。狼烟扫尽看婵娟。世外桃源来眼底，换了人间！

注：打铁关在花溪区黔陶乡，为贵阳府四大古关之一。

袁愈荽

袁愈荽，生于1908年，女，贵州普定人。曾任贵州大学讲师，花溪清华中学教师，贵阳六中教导主任。有《毛诗文例》《诗经全译》《诗经艺探》《半亩园诗集》。

忆故乡黔灵山

秀挺崔巍庋九天，蒙茏翠蔓好山川。
奇峰倒影灵湖上，丛桂飘香古寺前。
起伏山蹊之字路，逶迤蓼岸镜形泉。
真山真水知何处？引领黔阳在暮年。

陈果青

陈果青（生卒年不详），安徽滁县人。曾为贵州大学中文系教授。

贺新郎

校园樱花盛开，适七七年级新生来校。词以迎之。

满树樱花矣。喜今朝，一堂英俊，璠屿难比。白发盈颠欣健在，自笑壮心未已。问何事令翁如此。扫去雾氛红日现，与诸君又在春风里。师弟间，情应似。

兼程前进谁能止。新长征俯仰乾坤，奔腾万里。笃学古今须砥砺、宝籍钻研妙理。为四化闻鸡而起。世界水平须达到，二千年、弹指一挥耳。愿努力，吾与尔。

注："两千年"即公元 2000 年。

相见欢

秋来不怯西风，小溪东。一船笑语都在碧波中。

麟山月，棋亭角，照衰翁。倚遍栏干却喜菊花丛。

贺新郎

炯华炎群贤伉俪远道回国，来访花溪。旧友重逢，情深谊厚。溪水溪山，益增秀色。老怀枯寂，倍觉欣然。

六载归心切，今重访良朋旧侣，溪山明月。往事无须开口道，怕听残编剩说。做痴呆都将忘彻。流水落花春梦醒，笑渠依自与人间绝。杯且举，心中热。

羡君才力方英发，辟新程，繁花似锦，姿清香冽。世路巇崄应留意，莫忘泥深冰滑。更须是坚强明察。何日再来重小住，话新猷，益教人心折。情似酒，头如雪。

蝶恋花

炯华炎群之长君汪为自港来花溪，多年未见，已体态魁梧丰姿秀出。喜而赋此。

喜见汪郎如玉树。佼佼风神怎得多留住。寻觅童时游乐处，不辞踏遍花溪路。

　　我自华颠年已暮。晚晴佳趣，不作悲凉句。难识港中云与雾，凭君报说人如故。

谢文耀

　　谢文耀（生卒年不详），女，广西人，曾为贵州大学农学院讲师。

齐天乐·遣怀

　　诗文会友思畴昔，良辰盛年堪挹。奏弄池边，联吟月下，雅集常忘朝夕。韶华易失，叹霜染玄鬓，德功无立。四害摧残，夜阑空自倍惆戚。

　　穹苍欣沛雨泽，庆妖氛廓净，华纶姿织。槁木重生，阳春有脚，皓首朱颜蒙德。豪情复炽，且振精神，艺林重陟，打点丹黄，为群芳益色。

张孝昌

　　张孝昌（生卒年不详），湖南长沙人，曾为贵州省农业科学院教师。

题友慈白梅画卷

板桥善画竹，后人叹观止。
刘翁画白梅，清白一如纸。
直曲与密疏，点点淡如水。
更投张子意，读罢心亦喜。
奈何为此梅，几欲同生死。
昭昭党纪明，欣得翻誉毁。

一九六七年秋赠孝纯
赴黔东南自治州巡回医疗

话到医疗又出巡，冬归秋去为人民。
挂囊早蓄三年艾，著手长怀万户春。
再度入村风土稔，殊方作客汉苗亲。
百般濡染皆诗料，定卜药囊满凤麟。

刘顺慈

　　刘顺慈（生卒年不详），湖南长沙人，曾在贵阳市史志办公室工作。

七十述怀（四首）

其一

绵绵宇宙本无涯，欲缩驹光愿总赊。
大错成堆堪铸鼎，单栖随处可移家。

忍枯秋草沾时雨，待作春泥护落花。
但愿世人多永寿，共将余热献中华。

其二

纵目山河意气豪，模糊尘影渐迢遥。
每逢喜极翻挥泪，岂为名高便折腰。
安得骅骝腾踔踔，且将美酒酹滔滔。
暮年岁月如金贵，不许分阴付郁陶。

其三

盛世风光兴味长，何须利剑割愁肠。
闲寻野叟谈瀛久，畏见狂生避席忙。
儿女团圞知进酒，亲朋寥落怯还乡。
此身不惯随人后，只羡苍松耐雪霜。

其四

万事纷纭费琢磨，行年七十又如何。
兴来猛读黄昏颂，梦醒禁闻子夜歌。
辜负初心空缱绻，感怀知己悔蹉跎。
可期健步六千日，更见金瓯胜概多。

吕子炎

吕子炎（1917—1999），原名吕子英，别号栋材，湖北黄陂人。贵州省文史研究馆馆员。参加整理点校民国《贵州通志》。

游天河潭

一舸泛秋晴，碧波寒更清。
潭鸣风荡水，岩响鸟飞声。
洞府行弯曲，灯光幻晦明。
奇观言不尽，美景冠山城。

王莩华

王莩华（1917—2001），号微波楼主，贵阳人。参与《贵阳市志》创刊，曾任贵阳市志办公室主任，中国楹联学会常务理事。主持编印《贵阳名胜诗词选》《贵阳名胜文赋选》《贵阳名胜楹联选》。有《四弦集》（合作），《微波楼诗词集》。

花溪书法协会成立纪念

花溪水碧抱山流，籍甚声名动远陬。
惯见诗人留好句，更须清兴到岩幽。
摩崖待上焦山石，闻濑应题放鹤洲。
侧想它年征史迹，合将韵事溯从头。

风入松·花溪春游

和风飐柳弄新晴，碧水放舟行。银钿村女春装丽，动红苏洒落桃英。藻静游鳞戏浪，溪回密树藏莺。

高峦阁子最峥嵘，紫翠映窗明。繁花不断烟村远，背斜阳锦烂银屏。陌上轻车归晚，溪前明月还生。

减字木兰花·阿哈湖初泛遇雨

方壶园峤，淼淼湖天洲与岛。峡影清深，船过苍崖鸟一吟。

炮车云起，人在斜风疏雨里。梦入沅湘，手把芙蓉下大荒。

访平刚先生故居

神州风雨夜凄凉，长夜漫漫何时旸。
志士奋起图良策，平公断发走扶桑。
广取西学参互用，民主救国异康梁。
继入同盟亲先觉，如拨迷雾见光芒。
受委回国规大业，主持自治正义张。
力排割据归一统，黔省从此现曙光。
举国方庆升平现，大盗窃国复猖狂。
护法入滇歼孟贼，鼎革事业得济匡。
愤疾独裁忧国是，退隐山林野庭荒。
一生事迹留史集，秉志忠贞百世芳。

姚华先生一百一十周年诞辰纪念

从来多艺在多闻，文苑姚公起一军。

筑国山川供画本，京华人物叹空群。
风骚题句开新面，金石融书散异芬。
遗著千篇皆瑰宝，莲庵时现吉祥云。

奉和独清先生

癸亥正月十六洁园小集韵

觞咏记陪新岁酒，开轩还接旧时宾。
诗成自有惊人想，腹俭难当劲旅陈。
问字车来穿闹市，上元灯过及芳春。
洁园一集如桐埜，不止乡闾仰后尘。

沁园春·大光前辈七旬晋八诞辰谨赋长调为寿

千载花溪，妙手凭谁，灵境凿开。似醉翁亭子，地因人著；柳州游记，景自心裁。筑阁依山，围洲放鹤，缟李夭桃次第栽。功成后，便花开岁岁，人乐春台。

携筇白首重来。记旧题漫漶石边苔。甚沧江卧久，名殊吏隐；文章价重，光未尘埋。老子犹龙，行藏自在，胸次何曾有点埃。双星灿，伴少微天外，今夕同杯。

鹧鸪天

山水清晖破郁陶，青春结社傍林皋。探幽时梦溪边鹤，觅句多来瀑上桥。

开异境，鼓新潮，赓歌雅会胜前朝。四方艳说花溪美，管领江山有俊髦。

贺新郎·乡贤杨龙友殉国三百四十周年纪念

壮采兼奇节。问几人，如公慷慨，一门忠烈。长吊仙霞关外路，毅魄犹凝鹃血。传画扇桃花巧缀。岂意秦淮儿女怨，意横遭粉墨相诬蔑。三百载言喋喋。

南明旧史何堪说。叹浙东孤军奋战，河山寸裂。变节侯生如可恕，瑶草讵容多责。寻旧舍石林湮灭。漫话围城奸寇事，但繁华车路没车辙。瞻妙墨神飞越。

注：马士英，号瑶草。石林精舍为杨氏旧居，在南明河畔，今已不存。天启年间安邦彦叛乱围贵阳十个月，龙友戎装守卫，力战摧敌，围解，又率兵追击残敌。

陪萧娴老人黄果树观瀑，和俞律兄韵

讵知观瀑胜登高，百里驱车未觉遥。诗拟黄英如素友，字题白水忆观涛。

山川筑国尊人瑞，翰薄江东誉凤毛。试上危亭共翘首，滔滔逝者永难消。

注：萧娴老人1984年游黄果树，宾馆索书，老人榜书"白水奇观"四字赠之。

水调歌头·从张上坪移家返筑赋此志别

我本无根客，随地便为家。几年浪迹山寨，顿改旧生涯。愧说躬耕垄亩，犹胜齐竽窃吹，意气尽堪夸。得失等闲耳，生趣是烟霞。

看落花，重别去，念交加。是乡可恋，宁止山水与桑麻！长记茅斋云月，怅瞩故园风雨，更染鬓边华。相伴数竿竹，清梦倚窗斜。

注：作者曾下放黔南农村张上坪，1973年平反回筑。

游以庄

游以庄（生卒年不详），贵州遵义人。曾任遵义中学教员、校长。

陈景润

奇哉陈景润，数论迷心田。

行止人多讪，登攀彼自安。

胸中藏锦绣，笔底起波澜。

殷殷春雷动，震惊天地间。

注：1984 年 6 月，陈景润到贵州师范大学、贵州民族学院讲学。

冯楠

冯楠（1917—2006），贵阳人。曾任贵州文史研究馆馆长。工书法诗词，主编《黔故谈荟》《黔故续谈》《黔风诗词集》；参与校点民国《贵州通志》《王阳明在黔诗文注释》；参与选辑《二十四史贵州史料辑录》。

田君亮先生诞辰百周年纪念

盛气当年惩霸豪，纵横教席领风骚。

实功致用钦颜李，真理追求信马毛。

走卒愿书碑墓字，病牛不顾力筋劳。

百年辰诞思弥切，矩范长存仰愈高。

注：先生 29 岁任大塘县长时，曾计除当地恶霸；早年崇颜元、李塔经世致用之学，后笃信马克思主义毛泽东思想，成为共产主义战士；有人讥其"跟党走"，先生曰："我若死，能于墓碑上书'中国共产党之走卒田君亮'，则我愿足矣！"先生晚年病中常诵李刚《病牛》诗。

凌广亭

凌广亭（1917—2006），女，湖北省人。曾为贵州省文史研究馆馆员、贵州省诗词学会会员。

花溪路上

遥望云涛抱玉虹，绿杨晴扫万丝风。

田园夹道东西碧，桃杏临溪上下红。

几只鸟飞青嶂里，数声犬吠翠微中。

山川处处皆诗料，着意挥毫苦未工。

馆老郊游早有所约入秋乃得成行地为金竹镇天河潭近年新辟游观之所也

南乡胜境逞新姿，偕侣携游秋半时。

河洑注潭成异境，天工开物见精思。

一餐野店甘殊味，小道轩车任骋驰。

两洞岩溶观止叹，不须傅会自神奇。

原注：河滨设水碾、水磨、水车，宋应星《天工开物》中有所载。贵州洞窟中钟乳变幻万千，自成奇观。解说者累累以小说西游记中人物比傅之，化神奇为腐朽，莫之为甚。

陈福桐

陈福桐（1917—2010），笔名梧山，贵州遵义人。曾任贵州省地方志编纂委员会副总纂，倡议成立贵州历史文献研究会、贵州省诗词学会并任常务理事。有《梧山诗稿》《十年修志文存》《梧山文存》。

颂黄齐老

民主先驱启聩聋，金声玉振发黔中。
掀髯一笑泰戈尔，出语多谋黄石公。
几度艰危担正义，平生达雅袖清风。
鲁连愤不歌秦帝，一片丹心百世红。

严朴

严朴（1917—2004），浙江金华人。中华诗词学会会员，贵州省诗词学会常务理事，贵州《书画春秋》杂志主编。专著《大众诗律》，合著《张恭传》。

花溪公园

曲桥流水小舟轻，梅岭峰高画阁明。
坝上无云涛似雪，棋亭夜静听芦笙。

赵德山

赵德山（1918—1989），山西武乡县人。曾任中共贵阳市委常委、副市长，贵州爱晚诗社副社长。

花溪书法协会成立纪念

有志临池久必灵，清溪麟凤妙传经。
书林又见春花发，点染名山翰墨馨。

花溪松柏山水库游归志感（二首选一）

其一

几时河汉落松山，截断奔流拥石关。
堤里银鳞堤外柳，万条垂线钓湖湾。

易水寒

易水寒（1918—1989），原名自强，别号水寒，贵阳人。贵州省文史研究馆馆员。有《风萧萧诗词》《易水寒诗词选》。

花溪书协成立吟贺一绝

芭蕉如幕柳如纱，喜上麟山揽彩霞。
墨馥稻香相入梦，花溪笔阵笔生花。

花溪夜色

晴岚几起翠微间，鸽下荆扉落日闲。
别有郊游清趣味，水天一月两弯弯。

王邸

王邸，生于1918年，河北饶县人。曾任中共贵阳市委书记、中华诗词学会常务理事、贵州省诗词学会副会长。有《王邸诗词选》。

花溪诗词集创刊

慷慨长歌发五中，不泥古律与唐风。
抒情言志创新意，各自峥嵘世代同。

七绝

碧水粼粼新雨后，葱茏草木伴冬秋。
诗情画意春无限，更上层峦拭远眸。

浪淘沙

旭日洒春晖，杨柳丝垂。长虹界破碧云堆。绿水浮舟吟翠屿，夹岸桃肥。

今日举诗旗，往事堪思。无勋题句赞花溪。岁月推移存远志，永策征蹄。

宋子健

宋子健，生于1918年，山东鄄城人。

咏兰

不为风寒不求赏，深山野谷自生香。
我今移来窗台上，非敢效君傲群芳。

吴丈蜀

吴丈蜀（1919—2006），字恂子，别署荀芷，生于四川泸州。当代著名学者、诗人、书法家。曾任湖北省社会科学院研究员、文史研究馆馆长，中华诗词学会副会长，书法报社社长。参撰《唐宋词大全》《唐宋词鉴赏辞典》。有《吴丈蜀书法集》《回春诗词钞》。

贵阳市花溪书法协会成立纪念

黔中风物著花溪，水色山光入望迷。

此日群贤书会立，喜看胜景更添姿。

苗春亭

苗春亭（1919—2020），山东单县人。

悼李志奇同志

志奇同志于一九八四年二月十三日凌晨在贵阳逝世。痛惜之中，又忆起已故的许多老同志。谨赋此以表哀悼之情。

痛悼老友又陨落，红烛燃尽无奈何！

骨朽苗岭积耕土，血溶乌江添清波。

功劳苦劳从不计，惟念新风留嘱托。

生者死者何所寄，千里龙驹建山国。

胡廉夫

胡廉夫，生于1919年，字萍实，号醉墨，湖南桃源人。书法家。中华诗词学会、中国老年书画研究会会员，贵州省作协、书协、诗词学会会员。曾任花溪诗社、武陵诗社顾问，爱晚诗刊理事、编辑，贵阳楹联学会理事兼《楹联通讯》主编。

祝贺花溪诗社成立两周年（二首）

其一

联珠唱玉两春秋，又见花溪万绿稠。

盛世诗坛多警句，羊年更上一层楼。

其二

真山真水壮骚坛，柳暗花明诗百篇。

高举吟旌连广宇，鼎新革故跨征鞍。

天河潭纪游

暮春三月，天朗气和，桃花水涨，杨柳旗开。诗社同仁，为纪念建社八周年，相约作天河潭之游，尽兴归来，诗以纪之。

城南有胜境，名曰天河潭。

地处石板哨，驱车一日还。

曲径通幽壑，四山响喷泉。

水碾饶古意，晴雨洒谷川。

潜流声不断，头顶过潺湲。

小瀑三五尺，银河石上悬。

岚光泛物色，鸣禽戏树巅。

天河潭上望，峭壁刀削然。

清波光潋滟，骄阳映碧莲。

泛舟入洞府，宛如临深渊。

凉风沁诗骨，飘然疑若仙。

彩灯星闪烁，钟乳百般妍。

更有神奇处，恐龙化石玄。

物象随处是，命名何敢专。

信是神工巧，石窟有龙蟠。

舍舟登彼岸，又是一重天。

洞壑幽且静，深邃任盘桓。

石柱擎山峙，巉岩未可攀。

流珠生足底，拾级步履艰。

游兴终不减，诗翁驻童颜。

噫嘻乎妙哉！

明时地脉来灵气，展示乾坤造化全。

谁说此景只应天上有，分明今朝在人间。

偕毓钟姐妹登花溪麟山

行尽羊肠道，登峰豁远眸。

长空横阵雁，沙渚戏闲鸥。

留影麟山上，离情画舫浮。

谁云双鬓白，盛世正风流。

花溪观垂钓

观球观奕觉无聊，爱看丝纶下晚潮。

渚岸缩拳苍鹭立，萍缝掉尾白鱼跳。

卧波一蛛人争渡，下饵千回兴未消。

堪笑临渊徒自羡，归来吟咏到深宵。

盛郁文

盛郁文，生于1920年，浙江金华人。毕节市诗词楹联学会会长，创办《乌蒙诗刊》，主编《中华诗词集成·贵州毕节卷》和《中国对联集成·贵州毕节卷》上下集，注评《吟秋山馆诗词钞》《滴碎愁心集》。有《诗词曲格律例释》，与夫人徐正云合著《晚晴居诗词耦钞》《晚晴居诗文集》。

出席贵州省第五届政协会议归后感成

历雨经风难计寒，老来才得见春天。

窗前早起因花艳，灯下迟眠为月圆。

往事浇他娄尾酒，新诗题我薛涛笺。

当年陶令知何去？洞口桃源应住船。

王得一

王得一（1922—1997），名宗陆，笔名老忘，别署春近楼主，湖南长沙人。曾任中华诗词学会理事，中国书法家协会会员，贵州省诗词学会常务理事、省文史研究馆馆员，《书画春秋》副主编，贵州爱晚诗社副秘书长，贵州芙峰印社副社长。有《春近楼诗书印集》。

花溪书法协会成立纪念

溪山胜处墨华香，流水行云引兴长。
麟凤龟蛇呈异彩，赵周余韵挹清光。

七绝（二首）

其一

花溪景物足清幽，好树吟坛乐唱酬。
桐垫余骚欣未歇，而今文采更风流。

其二

胜日溪山结胜缘，吟坛雅集展吟笺。
为时为事敲金玉，万里东风万里天。

花溪即景

轻车微雨试郊游，郭外园林分外幽。

千树碧桃疑火灼，半溪春水绕滩流。
云山掩映楼台静，田舍清新稼穑稠。
忽听弦歌来野市，无边诗兴豁胸眸。

花溪春咏

朝曦夕照去来时，饱鉴溪山倦不知。
无限春光无限意，归车新载一囊诗。

花溪春晚

春风拂岸柳千条，溪水新添绿上桥。
几树碧桃花过后，落红犹戏去来潮。

九日重游来仙洞

轻车早发来仙洞，轮溅扶风一径泥。
结伴漫游寻旧迹，随人举步上天梯。
孟嘉有帽传曾落，梦得无糕不敢题。
身健岂甘虚九日，凭高四望白云低。

许国珩

许国珩（1922—2002），湖南祁阳人。曾任贵阳市政协秘书处主任，《爱晚诗词》编辑。有《春晖寸草集》。

春日花溪偶成

扶栏拾级上麟山，十里溪田指顾间。
路转曲堤观瀑雨，柳荫浪里水潺潺。

花溪秋日

霜林斜日淡斜晖，落叶寒泉石径微。
坐久荒烟隔岸起，数峰冷翠湿人衣。

蒋希文

蒋希文（1922—2015），江苏赣榆人。曾任贵州大学教授、中文系主任，贵州省语言学会第一届、五届理事长等。有《赣榆方言声母》《从现代方言论中古知庄章三级声母在〈中原音韵〉里的读音》《中原雅音记略》。

南泉山何腾蛟读书处

雨余风定暮烟斜，楼角微拱一缕霞。
野老不知南渡恨，荒庭愁杀玉兰花。

王星三

王星三，生于1922年，河南清丰人。曾任安顺行署文教局长、黔西南州人大常委会副秘书长等。

花溪（二首）

其一

青草岩烟一径斜，四围晓色到山家。
破晴红日三更雨，掠地紫云一架花。
窗岁膏粱长儿女，太平豁谷遍桑麻。
相逢野老无名胜，小调经时唤点茶。

其二

此日真成汗漫游，花溪新涨水如油。
春风嫩拂先生柳，暮雨寒侵季子裘。
隔岸岚烟沉晓翠，过桥山薪压中流。
闲花野絮浑无赖，付与奚囊一例收。

贺花溪诗社成立

诗坛华旦集诗人，即席唱酬耳目新。
风雅附庸勤学步，花溪写下晚年春。

李鸣峰

李鸣峰，生于1922年，山东菏泽人。曾任贵州省农业厅副厅长、贵州省诗词学会副秘书长。有《半窗斋吟草》。

桂枝香·青岩镇怀古

贵阳日暖，正秋高天晴，青岩寻迹。玉带清江绕镇，危峰狮踬。艳阳古道山城里，健登临，崇阁南甀。玉坊阵列，佛寺弈布，珍杉冠偶。

喜地灵，人文映碧。羡赵氏文魁，渔璜诗擘。海内震惊教案，誉传赤册。红军南寨奇兵出，激风雷，痛击顽敌。至今耆老，犹传佳话，山河生色。

杨世英

杨世英，生于1922年，女，湖南新化人。贵州省诗词学会会员。

阿哈湖即景

明湖碧野入眸中，老幼偕游兴不穷。
瑷瑷山峰横素链，弯弯石径唱书童。
风摇瑟瑟千竿竹，日照森森百丈松。
细看芦汀深水处，凝神垂钓一渔翁。

李冀峰

李冀峰（1923—2017），原名李兴华，河南南乐人。贵州省人大常委会副主任、省诗词学会名誉会长。

漫步贵阳花溪

拂面东风伴我行，莺歌燕舞正春明。
清溪倒影垂杨翠，多少诗情画意生。

天河宫

平畴坦道步当车，苗女轻盈舞锦裙。
水阁仙山藏鹭凤，蓬莱古洞乐樵渔。
烟云绕袖尘心寂，琴瑟飞声俗虑除。
有幸生平游绝景，归途满座笑谈余。

王燕玉

王燕玉（1923—2000），原名世璞、景明，贵州遵义人。曾为贵州师范大学历史系教授、研究生导师，中国历史文献研究会理事，黔灵诗词书画研究社副社长。

花溪书法协会成立纪念

花溪水木擅黔阳，建设文明更放光。
喜见钟灵书道盛，好将秀气润瑶章。

郑秩威

郑秩威（1925—1994），曾用名兆仪、仪庵，湖南长沙人。秉承家学，精书法，尤擅小楷；古典文学、诗词亦有很深造诣；懂中医、能操琴演戏（京剧），多才多艺。贵州省文史研究馆馆员。黔风诗社秘书长兼主编、爱晚诗社编辑部副主任。

口占贺花溪诗社成立

花溪明秀出天工，谁识山涵水毓功。
孺子情豪堪倚马，老兵笔快可屠龙。
扬鞭世路峥嵘里，纵目关河灏瀚中。
难得今朝群彦集，与君把盏酌春风。

花溪小憩（二首）

其一

浓阴半角出雕薨，小筑幽居爱晚晴。
浪细时翻三径月，山深何处一声莺。
平川北去衣冠古，曲水南来翠霭横。
夹岸黉宫相对望，弦歌镇日逐诗鸣。

其二

花溪来去作征鸿，小宿何妨乐寓公。
久惯劳心虚马齿，依然识我是春风。
白头倚杖寻泥爪，碧柳牵衣逐钓筒。
诗意恰如东逝水，一番山雨一番雄。

1990年春正后花溪东舍修禊（二首）

其一

修禊名区又及春，征途已见卖花人。
只缘泉石涵天趣，倍觉烟霞绝俗尘。
许我岁朝盟皓首，从君才调见丰神。
明年此会知何处？莫厌今宵醑酒频。

其二

西舍弦歌东舍闻，绿杨春色两楼分。
频年浪走虚鸥约，此日神交识鹤群。
深谢东风薰劲草，莫因晚照倦行云。
花溪不负重来客，放尽青青待酒军。

花溪书法协会成立纪念

卅年未饮长沙水，此夕归尝梦也甜。
楼阁遥连青草渡，水云分占白鸥天。
布帆东挂江淮雨，铁马西牵桂筑垣。
何必客乡增老大，苗山早作故园泉。
归鸿何处认游踪，橘子洲头橘子红。
长岛凭流分峡势，石矶跨水啸江风。
碧云楼阁建河畔，明月乡关落梦中。
同学少年多白发，一樽共祝老来形。
一片烟波纵眼艰，秋风铁马过榆关。

海潮挟碧来天外，岳色撑青落掌间。
羁滞每愁胸腑窄，壮游方信水云宽。
千年销尽兵戈气，烽火台前石藓斑。
海天北挂辽烟隔，城阙东环碣石穿。
风卷流沙沉朔漠，云蒸水雾落幽燕。
雄关长崎千山月，楼影日吞万里船。
长岛而今成大道，春风无际绿桑田。
铁笛鸣空赴晚潮，长风吹雨满征袍。
江流劲挟荆门下，岳色青连大别高。
泽国极霄迷秋气，雄鸡镇日压寒涛。
我来天堑试天险，俯视龟蛇一羽毛。
遥望烟波眼倍明，大江东去海云生。
重城逐尽千年鼎，一水销沉百万兵。
黄鹤几经芳草绿，汉川犹伴怒涛鸣。
当年战垒余廖廓，惟见层楼耸晚晴。
渝城听罢大江声，又向昆明道上行。
苗岭鸡啼残梦隔，春城月堕晓莺鸣。
地高海拔无寒暑，城近边瑶拥甲兵。
刁斗森严飞将在，北熊南霸敢专横？
龙门如瓮漫琉璃，云逐帆飞水拍堤。
云汉霄中悬石阁，烟鬟堆里上天梯。
湖光四面洒楼影，沧海何年息鼓鼙。
截取晴波千顷浪，一篙分绿到花溪。
笛轮镇日驶春风，黔筑川蓉大不同。
天府北回秦月里，长江东赴海云中。
草堂竹抱人烟碧，古井花围榭阁红。
劫火十年流不去，莺声无恙武侯宫。

冯济泉

冯济泉（1929—2023），字晓吟，贵阳人。贵州省文史研究馆副馆长、省诗词学会顾问。合编《文房四宝古今谈》《当代贵州诗词选》《历代爱国诗词》。有《朝华集》《澹园文稿》《冯济泉书法集》。

花溪纪行（四首）

其一

溪山风貌已全新，柳绿桃红竹更青。
最是得天独厚处，流溪镇日耐人听。

其二

朝阳村外向南行，夹岸群峰缀几村。
桥下浣纱人不见，捣衣依旧响黄昏。

其三

几叠清流石上泉，时飞耳际浪潺潺。
归程不觉斜阳晚，留得涛声染素笺。

其四

葫芦石岭历沧桑，抗日英雄荡水乡。
激起壮歌讴盛世，红旗高举满黔邦。

原注：1943年戴安澜将军率部入缅抗日，壮烈殉国，归葬于葫芦西麓，后移葬芜湖，此处留有衣冠墓。

碧云深处溪山行（二首选一）

其一

春风春雨湿翠微，柳条抽线水初肥。

等闲趁得三余暇，携得麟山绿意归。

蓦山溪·花溪怀故

溪亭芳渡，春意阑珊处。望断白蘋洲，正鬈龄，黄昏独步。几番陵谷，何处忆沧桑，花满树。双燕语，锦瑟年华去。

归来迟暮，暝色迷溪路。对隐隐麟山，欲俏吟，行歌且住。晚烟初定，岭月半钩斜，凝眸顾，淡云雾，灯火万千户。

一九九〇年八月十五日至贵州大学中文系教授陈果青先生府上晤教，颇多感受。及归复承澄清先生见访，枉驾三过，叙情甚欢，赋以为谢，并正

时雨和风每思频，分飞劳燕竞鹏程。

黔山侍讲花溪饮，文史论修桑梓春。

膏泽犹忆传薪火，德润却情念故人。

清风朗月昭盛世，晤教识荆笑语频。

缅怀谢六逸、蹇先艾先生

文坛历来论穷通，毕竟人穷诗始工。

先生谈龙原宿誉，乡土深情得文风。

学林虚实兼相理，谠论文心豪气充。

艾公知己尊郭老，患难相知惟谢翁。

悼一九四九年贵州大学反饥饿反迫害学生运动死难烈士

麟山负笈友铮铮，冷对千夫不顾生。

敢以头颅争解放，至今青史赞先行。

反饥抗暴惊蟊贼，立志摇天胜甲兵。

白刃岂能戕浩气，输将热血固长城。

游黔灵山

壬戌清明，与贵大师友重游黔灵之大乐木，有赠先艾、独清、棣先诸师，并学文、以仁、冠群、朝荣、光沛、苏生、启之、徐平诸兄。

三十年来变几经，何期携手上黔灵。

同尝甘苦成知己，久历风霜验挚情。

磊落思君长抱月，痴顽顾我未持平。

只今相见复相勖，百尺楼头更一层。

熊作华

熊作华，生于1925年，自号更生室

主人，贵州独山人。中华诗词学会、中国楹联学会、中国少数民族音乐学会会员，曾任贵阳市诗词学会副会长。有《更生集》三集，合著《爱晚轩拔萃》。

醉花阴·贺花溪诗社成立

水暖花溪波漱滟，风景游人恋。绿柳荫长堤，夹岸桃花，喜煞归来燕。

诗坛创建山畔，即席皆硕彦。指点江山雅兴怡然，竞把珠玑献。

祝贺花溪诗社成立二周年

叮咚碧水拨弦忙，伴奏诗翁咏绣章。
两度春风花似锦，清音袅袅散芬芳。

杨瑞芝

杨瑞芝，生于1926年，女，贵阳人。

花溪诗社成立即兴（二首选一）

其二

骚人掬得半溪水，写出垂杨一片春。
我至适逢谪仙会，杏花村里醉清明。

花溪绿园读书杂咏

轻车南向远嚣尘，云水经秋老更亲。
漫笑同堂多白发，桑榆未晚惜余春。

田利

田利，生于1926年，原名田鸿超，河南濮阳人。中华诗词学会、贵州省诗词学会会员，贵阳市清风诗社社长。有《田利诗词选》。

水调歌头·赞濮阳在黔老干部

辞别濮阳后，逐鹿下中原。日行千里云路，拔剑叩江关。淮海惊涛谁惧？搏浪长江果敢，所向震人寰。赤帜卷身影，风雨捣钟山。

幸存者，佼佼汉，喜新天。经常自问：雄风能否胜当年？充满诗情豪迈，脚踏春天鼓点，奋发更空前。但愿人长寿，度百望云天。

单人耘

单人耘，生于1926年，江苏江浦

人。曾任中国农科院、南京农业大学中国农业遗产研究室副研究员。中华诗词学会会员、江苏省书法家协会会员。有《一勺吟》。

寄呈张汝舟老人

散公城居倦车马，有如退之思东野。
心画当示知心者，八十山翁来白下。
高楼四壁飞虬龙，霜眉墨气相潇洒。
两翁耳聋手不哑，搦管叙心竞书写。
坐我峨眉太白间，风泉云壑从陶冶。
花溪一棹指弹月，陋室三更雨飘瓦。
钱江之水涌波涛，叶芦扬帆继清标。
本淳才捷胆气豪，浪浪春涨漫平桥。
玄武门高灿秋日，踟蹰偶被方皋识。
自嗟才力非骅骝，春风策励蹄轻疾。
西望琅琊岩岫深，老木醑秾气氤氲。
既喜侪辈为传人，我足不前先生嗔。

石争

石争，生于1926年，山东省肥城县人。贵州大学兼职教授，曾任贵州省社会科学院院长。

伴胡绳先生考察贵州

春光明媚日，学者自京来。
重访长征路，赋诗寄情怀。
瞻仰纪念馆，凭吊古茅台。
娄山嗟成败，筑城论兴衰。
黔西访农舍，百里杜鹃开。
高歌飞瀑壮，离去犹徘徊。
青年索佳句，心潮滚滚来。
寄语接班人，兴黔展奇才。

邵希达

邵希达，生于1927年，河南南乐县人。曾参与解放贵州。贵州省诗词学会常务理事、爱晚诗社副秘书长兼办公室主任、贵阳市诗词学会副会长、中华诗词学会会员。有诗集《军旅余音》。

战友亲情

黔乡处处百花香，战友情深似水长。
如弟如兄知冷暖，同甘共苦戍边疆。

念奴娇·长城颂

赤旗初举，一声响，惊破腥风寒月。起义南昌当日事，犹证鏖兵激烈。

党指挥枪，工农奋发，直捣豺狼穴。红军开创，算来多少豪杰。

搬掉三座高山，抗倭获胜，蒋氏王朝灭。更喜军容趋现代，钢铁长城威慑。任敌喧嚣，中华疆域，寸土焉能夺？国防坚固，喜看前景宽阔。

玉炯标

玉炯标，生于1927年，布依族，贵州荔波人。曾于贵州民族学院任教。

花溪麟山

十里花溪十日游，麟山倚石最称优。
拖蓝一水身边绕，抹翠群山天际浮。
田野蔬鲜熏馥郁，树林鸟啭送喞啾。
高低远近都怀抱，如醉如痴在画楼。

杨德政

杨德政，生于1927年，贵阳人。1951年毕业于暨南大学。曾任《贵阳晚报》总编辑、贵州广播电视厅总编辑、贵州红楼梦学会副会长。

金缕曲·游黔灵山麒麟洞
忆张学良将军

黔岭青山叠。雾云遮藜花泪溅，杜鹃声切。芳草天涯无觅处，一代英姿人杰。沧海事，千秋澄澈。祸急寇深燃其豆，更乡关，遍洒黎元血。家国恨，誓当雪。

华清池畔擒鸮桀。少将军死生度处，义薄云阙。大礼何须辞小让，笑对刀锋斧钺。身囚禁丹心如铁。引领望风长怀想，凭栏处唯有山前月。吟到此，语幽咽。

注：1941—1942年，张学良将军曾被囚禁于麒麟洞。

王安金

王安金，生于1928年，湖北省武汉市人，贵州省诗词学会会员。有《晚晴诗稿》《百年家史回忆录》。

鹧鸪天·花溪公园

春日花溪景色幽，小桥流水荡轻舟。桃花林里香盈袖，柳树丛中听野鸠。

人欲去，又回头。眼花缭乱乐悠悠。风光秀丽心陶醉，一览能消万斛愁。

刘文艺

刘文艺（1929—1990），贵阳市花溪区青岩人。曾任花溪诗社副社长。

水调歌头·贺花溪诗社成立

不识花溪美，徒斥夜郎狂。应知玉镜天辟，绰约且端庄。赢得诗篇称许，博得词章赞赏，雅意总难忘。今看后来者，济济尽冠裳。

豪情迈，雄才竞，锦旗张。人文荟萃，风被俗易入平康。借得江山风月，偕享民生忧乐，意气更昂扬。喜趁东风勤，拭日满庭芳。

龙渊泉

龙渊泉（1929—2023），又名龙朝霖，斋名涵清轩，贵州大方县人。曾为贵州省书法家协会、诗词楹联学会会员，花溪区文学艺术界联合会名誉主席。有《涵清吟草》。

祝贺花溪诗词学会成立（其一）

溪水经年绿，麟山夕照红。
春花欣吐艳，律韵咏无穷。

花溪天河潭水帘洞

天河泻玉坠深潭，瀑布涛声震九天。
水溅银花烟袅袅，凝神小立润衣衫。

赵西林

赵西林（1930—2016），贵阳人。中国书法家协会会员、中华诗词学会常务理事、贵州省诗词学会会长。有《笙鸣鼓和集》《魂牵梦萦集》《四弦集》《栖霞书屋诗词集》《赵西林诗词书法集》。

游花溪湿地公园

清溪潋滟漾晴光，诗境搜寻步画廊。
草甸荷塘人小憩，尘嚣涤尽梦添香。

蝶恋花·花溪之春

三月寻春溪岸走。麦翠平畴，油菜铺金缕。微雨初晴山抹釉，红情绿意桃牵柳。

一串飞歌风伴奏。如镜秧田，良种方播就。劳作兴头浓似酒，原来春在人心口！

黄济云

黄济云（1930—2018），四川宜宾人。中国书法家协会会员、贵州省书法家协会顾问、中国书画函授大学贵州分校副校长、贵州省文史研究馆馆员。有《黄济云书法集》《黄济云诗钞》。

花溪书法协会成立纪念

翰苑源长已缤纷，百花放彩艳相争。
豪情纵笔皆雄健，共写兴隆不朽文。

桐木岭跳场

由来苗岭重农耕，往古经营不计春。
七月豳风如写照，九秋田野尽黄金。
山歌朴实民情逸，载舞跳场儿女心。
红日承平民喜乐，东风杨柳燕飞轻。

赠贵大遗传学院

圣哲玄微论周轮，且将唯物析基因。
先天未许长循固，后世终能释密文。
改造遗传探微妙，严遵法则验证新。
料知世界百年后，优种泽源盛誉名。

余光荣

余光荣，生于1930年，原名余光宇，湖南长沙人。中华诗词学会、中国楹联学会会员，贵州省诗词学会常务理事、贵州爱晚诗社理事，《贵州楹联》副主编，《中国对联集成·贵州卷》编辑部副主任。

贺花溪诗社成立

正值东君绣野时，芳林喜报出新枝。
麟山耸秀钟神韵，溪水涵滋孕妙思。
广宇文霞纸上落，长江怒浪笔端驰。
临风寄意情弥切，拭目吟坛挺异姿。

冯泽

冯泽，生于1930年，四川省南充市人。曾任贵州农学院党委书记、贵州省诗词学会副会长、贵州大学诗词学会会长。有《时习斋吟稿》。

浪淘沙·贵大校歌赞

学府起黔中，旭日方东。溪山如黛沐春风。明德笃行歌响亮，育我潜龙。

砺剑挽强弓，学海探踪。拿云捉鳌乐无穷。练就红心金玉质，再造天宫。

黄果树瀑布

银河落碧潭，雷动九重天。
雾涌虹霓现，云开江海悬。
神龙施惠雨，仙女弄琴弦。
百里黔中地，禾肥草木鲜。

咏《时习斋》

学海穷年奋小舟，白头仍为浅薄愁。
凌晨励志青锋舞，夙夜凝神卷帙游。
翠筱拂窗美时运，骄阳炙地刺奸侯。
何妨宠辱星辰易，万卷诗书春满楼。

刘河

刘河（1930—2000），贵州仁怀人。贵州省诗词学会理事、贵阳市诗词学会副会长。参与校注《桐埜诗集》。有《吴中蕃诗萃详释》《明夷待访录注译简评》及诗集《天外天吟草》。

登麟山

脚下深林林下水，天边云日日边风。
溪头点点圆荷雨，垅上翩翩白头翁。

花溪闲行

行尽溪头听暮鸦，小桥随处任横斜。
坐观不羡垂丝客，林有涛声激浪花。

卢立志

卢立志，生于1928年，贵州镇宁人。曾任贵州大学中文系古典文学教研室主任、教授，贵州省文史研究馆馆员，任《草堂诗钞》及《青松韵》主编，《松鹤诗草》副主编，《黔风诗讯》编辑。参编《中国历代文学名篇欣赏》《国魂颂》《巢经巢诗校注》。

花溪偶咏

翠竹枝枝秀，时才把客留。
林幽堪避暑，径曲可消愁。
紫燕檐前舞，黄莺树里讴。
佳人杨柳巷，锦瑟木兰舟。
影掠三更月，歌传一笛楼。
观山非美女，不作曲江游。

贺花溪诗社成立

春莺啼晓柳边池，摘取东风第一枝。
摇笔散珠情得得，论文怀友语迟迟。

休云胜迹留千载，且看星群荟一时。
头白卢郎今下拜，卖金来写大方词。

萧韵引星汉，桂香助酒歌。
浮云船下动，疑我荡天河。

王思明

王思明（1932—2016），布依族，花溪孟关人。贵州省诗词学会顾问，黔风诗社名誉会长。有诗集《民族颂歌》《高歌颂贵州》。

自励

人生在世几十春，风雨岁月数历程。
自问平家何事足，为民成事心乐平。

周培光

周培光，生于1932年，贵州遵义人。曾任中共贵州省委党校文化部理论部副主任、学员工作部主任。

中秋荡舟花溪

明月坠银波，楼台隐碧柯。
澄渊戏玉兔，水榭舞姮娥。

韩乐群

韩乐群，生于1933年，湖南常德人。国家一级编剧，中华诗词学会、中国楹联学会会员。贵州省诗词学会副秘书长、省楹联学会副会长、《中国对联集成·贵州卷》副主编兼编辑部主任。有《山里山外》《刺梨蓬草》。

七绝（二首）

其一

万树春桃夹岸红，花溪无处不葱茏。
棋亭又见挑吟帜，铁板铜琶唱大风。

其二

清明时节正耕时，一夜东风花满枝。
忽报青岩春水涨，半溪文采半溪诗。

徐正云

徐正云，生于1934年，女，祖籍贵州赫章，云南昆明人，退休干部。中华诗词学会会员，贵州省诗词楹联学会理事。毕节地区诗词楹联学会副会长，乌蒙诗社副社长兼秘书长、《乌蒙诗刊》编委。与丈夫盛郁文著有《晚晴居诗词耦钞》《晚晴居诗文集》。

鹧鸪天·花溪行（五阕）

憩缘山庄礼赞

难得憩缘众口夸，休闲好处足幽遐。楼藏山坞高低路，门对溪堤远近花。

迎笑面驻轻车，四方客到似还家。牙床梦醒黄粱熟，五色瑶盘配大虾。

原注：憩缘山庄位于贵阳花溪公园南畔，环境优美，是经省旅游局批准的旅游涉外定点单位。

游放鹤洲

湿透轻衫未倦游，初凉天气雨来秋。梧桐树下黄金路，放鹤洲头舴艋舟。

风始定，桨初投，只今不载许多愁。笛声砧韵闻无着，苹白蓼红望可收。

原注：放鹤洲、黄金路均系花溪景点。

登听涛岭

老去心情焦便焦，朱颜又比去年消。寻山觅水难知足，举足伸拳岂怕劳。

磴百步，柳千条，扶筇涉水半弯腰。听涛一试苔衣滑，直上麟峰九仞高。

原注：听涛岭，花溪景点之一。磴百步，指景点百步桥。

过麒麟山——灞上桥

九月霜溪葶绿华，丛林引出鹭声哗。麒麟山麓遗碑勒，灞上桥头竞浣纱。

怀圣哲，感虫沙，晚风吹钓数竿斜。得鱼若问韩侯事，狗死弓藏实可嗟！

原注：麒麟山、灞上桥均系花溪景点。

过旗亭触怀

一座台亭造柱低，将军扬诩枉留题。汉王汜水迟陈鼎，楚霸乌江早败旗。

筵席散，故交离，斧沉柯烂几多时？人间岁月须臾事，遇到仙人莫看棋。

原注：陈毅元帅曾为棋亭题诗。陈鼎，即定鼎，指刘邦即帝位于汜水之日。败旗，指项羽兵败而自刎于乌江。

赵以仁

赵以仁，贵州余庆人。贵州农工学院毕业，主编《贵州历代诗选》等。

怀李书田师

驹光何易逝，倏忽卅余年。

默默春秋移，殷殷忆慕煎。

慕煎隔海宇，侍座无由前。

况复晨昏异，梦魂弗与连。

四时虽可乐，此恨未尝谖。

春至李桃荣，触目肠寸结；

薰风岸柳盈，空映花溪澈；

秋拟玩清辉，东西不共月；

寻梅访松筠，屡负灵山雪。

旦暮忆高台，亭亭仪未灭。

感斯伤彼畴，膈臆向谁说。

我欲假道东，东洋水弥漫；

我欲假道南，南极苦冰川；

我欲假道西，昆仑雪满颠；

我欲假道北，朔漠夐无边。

四顾唯踟蹰，仰天不可越，

师居天一涯，久矣音尘绝。

祖国事中兴，如荼胜火烈；

莘莘门下童，今乃长征杰。

安得早言归，雄关共与夺。

原注：一九四一年我就读贵州农工学院（后改贵大），院长李书田教授对我学业生活操守关怀至切。四二年违教后即未蒙面。顷闻樊隆晖同学云："据传尚在，居美国。"感而赋此。

旧雨春风

张伯新同学自美归国，与其妹仲瑾联袂自辽宁旋里。原贵州大学同学于筑垣黔阳餐厅为其洗尘。席间话旧，绸缪欢快，绻意豪情，难以缕记。应与宴同学嘱即席缀此五律，由书法家冯济泉同学挥赠。时癸亥履端之次日也。

花溪灯烛夜，弹指卅余年。

旧雨来天外，春风又故园。

黔山松翠兀，祖国新貌妍。

今日良宴会，相期各著鞭。

游黔灵山即事

壬戌暮春，贵大校友各备冷餐，登黔灵作竟日游。将雏挈眷，随兴徙倚。午间各出所携食品，席地围餐，别饶佳趣，爰志其事。

纷纷雨过近清明，难得春寒料峭轻。

陟彼灵山寻旧乐，任他烟雨满平生。

玉楼春·偕校友访花溪前贵大故址

轻车又到花溪路，谁道鸿泥无觅处。

晴催燕子啄新泥，春涨桃花笼浅渚。

同邀旧侣寻芳去，漫话沧桑倾积愫。

樽前壮语祝明春，辽阔江天凌风露。

郭必勋

郭必勋，生于1922年，黎平县人。副教授，与冯济泉选释《历代爱国诗词》。

游花溪感赋并序（二首）

庚申暑假，由黔南赴筑，随长兄碧芹好友泽海，重游花溪公园。时值阴雨初晴，惠风和畅，好鸟穿飞，蝉鸣深树。睹碧水青山，亭台楼馆，仿佛如昨；松柏倒影，回环荡漾，令人神怡。览物之情，不已于怀，成七绝二首，聊存纪念。

其一

寻踪求径灞桥东，碧水青山分外浓。
几处蝉鸣烟雨后，影留松柏石榴红。

其二

卅年故地喜寻踪，母校依稀见旧容。
徙倚忘归林荫路，轻车回首画图中。

赞《洁园剩稿选》（二首选一）

其一

黔山钟秀称形胜，代有闻人冠斗南。
子尹巢经抒疾困，洁园剩稿启愚顽。
苏黄李杜浑然备，花鸟林泉逸兴酣。
风雨鸡鸣忧国泪，诗翁笔底见波澜。

段少勋

段少勋，山东齐河人。曾任贵州诗词学会常务理事。已故。与赵进争等编《遵义诗词选》。

偕五老游花溪

绿树成荫花满畦，回流曲折草烟迷。
和风拂面惹人醉，五老歌谈过桥西。

李祖明

李祖明，贵州省独山县人。曾为民革贵州省委员会顾问、贵阳市民革社联副主任。

参观烈士事迹展览怀念林青同志

四十七年忆旧游，神州已易几春秋。
高歌《国际》余音绕，豪语夜阑正气留。
播种危难钦智勇，斗争艰险赖机谋。
功成未见身先逝，想到君时泪不收。

周笃文

周笃文，生于1934年，字晓川，湖南汨罗人。中国新闻学院（2022年2月停办）教授，古典文学研究专家。师从张伯驹、夏承焘先生。有《周笃文诗词论丛》等。参与创建中国韵文学会、中华诗词学会，曾任中华诗词学会副会长兼秘书长。

花溪行吟（四首选二）

其一

如尘细雨静无声，白鹭翩翩自在行。
唤我诗心随雾起，个中三昧付卿听。

其四

清福如君世少稀，天高水绕鹧鸪啼。
此是人间真乐境，心随云去自东西。

姜澄清

姜澄清（1935—2018），云南昭通人，著名书画艺术评论家。曾于贵州民族学院艺术系、贵州大学任教，后任贵州大学图书馆馆长，中国书法家协会第一、二届学术委员，贵州省书法家协会名誉主席，鲁迅美术学院教授。有《书法文化丛谈》《中国书法思想史》《古

文笔法》《易经与中国艺术精神》。

贺花溪书协成立

书艺岂关翰苑事，华夏曷能辍墨香。
乾坤整顿自今始，不信山河不重光。

杨嘉仁

杨嘉仁（1935—2021），四川江安人。四川大学中文系毕业，曾在郑州大学任教。河南省著名诗词家、诗词评论家。

筑城逢雨次袁本良先生韵

筑城迎我雨丝柔，为洗尘襟润碧畴。
更待花溪访诗友，倾怀一叙慰三秋。

戴明贤

戴明贤，生于1935年，贵州安顺人。中国书法家协会会员、中国作家协会会员、西泠印社社员。曾任中国书法家协会理事，贵州省书法家协会副主席、省作家协会副主席，芙峰印社社长等。

壬申秋重游寒山寺，闻清季及解放之初两度修复此寺，主其事者，陈夔龙谢孝思二先生，皆我筑人。欢喜赞叹，即咏其事

渔火疏钟遗韵长，劫灰战炬几沧桑。
百年起废寒山寺，人物风流两贵阳。

编者注：诗题为款识。此诗刻石立于寒山寺中。寒山寺再兴，首功当推陈夔龙；新中国成立后，贵阳人谢孝思主持修复工作，堪称寒山寺史一段佳话。

陈恒安师书李白草书歌见赐赋谢

扶桑旧纸云烟起，先生运笔如使戟。
弦脱弹丸眼闪电，纵横千里一卷席。
势若天风生浩渺，龙怒鱼欢海欲立。
体势危巘飘游丝，气脉飞瀑挟风疾。
醉素挥洒谪仙唱，狂态呼出眼历历。
书到龙蛇见天矫，点画汉楚闻金鼙。
篆籀笔法入草圣，沉雄森严寓神力。
尺幅兼味书诗画，心驰神旺忘瘁疲。
呜呼！
叱羊为羆真健者，
如此病翁天必寿之奚复疑！
更饶余岁四十五，瀛洲天姆造其极。
卷之珍重藏，再封锁钥秘。

谨防破壁摧墙穿云去，望断青冥空太息。

杨晓强

杨晓强，生于1936年，号灏溪斋，贵阳人。13岁在军队文工团服役，后分配到将军山传染病医院。

诗社成立有感

花溪令誉满神州，建得诗坛跨紫骝。
俚句吟成改革颂，纵无文采也风流。

十里河滩

采风湿地履轻松，步入诗情画意中。
花径荷塘垂翠柳，修辞造句老叟翁。

李华年

李华年，生于1937年，原名李骅华，号近墨、今墨、君默，天津市人。北京大学中文系毕业，教授。曾在贵州大学、贵州民族学院（现贵州民族大学）等任教，曾任贵州古典文学学会顾问、花溪诗社副社长。

定风波

莫谓地无三里平，山重水复气峥嵘。古木苍藤争供眼，不返，胜似山阴道上行。

谁道人生无再少？吟啸，无边胜景助诗情。满座贤豪挥彩笔，飘逸，丁宁共把春光迎。

娄季初

娄季初，生于1935年，河南临颖人。曾任贵阳发电厂厂长兼总工程师、贵阳电力技工学校校长、贵州省诗词学会理事、贵州诗联网版主。

访周渔璜故居

山色朦胧淡淡烟，骑龙居里倚栏杆。
闲吟遥忆诗人句，欲引清光下广寒。

谭佛佑

谭佛佑，生于1939年，号安平野叟，贵州平坝人。贵州师范学院（原贵州教育学院）教授，省内知名学者，曾任全国教育史研究会理事等，参编《中国教育通史》（第三卷）等，主编《中国教育史》等。

记文史馆赵状元宗祠传统诗词吟诵会

阳关三叠诉离情，流水高山艺道鸣。
史馆诗朋风雅咏，祠堂学士颂骚嘤。
夜郎俊彦非称大，边徼文坛自有评。
王气霞飞天际外，黔风洛社比肩铭。

黄莒仙

黄莒仙，生于1940年，女，湖南醴陵县人，长居花溪。中华诗词学会会员，曾任贵州省诗词楹联学会理事、诗教部副主任，花溪诗词学会常务理事。有《芙蓉秋韵》《花溪秋色》。

游天河潭

山水奏和音，轻风暖暮春。
杜鹃红漫漫，园草绿茵茵。
广场风情展，街头故事陈。
寻芳文化旅，染墨颂诗魂。

齐瑞端

齐瑞端，生于1942年，女，湖南湘潭人。曾任贵州教育学院职教分院院长、贵州省诗词学会同心诗社副秘书长。

望江南·花溪

花溪好，河畔共流连。坝上桥头寻妙句，牡丹园里定姻缘。能不梦魂牵？

范培锦

范培锦，生于1942年，花溪青岩人。参与编辑《花溪诗词》。中华诗词学会会员，贵州省、贵阳市、花溪区及青岩诗词学会会员。有《杨眉新唱》三集、《古镇新歌》、《牧竖觅诗》。

忆全国解放

金色阳光照，新潮热浪高。
军民同起舞，喜讯振云霄。

再赞家乡

美丽家乡韵味长，文人累累远名扬。
诗词随口作歌唱，遍地春风喜欲狂。

丁甦

丁甦，生于1942年，贵阳人。先后在孟关小学、吉林小学、平桥中学、花溪二中任教，省、市级物理教学研究会会员，花溪诗词学会会员。

游颐和花园

春风细雨雾蒙天，静雅亭台曲径巅。
陡峭岩书梯坎见，诗人兴致赏其间。

龙美祥

龙美祥，生于1942年，布依族，花溪孟关人。贵州省诗词学会、花溪诗词学会会员。

桐埜书屋拜谒周渔璜

寻幽揽胜到骑龙，桐埜书屋拜渭公。
浏览典籍追典范，细观遗物仰遗风。
砚中瀚墨馨持久，壁上条幅笔力雄。
最爱西湖明月句，湖心亭比广寒宫。

肖长林

肖长林，生于1943年，长沙人。中国楹联学会会员、中国书法家协会会员，贵州省诗词楹联学会常务理事，贵阳市诗词学会常务理事，《贵州诗联》编辑部副主任。

孔学堂奎文阁仰王阳明先生

诗书文武绝，奎阁傲云天。

泽惠黔中地，后学仰先贤。

张敏

张敏（1943—2012），贵州毕节人。曾任《花溪报》副主编、花溪诗社副社长等。

春日登记花溪观景亭

小亭依翠添新景，弱柳盒烟吐嫩晴。

诗友唱吟豪气壮，地灵人杰未虚名。

浣溪沙·春游花溪

得意春风卷布衣，桃花两岸压枝低。游人挤过坝桥西。

啼鸟千只藏古树，轻舟一叶入莲池。归来梦里说花溪。

秦应康

秦应康，生于1944年，自号听竹轩主，贵州江口人。中国楹联学会会员，曾任贵州省诗词楹联学会常务理事。有《听竹轩吟稿》。

贺花溪区诗词学会成立十周年

十里花光十载春，溪明柳翠最宜人。

黄蛇腾雾风吟鹤，黑马成龙虎作茵。

水润清华铺锦绣，山名大将铸精神。

盼眸不为浮尘蔽，但见诗坛日月新。

饶昌东

饶昌东，生于1944年，别号分可，花溪青岩人。曾任贵州大学艺术学院电影部主任，获"贵州省道德模范"等多项荣誉称号。

青岩云龙阁

寻芳古镇亦从容，玉带云龙浸远空。

紫殿红门人语响，青山碧水鹭声融。

弯弯石径蒙蒙雾，静静花丛淡淡风。

登上高峰刮目看，油杉直耸九天中。

张同昊

张同昊，生于1944年，福建古田人，厦门大学毕业。贵州水城钢铁公司工作，退休后迁居花溪。花溪诗词学会会员。

花溪公园即景

斜阳信步过深潭，眼底分明即仙关。

翠柳含烟烟笼翠，山光照水水浮山。

桥横一线车不尽，波动几回鸟未还。

窃喜迁居操胜算，花溪客岁变吾川。

徐少奎

徐少奎，生于1945年，花溪青岩人，农民。贵州省诗词学会会员。

咏青岩银杉

镇东河畔耸银杉，冠盖遮天干挺拔。

苍翠千年不见朽，虬枝百代最堪夸。

云霓轻复隐苍鹭，霜雪频凌啼暮鸦。

稀世良材独此茂，珍培善护留菁华。

注：青岩银杉，世界稀有的一种珍稀树种，国家一级重点保护野生植物，生长在歪脚村云龙阁上，本地人称为"萝松"。

杨厚楣

杨厚楣（1945—2019），重庆璧山人。贵阳市诗词楹联学会常务副会长、秘书长。有贵阳"伯乐诗人"之誉。有《杨厚楣诗文集》。

花溪春景

十里春明媚，山光幻亦奇。

乱花荒渚艳，落日绿陂迟。

镜皱鸥摇水，风惊鸟别枝。

闲闲人独坐，岸静可随欹。

青岩记忆（四首选一）

黔地筑城南二十余公里，有明初古

镇名青岩，石板铺街，青石垒墙，青瓦板壁，古朴苍然。

其三

几十年里旧乡场，李脆桃甜粜谷忙。
百岁坊前凝眼望，墙头草盛雉门荒。

花溪杂忆（五首选一）

1964年秋到花溪，1995年春离花溪，算来已有三十余年。

其二

溪清绿沁草横斜，更有翩翩坝上蝶。
日觅春踪轻履步，今朝笋又上新节。

望海潮·高原明珠花溪

秀峰连亘，柔岚飘逸，花溪自在天然。明澈一川，玲珑十里，生机蓬发家园。翠染垄头烟，碧沁原上草，水绕峦环。叠紫催红，波摇明月荡麟山。

风光处处堪怜，冀斯人再返，河里摇船。还听敲棋，谦他几着，玄机后发争先。夏日绿风闲，夜阑渔火晚，风月无边。璀璨明珠谁誉，天下有诗传。

一剪梅·花溪旧友相聚

梦里春生滞旧寒。踏雨成丝，鸿鹭萧然。雪中花事久牵连，冷艳红香，漫渫东园。

去去苍茫水叠山。一揖沧桑，颓了朱颜。还赊长夜遣清欢，往事分明，尽在当前。

蓝华夏

蓝华夏，生于1945年，贵州金沙人。曾为中国水电第九工程局天生桥分局高级政工师、贵州省、贵阳市诗词学会会员。

临江仙·贵阳青岩游

明寺清坊石板路，曾经几度沧桑。城墙仁立转夕阳。状元何处去，翰墨尚飘香。

花重层楼飞乳燕，回头柳浪山庄。古风新韵咏清江。流连明月下，诗酒正春光。

伍胜利

伍胜利，生于1945年，贵阳人。贵州工学院毕业。曾任贵阳市南明区乡镇企业管理局局长、贵阳龙发保健药品厂厂长等。

贺花溪诗社成立

诗友结盟又一枝，芙蓉出水焕奇姿。
天真已与溪山共，艳丽毋劳粉黛施。
玉骨珊珊招隐士，丹心耿耿引相知。
冰肌不被污泥染，独立亭亭挺碧池。

章维崧

章维崧，生于1945年，满族，贵阳花溪区青岩人。中国书法家协会会员，曾任贵州省书法家协会副主席，贵阳市书法家协会副主席，花溪区文联主席、书法家协会主席等。有《章维崧书法集》《章维崧诗书册页》《章维崧诗书手稿墨迹》。

青岩怀古（二首选一）

其一

龙绕城楼古镇风，昔年鼓角伴梵钟。

残弓折戟无寻处，道道伤痕墙石中。

咏花溪（二首选一）

其一

柳垂清溪若弄弦，春风入寨燕争先。
桃花几步迷幽径，惊起沙鸥渚梦眠。

袁久森

袁久森，生于1945年，贵州镇远人。贵州省、贵阳市诗词楹联学会会员。

夏游花溪

仲夏偷闲野外游，花溪不二借乡愁。
轻云钓弋渔歌唱，远岫啼鸣牧散休。
万亩平湖鱼跳跃，千山连岭雁飞柔。
夕来未尽童心趣，竟把当前作柳州。

蝶恋花·冬游花溪

雪覆花溪人继踵。童叟相携，尽把冰霜诵。天宇压云寒气重。龟蛇两岭双羁鞚。

满目银装人爱宠。千树枯蔫，但愿

梅三弄。溪水渐凝推不动。空山鸟语犹迷梦。

莫非

莫非（1945—2012），四川重庆市人。贵州大学中文系毕业，曾任贵州民族学院中文系讲师、贵州省写作学会理事。

满江红·花溪诗社成立感赋

燕语莺啼，声声报、柔情消息。诗坛盛遄飞逸兴，群英咸集。羯鼓金钲天下事，银筝锦瑟胸中怿。贵切磋，探胜索幽微，同舟楫。

惊雷动，葱山碧；弓角响，传遽逊。趁风和气朗，共争朝夕。空袖书生三尺面，齐心蝼蚁千钧力。看溪头，蝶蜂闹满枝。春潮急！

贺花溪诗社成立

寸草春晖吐嫩芽，奇枝澍雨绽新花。
让他文苑三分色，屹在溪头自一家。

赵忠益

赵忠益，生于1945年，贵阳花溪区青岩人。1960年参加工作。花溪阳光就业家园艺术家自愿者董事会任常务理事。

学诗

文慕诗坛集友诗，佳作拜读吾心痴。
风雨十载春秋度，天降其缘遇良师。

姜大仁

姜大仁，生于1945年，侗族，贵州剑河人。曾为中共贵州省委党校教授。

桐木岭秋夜

东西南北地天连，几处书声伴琴弦。
飒飒秋风弹不尽，清晖似水任星眠。

杨万银

杨万银，生于1945年，贵州黄平人。先后在三穗中学、三穗县教育局、花溪区教育局工作。曾任贵州省化学教学研究会第五届常务理事等。有《且兰草根流韵》。

晚年读书有感

五寸见方纳四海，水天光彩照眼来。
渔舟唱晚波澜静，万朵霞花为我开。

伍开荣

伍开荣，生于1945年，布依族，贵
州独山人。曾为水城大河中学、贵阳
清华中学教师，贵州省语文教学法研
究会理事、省诗词学会、花溪诗词学
会会员。

花溪松柏山纪游

悬崖绝壁立深谷，人赞松柏景象殊。
夹岸苍山生异树，绕岩绿水聚平湖。
风光自古无直道，胜景从来多险途。
历尽沧桑豪气在，崎岖敢陟见功夫。

胡华

胡华，生于1945年，贵阳花溪区青
岩人。贵州省诗词学会会员、花溪诗
词学会理事、青岩诗词学会副会长。有
《胡华诗联选》。

贺《花溪诗词》创刊

老凤雏莺跃雅台，珠玑璀璨锦篇开。
格高调丽弘国粹，笔劲诗清赞栋才。
玉韵声声吟艺苑，金音曲曲韵高拍。
前贤后秀文风灿，春满人间喜满怀。

清明奠戴安澜将军

细雨纷纷洗冢台，清风阵阵扫石阶。
青山肃立眼含泪，草木呜咽声入怀。
举目茫茫情是韵，百花朵朵为君开。
躬身醉酒轻轻唤，威远将军入梦来。

鹧鸪天·清明祭周渔璜

遥祭周公泪满眶，文星殒落断人肠。
骚坛痛殁名才子，艺苑悲折国栋梁。
吟韵巧，业辉煌，飞珠吐玉永流芳。
夜郎八斗传佳话，桐垫长留翰墨香。

罗隆福

罗隆福，生于1945年，字永福，
号杏仁。花溪诗词学会副会长，曾任
《黔戎诗韵》《花溪诗词》《黔灵
山》编辑。有《小楷诗词集》《小楷诗
词集续》。

满庭芳·校园之春次韵
和贵大冯泽老师

学府清幽，春光多彩，翠芽吸养拔尖。满庭芳草，一代竞高端。奋起龙腾虎跃，书卷里，择业精专。勃心志，如饥似渴，惟恐误华年。

黉园。毓秀愿，终生奉献，看桃李花添。漫山跃英才，诗兴油然。体建夕阳更好，词曲赋，畅咏新篇。登高望，东风浩荡，国梦与时圆。

紫藤

藤萝串紫伴灵山，上架幽居不记年。
见证风云知冷暖，多闻事态有悲欢。

感悟

黑发垂髫问起航，中年荣辱品沧桑。
秋来尽赏枫林晚，初冬菊花笑傲霜。

杨霜

杨霜（1946—2015），贵州桐梓人，贵州省文史研究馆特聘研究员。曾任贵州省书法家协会副主席兼秘书长，贵州省文联委员，中国书法家协会理事等。有《品石斋自书诗稿》。

乙亥冬未为天河潭撰联续成

天河妙景楚星分，泉涌珠玑锦绣纹。
幽洞仙居禽兽古，扁舟客击蕙兰薰。
春潭时听鸣皋鹤，秋月不留度岭云。
吟啸飞轺归去也，桃花逐水自翻翻。

花溪暮春即景

郊原红瘦翠成围，铺好秧床泥水肥。
雨霁春深堪入画，菜花渠畔燕争飞。

书赠花溪雷达训练团杨玉明团长

万里从戎志未赊，频年踪迹半天涯。
逢春遥把家乡望，南国花如北国花。

袁本良

袁本良，生于1946年，贵州安顺人。曾任贵州大学人文学院教授，汉语言文字学专业古汉语语法方向硕士研究生导师。有《守拙斋诗稿》《守拙斋汉语史论稿》《守拙斋随笔》。

行香子·花溪早行

暑热骤消，早晚添凉。且追迎溪上朝阳。其光也媚，其影也长。看水初枯，山初瘦，叶初黄。

长林踟蹰，曲岸徜徉。经行处几点凝霜。景添秋色，人换秋装。对鸟飞轻，花飞乱，叶飞狂。

采桑子·诗里花溪

天孙妙手裁云锦，织此花溪。恋此花溪，吟士屐痕遍岸畦。

流丹溢翠山溪美，景也迷离。情也迷离，瀑雨林岚漫品题。

花溪秋兴八首步少陵韵

其一

溪山佳处辟园林，碧水潆洄丛树森。
爽气清风驱酷暑，薄云轻雾动微阴。
雨晴变换三秋节，亭阁经营百载心。
往昔畦田仡佬寨，于今何处尚闻砧？

其二

山影朦朦树影斜，溪光照眼尽芳华。
碧澄恍似千秋镜，浮幻疑来八月槎。
暮色弥茫期竹凤，晨风萧飒忆霜笳。

苍头临水不知老，指顾却怜白荻花。

其三

惯看朝暾与夕辉，仲秋时节浸凄微。
连番花谢游蜂息，几处云低乳燕飞。
碧沼鸥朋时邂逅，篁门生友久暌违。
纵无严濑供凭吊，也爱此间宜遁肥。

其四

世势由来如弈棋，覆翻胜负慢欣悲。
高招常出韬光处，倒运必多壮气时。
惯看车辕倾故辙，还期马步变新驰。
诗碑兀立秋风里，时事纷纭引湛思。

注：陈毅元帅一九五九年小住花溪，其《棋亭随感》诗云："花溪棋亭位山腰，多人聚此费推敲。劝君让他先一着，后发制人棋最高。"

其五

黄花赭叶缀秋山，山在莹莹绿水间。
国运民生宜保息，自然人事总交关。
桥弯河岸敷新径，岭仡山亭忆旧颜。
四字摩崖力深至，御倭心志看班班。

注：抗战时期贵阳被日本飞机轰炸，时任军事委员会总参谋长何应钦为题"生聚教训"辞，贵阳县长刘剑魂大字端书，摩崖刻于花溪公园。

其六

凉飙起处倍伤秋，拄杖凝眸立岸头。
亥去子来灾疫甚，时忧世乱庶黎愁。
盈虚昧察困骑虎，心性欲闲难入鸥。
借问渔人舍船处，武陵移在此山州。

注："察乎盈虚"为《庄子·秋水》语。
宋黄庭坚诗："骑虎度诸岭，入鸥同一波。"

其七

应记周绅刘令功，麟龟收揽一园中。
倡言聂叟述新景，分韵杨生唱古风。
山岭如屏聚云雨，溪流似锦织青红。
前人开辟后人赏，堂址清晖忆众翁。

注：花溪景观雏形始于清乾隆年间，由举人周奎父子营造。一九三七年开始作为公园建设，时任贵阳县长刘剑魂将花溪河放鹤洲一段辟为风景区，并改原"花仡佬"之名为"花溪"。公园建设初期，著名文史专家聂尊吾、杨覃生等尝前往考察，杨氏并有《花溪分韵得"到"字》长诗。

其八

清流缓缓岸迤迤，曲渠几分衍泽陂。
映水苍苇盈露气，因风翠雀动霜枝。
坐凉忽觉蝉声咽，立久还看日影移。
二十五年来复去，溪山晴雨过林垂。

注：余居花溪已廿五载。

黄旭忠

　　黄旭忠，生于1946年，笔名焚石，又字筱目，贵阳人。贵州省文史研究馆特聘研究员。曾任贵州省书法家协会第五届理事，花溪区文联副主席、区书法家协会主席。

花溪览胜

琼园景色幽，民俗甚风流。
啼鸟藏深树，轻烟浪上舟。

祝花溪区诗词学会成立

柳绿桃红灿烂花，文人墨客涌清华。
吟诗作赋高风雅，巨著宏篇遍海涯。

如梦令·贺花溪诗社成立

　　水秀山青春禊，词客诗翁相继。吟社树斩旗，奖披腾为棠棣。棠棣，棠棣，松柏友情长系。

罗天

　　罗天，生于1946年，原名罗天福，笔名乐天。贵州开阳人。中华诗词学会名誉副会长，《贵州诗联》执行副主编，陶然诗社副社长，主编或参与编辑诗词作品集10余部。

花溪十里河滩

十里河滩信步游，蜂蝶欢闹却春愁。
镜中靓景谁入画？桥下香波何处流？
摇曳柳丝拂钓笠，穿飞鸟语荡轻舟。
尘嚣远去心思静，漫探桃源寻许由。

夏秦豫

夏秦豫，生于1946年，贵阳人，贵阳市作家协会第四届理事、市诗词学会会员；花溪区作家协会会员、第一二届副主席、第三四届名誉主席，区诗词学会副会长。曾在《山花》《南风》等发表作品百余篇。

高坡乡

高坡野山茫，地脊气清凉。
慧眼识璞玉，时来自沸扬。

蒲廷富

蒲廷富，1946年，贵阳花溪人。曾任中小学教师、教导主任、校长等，花溪诗词学会理事。有《平筑清韵》。

青岩颂

古镇辉煌六百春，文兴武旺寓涵深。
渔璜翰院修康典，国澍姚关剑火横。
麟贵筑城输米济，平刚盟会助苍生。
诗乡誉远黔中秀，苗岭腾气元象新。

邓清福

邓清福，生于1948年，四川泸州人，中学语文高级教师。曾任教于泸县师范、余庆县敖溪中学等。中华诗词学会会员。有《蜀黔草》。

水调歌头·偕亲人游花溪平桥景区

正苦久阴雨，忽喜艳阳天。驱车飞驶郊外，游兴疾翩翩。重赏花溪美景，又梦桃源绝境，到处绕霞烟。亲眷共潇洒，山水且流连。

柳荫下，开绮席，啖时鲜。少夸脍炙，垂老蔬果可延年。却对浮槎凝望，竟发凌霄遐想，造访鹊桥仙。畅享逍遥乐，浑欲忘人间。

曹如人

曹如人，生于1947年，上海市浦东人。上海来花溪的知青。有《桐垫传奇》《布依族酒礼歌》等。曾任《花溪诗词》编辑。

赞中华诗乡青岩（其二）

古镇青岩六百年，咽喉故道锁八番。
迎祥庙宇佑香客，定广门楼耸碧天。
龙跃清溪飘玉带，诗吟万首颂狮山。
中华盛世春常在，斗转星移不改颜。

赞青岩龙井村

龙井清泉日月长，布依米酒满村香。
传奇故事迷心魄，国粹诗词上粉墙。

李荣金

李荣金，生于1947年，贵州习水人。曾供职于贵州省商业储运公司。贵州省诗词学会会员，曾任花溪区诗词学会理事，《贵州诗词》特约编辑。

贺清华中学六十五华诞

烛映辉黔六五春，教书育人系国魂。
大将山拥才济济，清华楼聚龙群群。
自强不息鸿鹄血，厚德载物师表心。
喜逢华诞献拙笔，谨抛陋斧弄班门。

刘君泉

刘君泉，生于1948年，贵州开阳人。中学语文高级教师。贵阳市诗词楹联学会会员、开阳诗词楹联学会会长、开州诗社社长。有《石泉诗词集》。

桐垫觅踪

偏远黔陶出栋梁，天才贤吏感君王。
无私刚正怜民苦，廿载积薪捐故乡。

陈钢

陈钢，1949—2020），原名陈刚，布依族，贵州安龙人。曾任贵阳市清华中学校长，中华诗词学会、贵州省诗词学会会员，贵阳市诗词学会理事，花溪区诗词学会会长。有《清华风韵》《花溪曲韵》。

花溪坝上桥

经常河畔坝桥行，今日又逢杨柳青。
碧水绵绵流不断，涛声依旧万年春。

李祖荫

李祖荫（1949—2022），又名李祖运，贵阳市人。曾任花溪诗词学会副会长、理事，贵州省诗词学会会员，主编首部《花溪区志》。有文集《花溪笔谈》。

贺清华中学六十华诞

将山含夕照，学子诵朝晖。
蝶舞花移影，春风拂槛薇。

夜游放鸽桥

放鸽桥畔蕙葑发，远望溪边芦荡花。
浩月当空明四野，风摇碧落见奇葩。

修志即兴

殷勤意志报国忠，无奈春秋迟慕容。
感叹骚人吟胜景，欣观雅士效词宗。
金车宝马缘无我，挚友亲朋幸有翁。
若得来生高榜上，骑龙旨酒敬诸公。

郭国

郭国，生于1949年，笔名仲夫，布依族，花溪人。贵州省诗词学会会员，花溪诗词学会副秘书长。

花溪湿地公园十二景（选三）

水乡流韵（其一）

潺潺溪水流不尽，山影横波古渡头。
白鸟翻飞秧歌韵，教人眷恋是乡愁。

蛙鼓花田（其二）

童年梦里鼓蛙声，犁影田间忙春耕。
几处村庄炊烟凫，横笛牛背近黄昏。

鹭羽凌波（其六）

凉风猎猎叶儿青，白鹭呼朋悦好音。
静影沉壁入午梦，案几书香自袭人。

李正和

李正和，生于1949年，四川叙永人。曾为贵州铝厂子弟学校、白云区第七小学教师。贵州省、花溪区诗词学会会员。

教师赞

咬定教书在课堂，风吹雨打任主张。
休言三尺讲台短，百年大计日月长。

赵开舟

赵开舟，生于1950年，布依族，贵阳花溪人。小学高级、中学一级教师。曾任麦坪乡中小学校长。贵阳市诗词楹联学会理事，花溪区诗词学会会长。

天河潭

山月隐踪迹，松风息我心。
几湾潭水碧，无事听幽禽。

武孔昭

武孔昭（1950— ），贵州大方人。

小学高级教师。贵州省、贵阳市、花溪区诗词学会、书法家协会会员。有书法诗词作品集《幽兰迹》。

小区秋韵

楼前银杏披金甲，篱栅经霜五彩花。
榭下池清观锦鲤，枫含意韵胜流霞。

刘冀川

刘冀川（1950— ），女，四川人。曾任贵州省文史研究馆党组秘书，中华诗词学会会员、贵州省诗词学会理事、黔风诗社编辑。

花溪诗社成立即席

花溪花气醉春风，柳岸云山秀韵浓。
喜见吟坛添劲旅，欣逢盛会识群雄。
初联珠玉抒豪气，共振诗心寄远鸿。
坝上波光催棹影，莺声燕语共葱茏。

花溪

花满枝头香满溪，麟山日暖草萋萋。
一篙撑破春波绿，隐隐笙歌绕柳堤。

高经长

高经长（1951— ），吉林省延边朝鲜族自治州图们市人。曾为教师、航讯公司总经理、供销公司总经理等，花溪诗词学会副会长。有《心语足痕》。

梦中诗画

浓抹焦墨上群峰，淡染朱翠点花丛。
莫道纸薄难着力，自有真情在画中。

马继才

马继才（1952— ），贵州桐梓人，中学高级教师。曾到荔波县水尧公社插队，贵阳师范学校毕业后到贵阳清华中学工作，《贵阳清华中学志》副主编，清华中学诗词学会副会长。2009年创办《清华诗刊》。

寄语

三十八年执教鞭，离岗一笑如云烟。
人生苦短似朝露，后辈将来着锦篇。

何世洁

何世洁（1952— ），贵阳人。曾为贵州省社会主义学院教师。贵州省诗词楹联学会会员、贵阳市诗词楹联学会会员。有《碧清阁诗词》。

天河潭（二首选一）

其一

壑谷幽深处，峰回见碧流。
一篙行艓动，惊起水中鸥。

车田村

青山渌水两销魂，石径通幽别有村。
垂柳无心遮院落，篱花着意掩柴门。
野蔬乡味家家好，古朴民风处处存。
美景流连归去晚，听松亭上月黄昏。

王晓卫

王晓卫（1952— ），重庆人。贵州省文史研究馆馆员，曾任贵州大学文学院院长、贵州省古典文学学会会长。有著作《魏晋作家创作心态研究》《论北魏文明太后的族属及所受教育》。

冬游黄金大道有怀

乍停寒雨又来风，褪尽黄金剩木空。
客鸟难栖归远岫，幽溪自碧绕疏丛。
独歌道路无听众，俯瞰人间有昊穹。
夜卧萧斋舒意趣，春浓渐满梦魂中。

花溪东舍小聚

山桥绿树抱清流，庭鸟岫云两自悠。
故友相逢应一醉，竟将溪月作鱼钩。

浣溪沙·花溪公园百步桥

半入清波半露头，缓行慢跨到中流，游人至此或优柔。

我笑此桥真散漫，此桥笑我是诗囚，蜿蜒指点树花稠。

画堂春·壬寅夏花溪公园漫行赠妻

漫行曲径与花过，睡莲一片斜拖。新虹影落水无波，忽有清歌。

碧色依然惹梦，马鞍桥下牵她。卅年添了皱纹多，颊总飞酡。

王登德

王登德（1954— ），布依族，花溪区董家堰村麦翁寨人，高级教师，贵州省文艺家协会布依分会秘书长，贵阳市布依学会副秘书长，花溪诗词学会秘书长。

二〇二二年中秋

愁坐雨绵绵，病毒何日完。
相思生白露，题句祝平安。

母进炎

母进炎（1955— ），贵州金沙人。贵州师范学院毕业，贵州工程应用技术学院教授。中华诗词学会会员、贵州省古典文学学会常务理事、贵州省散文学会会员、贵州省书法家协会会员。有《黔西北文学研究》。

花溪天河潭式望吴中蕃故居

古木苍苍掩曲廊，莲塘鱼戏草生香。
樊笼栖瘦鲲鹏梦，绣口吟寒星月光。
帘卷云烟窥桂影，笔惊风雨领黔阳。
不随流俗迁深杳，焉向官家问短长。
人去楼空花已谢，蝉鸣鸟噪径犹荒。

且摩楹柱瞻书迹，今是居前忆雅章。

注：长珠，指花溪区位于长江流域和珠江流域分水岭。

拜谒孔学堂

柏树森森沐曙光，花溪流水透新凉。
风萦紫竹楼台静，鸟语幽林翰墨香。
稷下学宫传大雅，黔中俊彦论濠梁。
春山一夜潇潇雨，细柳涵晖拂院墙。

省委党校学习时光漫忆

岁月如流天意悯，文庠受教已衰年。
南山问道观苍翠，东壁求书索泰玄。
常恐鸩鸣犹惕惕，独忧春去自乾乾。
何言老朽无知己，桐木岭中逢古贤。

沁园春·花溪

倬立黔中，西侣贵安，东友黔南。任长珠漫绕，仙姿妩媚，闲情万种，语笑嫣然。古镇青岩，天河秀水，倏尔春归十里滩。凭栏望，尽莺飞燕舞，翠染山川。

悠悠往事千年，有宋韵唐风绕座前。看泱泱学府，金声玉振，桃夭李艳，雨润芝田。济济时贤，探赜寻胜，敢与鸿鹄遨九天。欣壮岁，冀蛟腾凤翥，寄傲瀛寰。

夏荣富

夏荣富（1957—2016），贵阳花溪人。先后在谷立小学、孟关中学、花溪区委党史研究室、花溪区文联工作。曾任花溪区文联文艺创作室主任、花溪诗词学会秘书长、《花溪艺苑》和《花溪诗词》编辑。有《夏荣富诗文集》。

游平塘救星石景区

藤竹两岸布风光，石上清泉流海洋。
平塘景点珍珠耀，流连忘返意悠长。

张成基

张成基（1957—），贵阳市花溪区青岩人。中学高级教师。

黔陶鬼架桥

青峰怪石瀑尤殊，白练银河散玉珠。
雾锁仙桥藏异宝，泉奔渊底隐龙雏。

狰狞玄洞呈奇兽，淅沥清流入海隅。
千壑回望人迹少，山花漫野馥盈途。

天河潭

青山秀水绝嚣尘，潭映蓝天景色新。
绿竹梳风摇翠甲，苍松漏日亮龙鳞。
舟穿石洞观奇境，瀑泻芳滩浴美人。
吟啸敲诗成《敝帚》，楼梯古寨一隐沦。

罗利阔

罗利阔（1958— ），贵阳人。
1976年起历任金竹小学、花溪农技校、
花溪清华中学教师。贵州省书法家协
会会员、贵州省诗词学会会员，曾任花溪
书法家协会理事、美术家协会副主席、
诗词学会副秘书长。

花溪杂咏

流水石桥连草汀，紫林幽径隐棋亭。
溪边信步临仙景，小寨炊烟远暮云。

石竹

石竹（1960— ），李姓，初名裕
贵，后名玉真，号山林饮士，贵州清
镇人。贵州省作家协会会员，贵阳市诗
词楹联学会会员。有《容膝斋诗词集》
《容膝斋俚谈集》《聆听山林》等。

花溪小聚

花溪流雅韵，侪辈庆相逢。
漫步黄金道，谈诗碧树中。
芳林开眼界，时雨洗心胸。
暮夜驰车远，知交冀始终。

花溪即景

喜见溪桥别样春，金花翠叶舞缤纷。
倾谈有悟歌佳景，款步无须怨素身。
隔岸斜飞伶俐客，凌波漫叩寂寥门。
时贤不逛殷勤意，每把诗情慰远村。

汪超

汪超（1962— ），贵阳花溪区燕楼
人。贵州省诗词楹联学会会员，花溪区
作家协会理事、区诗词学会会员，在省
市区媒体发表诗词作品600余篇。

茶叶

春来绽嫩芽，碧叶自芳华。
历尽风霜苦，清香进万家。

野菊

扎根荒岭溪流畔，寒露秋霜竞艳开。
不进苗园攀富贵，自居山涧远尘埃。

樊晓文

樊晓文（1963— ），花溪人。曾为中学教师。贵州省书法家协会会员，花溪区诗词学会副秘书长。

麒山访古

麟麓摩崖忆剑魂，诗家妙笔铸文心。
秋风凭吊任吟咏，续建公园识此君。

学书有感

笔锋入砚泛微波，肘臂空悬费揣摩。
悟到钟王精妙处，龙飞凤舞影婆娑。

易闻晓

易闻晓（1963— ），江西宜丰人。贵州师范大学教授，博士生导师，长江学者特聘教授，兼任中国赋学会副会长、中国韵文学会和中国古代文学理论学会理事。有《中国古代诗法纲要》《中国诗句法论》《道咸宋诗派诗人研究》《诗赋研究的语用本位》《中国诗法学》。

济南归黔

飒飒秋风下济南，关河北望气萧然。
那堪更渡西江水，绝域黔中月满山。

黔中吟

风起黔山万木哀，百年多病上层台。
若非春事千重恨，未必秋香一夜衰。

戊子中秋感怀

世间无奈又西风，岁岁光华与恨重。
已历残荷秋雨后，故寻芳桂月明中。
谢家赋罢音尘绝，汉苑人归词客穷。
一枕黔山长夜梦，茫茫今古俱谁同！

题黔中山水图

群山兀兀出天荒，绝国由来号夜郎。
古洞藏灵蛟起后，苍崖驻雨水流长。
春归苗岭闻芦笛，歌起侗乡醉角觥。
一自徐生杖履去，黔中奇境广传扬。

唐庆华

唐庆华（1963— ），苗族，花溪区青岩镇人。贵州省、贵阳市、花溪区、青岩镇诗词学会会员。《黔中十人诗词选》录120首。

秋雨

入秋天渐凉，雁去草生霜。
最恨无情雨，频敲半夜窗。

梦中偶得

留住光阴免入秋，山无落叶鸟无忧。
和风丽日花千树，碧水蓝天一渚鸥。
万物兴衰谁可逆，众生贫富莫强求。
日月星辰皆如此，看破红尘事事休。

闻饶老逝去感怀

一别小镇几经秋，相聚无期千古愁。
魂断春风悲化雨，杜鹃啼破故人楼。

钓鱼

杨柳垂丝河水柔，农夫酒后上孤洲。
风摇芦苇鱼儿跃，何处横杆下钓钩。

吴若海

吴若海（1963— ），字任之，号南岗，现居贵阳。贵阳市诗词楹联学会会长。有长诗选《梦幻交响曲》、抒情诗选《灵魂与风》、散文诗选《微尘·世界》、散文诗集《在痛苦的园中》、寓言集《门与墙》、新箴言体四行诗集《倾听与随想》、《南岗诗词文丛钞》等。

同王良范大兄游石板哨作

荒村存古俗，茅舍正闲闲。
幽壑发松籁，清泉鸣佩环。
秋风石板渡，落日半边山。
个里多胜事，最宜长闭关。

花溪怀舍弟若峰

伤心春事最堪怜，疏雨酸风二月天。
不忍凭栏忆舍弟，石桥西畔柳如烟。

平桥春夜即事

平桥烟景旧曾谙，燕挟东风过雪潭。
今夜思春春已去，吟边凉月老江南。

临江仙·重游桐垫书屋

长忆当年桥上坐，松筠嘉树成蹊。
临风清唱竹亭西，垄头烟漠漠，花下草
萋萋。

此日重游伤往事，水烟花雾凄迷。
松坡深处隐虹蜺，田鸡隔水唱，山鸟傍
人啼。

注：周起渭葬于松坡，在骑龙村南一
公里处。

渔璜茶庄饮红茶作

梅占欲争先，东君不问年。
春宽青草地，梦远碧云天。
正色夺朱紫，真香辨绮研。
陆公能好客，少饮即还仙。

注：梅占即金骏眉，此处指渔璜红茶。

晚春薄暮游平桥即兴

风动落花流水香，平桥暮色晚苍苍。
清琴一弄幽篁静，布谷三声春意长。

题梦亦非麦翁村居（二首选一）

先生茅舍正清明，一鸟当轩自在鸣。
远岸花开红复紫，春山雷过雨还晴。
风喧檐下草木动，月上几头文字清。
自有玄机谁识得，隔窗遥对一峰青。

注：麦翁，花溪区董家堰村麦翁村民
组。2000年梦亦非携妻孟茵寓居于此。

青岩对雪用苏长公尖叉韵

芸笺彤管墨浓纤，灯下敲诗夜转严。
遥对银山千丈雪，微吟古庙数堆盐。
三生平淡藏诗底，一纸荒唐落帽檐。
参破禅头如槁木，细看窗外一峰尖。
岭头落日照昏鸦，曲径荒城未见车。
人外谁家栽玉树，天涯何处访琼花。
寒声初落状元阁，月色稍侵百姓家。
篱畔有诗吟不得，永怀逸兴手空叉。

酬樊国忠二十二韵用杜少陵奉赠韦左丞丈原韵（三首）

其一

大道通天地，臞禅已忘身。
宏论君后发，腐语我先陈。
有意量沧海，无劳酬上宾。
焚诗祭野鬼，弹指问天神。
峻德敦三代，熏风和六亲。
白衣参大化，素手接仙邻。
讬讽图报国，穷途宜问津。
襟怀长尚简，气义始含淳。
此意终顋顿，斯人竟委沦。
但将当下苦，化作眼前春。
醉梦占人物，天心绝点尘。
朝朝遇冷淡，处处值艰辛。
理事多谦让，修文一欠伸。
潜心学凤啸，随处画龙鳞。
谁识去来意，今参尔汝真。
担山难弃物，抱日自维新。
远虑三人侣，长怀一箪贫。
孤鸿飞怏怏，大雀走踆踆。
绝调自唐宋，清音有汉秦。
流风存地际，余响达天滨。
岂料烟霞客，多为放逐臣。
何如入弊屋，潇洒自风驯。

其二

大化通经纬，妙禅不是身。
先生早出道，仆辈后来陈。
崇德歌姜女，清行绍上宾。
端怀存大礼，正气晤真神。
鬼魅家家合，人天一一亲。
拈花唯素客，论道待芳邻。
辗转穿花径，徜徉望海津。
片云天淡荡，微雨夜纯淳。
高士留清梦，幽人尚隐沦。
纷纶劳案牍，倥偬费青春。
意远通天道，心空出幻尘。
生涯真滤漫，行止每酸辛。
贱子常偃蹇，大夫能屈伸。
青冥共大块，翔羽与潜鳞。
莫说平生幻，但求方寸真。
岁时衣尚简，残稿字犹新。
有德君真富，无才我固贫。
只能心怏怏，哪得走踆踆。

其三

落寞东窥海，微茫西望秦。
衔觞天子麓，交臂富春滨。
琢句追商隐，行歌学买臣。
他年归大野，但看马牛驯。
人生当务本，立世赖修身。
风浪时时起，微言一一陈。
不才难作士，多病竟为宾。

痛饮原无忌，狂歌真有神。

静心唯斗室，全孝奉双亲。

逐利人攀凤，逃名我卜邻。

谈玄思上国，问道觅天津。

旷放性情远，清真风俗淳。

徒伤德毁顿，但叹道沉沦。

尚志对残夜，畅怀歌上春。

空禅穷碧落，妙想出红尘。

身世多艰险，行藏独苦辛。

坦胸终不屈，高义妙能伸。

幽洞存龙骨，烟波藏锦鳞。

道心唯抱朴，逸气远含真。

歌响声声泪，诗书字字新。

京华多显贵，黎庶术全贫。

猛兽适苍莽，金鹏走骏骏。

彤心思弱晋，无意仕强秦。

作赋南天际，思君颍水滨。

著述怀退士，勋业愧贞臣。

长立废湖畔，相期鸟雀驯。

跋：上三首中，前二首相赠（第一首我多君少；第二首君多我少），后一首纯粹自况。

临江仙·次韵杨厚楣前辈访息烽李正君作

欲访乡贤成雅趣，不辞路远天寒。

酽茶一盏万千言。篱间人语闹，窗外野云闲。

记得当时曾际会，匆匆忽已经年。戏言旧好与新欢，俦朋温旧梦，诗酒续前缘。

张力夫

张力夫（1964—　），本名志勇，又名力夫，号畏临轩主人，祖籍河北滦南。北京居庸诗社社员，曾任中华诗词杂志社编辑部副主任。有《畏临轩诗词》。

忆贵阳花溪

晨风佳侣事清游，金道梧桐醉晚秋。

昨夜分明又相见，淙淙溪水梦中流。

古北口长城游罢送别贵阳韩五兄

渐至无人境，山深凤可栖。

登台畏关险，倚垛望云低。

即日王孙去，高原草色迷。

梦当千万里，相与醉花溪。

汪守先

汪守先（1965—　），贵州遵义县人。南雅诗社顾问，中国诗歌学会、中华诗词学会会员，贵州省作家协会、书法家协会、文艺评论家协会会员，遵义市文艺理论家协会第三届理事，播州区诗词楹联家协会副主席。作品发于《中华诗词》等。

戊戌西历七月廿九日南雅花溪诗会，共全国诸名诗家采风桐埜书屋，于黔陶以周渔璜郊游即事诗分韵，拈得删字

久慕骑龙好，此日得赏观。

晓风带晴色，诗气腾冈峦。

移步感超忽，拾级心闲宽。

入眼衡门小，墙倚翠琅玕。

朗朗中庭古，苍苍老树寒。

荷池花寂寂，野水响珊珊。

遗碑卧榛莽，慧泉霭漫漫。

旧宅知何在，荒荒穹石盘。

奄忽入廊苑，文光绕朱栏。

几屋罗故旧，几壁粲墨翰。

气息绝烟火，清俊势郁蟠。

俯首频瞻缅，周公伟如盘。

胸罗才八斗，三十被缨冠。

赫然作帝师，盛世廉明官。

长松挂绝壁，空谷秀猗兰。

题诗咏大钟，老笔惊龙銮。

异代比苏陆，高名非夸谩。

我读先生诗，磅礴情卷澜。

悠然见神致，灵动似翔鸾。

惨淡赋奇格，素雪落绮纨。

雍容函气骨，古厚得神完。

应物赋形状，月照林花繁。

笔法具唐宋，行云碧峰巀。

淋漓托妙象，玉韵绝涩难。

高华屹雄姿，风流着骚坛。

诗魂存天壤，前人仰头看。

今时先生诗，几客能仰钻。

霜桐不解语，垂此清团团。

百年风骚没，览物起长叹。

吾辈出蓬蒿，岂可作宴安。

浩思寄山海，放浪潜悲酸。

迩来忧家国，意气空奔湍。

我心自萧瑟，我兴发无端。

葆真崇高蹈，守拙独抱残。

凉飚洗我耳，渌洄濯我肝。

敞怀说桐埜，歌啸梦未阑。

倦眼看废兴，大雅辄未殚。

天末人倚伏，余响待扶抟。

车走俗尘漫，日悬赤若丹。

极力振风标，奋迅发征鞍。

夜郎谷行

高林浩浩风动竹，群贤晓访失南北。
鸟鸣碧树起诗声，凉洗尘劳入阃域。
身外风物聚萧疏，眼前风貌罗奇特。
一谷豁然胸襟开，一水缠绵路逼仄。
堤堰横斜卧闲悠，玉岭嵯厘走崴屴。
老木荒寒天籁生，造像逶迤神石列。
浮屠幻化出悬空，魍魉迷离古境绝。
巫师惶惶兽撒眸，山鬼嗷嗷唇摇舌。
图腾百物意狞狰，傩态千姿目朴凸。
鸾凤凄凄依垠崖，虬龙隐隐沉寒穴。
沧流穷泉鱼潜藏，陡壁巉岩云嬗迭。
墼堡崔嵬据险关，甲兵英武立骁桀。
万难恻怆天愕惊，百战萧条山崩裂。
痕记亡国与兴国，石化金刚与弥勒。
牂牁杳邈野青苍，岁月迢遥人遏匿。
平陆桑海殁麒麟，蔓草凌露死蜦螣。
秘景幻象壮大千，倏看四围客惊惑。
足踏廊桥阁临虚，岫掩翠微道迷失。
信步跻登作雄览，倚岩忽见宋公出。
曼说孤身苦经营，久卧层巅享静瑟。
春秋廿载远荣华，雨雪秋霜守虚一。
相将八十仍抖擞，创筑何计皓首白。
酌意象，忘寥寂。彰人文，衍夷狄。
借得人巧与天工，鹤骨嶙峋犹阐辟。
自营自适自筹谋，乐山乐水乐晨夕。
亦儒亦道亦契真，时停时建时赏阅。

漫成佳制意陶欣，超脱人境心明澈。
还从造化识浚源，夜郎诞幻势滃浡。
先生与山同魁伟，先生与壑共冥没。
此中幽致堪栖隐，可与先生长坐月？
开怀纵放兴清深，揽翠吟情迷幽独。
行尽灵谷作前游，回看垲莽岚霏逐。

偕游孔学堂

侵道幽丛翠，攀阶晓雨纷。
欣瞻聊吐气，高蹈欲空群。
大景来三面，清箫动五云。
临峰观德化，学府有风薰。

游花溪公园，冯泽老欣然置宴棋亭，归来作

缓步青墩瘦，振衣丛薄凉。
山楼明水色，空翠落溪光。
酌酒成新醉，题诗发暗香。
席边盈爽籁，深语鸟惊堂。

葫芦坡谒戴安澜将军衣冠冢

飙风过眼久无痕，披雨共瞻民族魂。
寒水不言茔尚在，高松比节气犹存。
含悲此日春芳谢，赴死当年战血昏。
留得精神滋厚土，英雄何必问曹孙。

顾文

顾文（1966—），贵阳市一中、贵州省政法管理学院毕业，供职于花溪法院。

夜钓

日暮乘霞放鹤桥，涛声渐远玉轮遥。
渔舟唱晚莲池静，星泻南湖胜九霄。

樊国忠

樊国忠（1967—），号不可。1989年税务学校毕业后在花溪参加工作。贵阳市书法家协会、贵阳市诗词学会会员。

花溪夜色

独自凭栏夜色幽，浓荫深处玉泉流。
盘桓芳径无人扰，秋月清溪任钓舟。

观红楼梦咏百海棠

春风回首带重门，朝露清寒玉作盆。
旧苑荒台思引梦，残芳野草尽消魂。
轻烟庭院敲茶鼓，夕照青山着酒痕。
何意幽情唯寂寞，一枝含笑倚黄昏。

石金书

石金书（1969—），苗族，松桃人。花溪石板井小学教师，贵州省诗词楹联学会、花溪区诗词学会会员。

秋到放鸽桥

桥头伫立正霜秋，月挂梢头晾玉钩。
绿苇经风一夜老，青菖弄水万支遒。
游人纵目寻幽趣，泳鲤扇鳍戏寂洲。
放嗓高歌云彩荡，风光无限惹吟眸。

杨德忠

杨德忠（1970—），布依族，贵阳人。贵州省、贵阳市、花溪区诗词学会会员。

清平乐·青岩

万家烟树，漫步青石路。红袖娉婷春风度，农舍可曾小住？
周公翰墨留香，布依米酒初尝。古镇石墙门外，菜花满目金黄。

刘云

刘云（1970— ），网名中空无影，贵州瓮安人。贵阳市诗词学会会员，有诗集《行思走吟》。

秋游花溪夜郎谷感赋

花开花谢芬芳尽，云赌天边我自怜。
雨落红尘枫树紧，风摇碧水石林缠。
谷中漫步人空瘦，桥上观幽洞不全。
误入山岚生梦境，夜郎一咏寄流年。

刘灿

刘灿（1971— ），字守阳，网名九号山，花溪人。贵阳市、花溪区诗词学会会员。

记戊戌暑月初二游孔学堂
暨成立湖畔诗社

日朗云高砥路宽，斯文到此意犹寒。
怀风侧耳初识乐，酹酒趋身再仰山。
道业还由湖畔起，诗心且向孔门参。
长教岁月存一梦，不把椟星作景观。

访花溪龙山吴中蕃故居

畦鲜路窄素风存，碧筱连阶半掩门。
树下人闲诗未老，庭前鸟啭景常春。
三光异轨明天地，一水同源化古今。
笑我经年识见浅，不知有凤久为邻。

雨后下花溪麟山

藓漫阶石引杖还，独闻杖语径尤宽。
林光几度摇花影，入眼心知不偶然。

李荷莲

李荷莲，女，侗族，贵州大学本科、硕士毕业。贵州中医药大学教师。贵州省诗词学会会员，贵阳市诗词楹联学会会员。

浣溪沙·春

在花溪李村"一线天"景观处赏花溪水库及对岸镇山村景。

夜笼寒霜梅影横，星河杳杳一湖灯。春归何处暗香萦。

清晓无人风绪乱，雨烟拥径草痕凝。远山浮碧石苔青。

永遇乐·忆

霜草苍苍，烟云淡色，迢递前约。南北西东，江湖廿载，竟旧颜相索。依稀年少，狂歌纵酒，夜语昼眠花落。料今夕风庭梓木，觥筹畅谈轩阁。

平桥浮影，苔痕青石，缕缕纤柔柳弱。微雨梧桐，翻飞熠彩，不道秋寥寞。映空寒碧，煦温千树，往日青春宛若。瞬然别何时得见，笑言似昨。

清平乐·花溪公园

云华微度，幻缈瑶天路。藤蔓老枝阴碧树，水石影痕微露。

丛篁幽径沿堤，乐乎林下游兮。风籁徐徐荷醉，罗裳绰约离迷。

龙华

龙华（1974— ），布依族，花溪青岩人。现任贵阳孔学堂文化传播中心研修部部长。

贵阳孔学堂

十里河滩美景添，学堂妙语醉炊烟。小桥流水门前过，半是书生半是仙。

李华

李华（1974— ），穿青人，清镇人。贵阳市诗词楹联学会会员，黔中诗社理事。有《李华诗词集》。

丙申冬月十三与翰苑诸君及王福凌登花溪麟山顶倚天亭

独立苍茫号倚天，谁曾拔剑啸云烟。香澄筑国三千界，名动花溪二百年。来去红尘身外事，醉醒碧柳画中缘。冥冥一座望乡石，只向风光好处眠。

水调歌头·乙未夏末与贵阳诗词师友聚于花溪平桥

向晚扶余醉，宿雨尽消停。一堤烟柳青翠，波影照渔灯。徐步平桥同赏，酒侣诗朋快意，竹畔听虫声。山水足亲近，浑若忘归程。

昔时愿，今日约，赋深情。都来此际，风雨尘路问飘萍。世事茫茫谁料，且共今朝晴好，哪管鬓霜生。明日江湖远，何惧障烟横。

石玉明

石玉明（1975— ），苗族，贵州松桃人。

别松江（二首选一）

其二

津渡冰霜舟自横，北风刺面啸声声。
围炉畅叙终星散，束笼低歌载酒行。
一日松江一日梦，半生知遇半生情。
春归庭院期芳信，再越千山寻故程。

庞仕蓉

庞仕蓉（1975— ），女，网名诗语灵馨儿，现居贵阳。贵阳诗词楹联学会副秘书长。

登青岩文昌阁

古木阶前绿，楼深复几重。
朱门访陈迹，高阁倚青峰。
侧耳鹂声脆，临轩翰墨浓。
文风涵大雅，后学忆谦恭。

暑月高坡

迢遥至苗岭，气爽碧山空。
望里飞云白，乡间野果红。
分茶流水畔，遣兴小楼东。
更借三分月，晚晴归路中。

点绛唇·春游青岩古镇

雨湿芳郊，东君约我人家去。杏花初吐，小小惊春圃。

绿浅红深，兀自多情绪。思无主，晚寻归处，听彻清风语。

洞仙歌·初夏访桐垫书屋

芳郊绿遍，正夏初时候。故地重游野花瘦。小桥东，村鸭浮水悠闲，新禾长，不见耕牛田亩。

步过青石路，径向朱门，簩叶惊风逐黄狗。入室自清凉，翰墨呈香，犹听得书声如旧。叹楼阁幽居茂林中，却草碧泉甘，物华相守。

张忠杰

张忠杰（1977— ），穿青人，贵州

威宁人。贵阳市诗词楹联学会理事，花溪区诗词学会副会长。

独坐花溪

空翠湿浮烟，虫声花树间。
一枝初照水，明月上麟山。

二〇二〇年大疫致贵州援鄂医护人员

梦里千山雪，花开几处春。
心中无限意，谁寄远行人。

花溪春雨

萧萧风乍寒，暮雨独凭栏。
山色流云外，溪声悬树端。
何须愁纵酒，岂有笑弹冠。
夜坐听清响，江湖垂钓竿。

调解

蝉鸣桐垫草萋萋，白日如烧刺挂衣。
且借清风消苦热，逢人尽道看山归。

遵义会议纪念馆感赋

飘摇古国多风雨，万里长征惊鬼神。

血喋湘江悲白骨，旗飞遵义洗青尘。
一从砥柱巍峨立，百战山河次第新。
赖有英雄真马列，槐花香处忆斯人。

唐定坤

唐定坤（1978— ），字履霜，贵州余庆人，现居花溪。贵州师范大学文学院教授，硕士生导师，南雅诗社社长，中华诗教学会理事，中华诗词学会高校诗词工作委员会委员，贵州省古典文学学会理事。

秋日登龙文山

九曲攀跻仰胁息，两间负手立安仁。
秋风拂过千层翠，识得龙文未可驯。

晨望凤翔山

物色深知节候异，夜郎长夏占凉多。
山形蓊郁窥亭榭，地气氤氲养薜萝。
霁后春衫单正好，闲来竹杖久消磨。
若为看去欲轩轾，双袖微寒接绛河。

游天鹅村播雅书院并遇林尧卿

薄薄轻寒剪剪风，似刊习气脱尘踪。
题村名字疑天鹤，放雪春条缀浅红。
野水藏山林处士，宗风嗣法马湛翁。
怡然送客客追想，户牖虚明窥九鸿。

戊戌夏花溪诗会分得“啼”字，余为东道主焉

鄙人行迹草萋萋，郑莫王气敛云低。
鄙人平生恨何事，天末黔山花一溪。
大不自多牂牁水，夜郎故事渺难稽。
沆漭崔嵬龙蛇气，茨草蓬户时杖藜。
井鬼鸿蒙禹力外，江山留待王孙题。
我已扫榻待诸子，青山更欲通灵犀。
久报邸书颂尧舜，我与山厌太平齐。
夜郎谷深枝已桠，桐埜泉冷鸟空啼。
座中飞觞辨王葛，泥杯始觉断霞西。
李杜坛上风骚将，浊世直欲排云梯。
醉望神州烟九点，天台葛蔓正攀跻。

第七届南雅诗社花溪湖播雅书院诗会分韵得“学”字

诗思不可捉，一瞬扶羊角。
万里会湖山，豪兴压五岳。
玉浆援北斗，清流供以濯。
消息虽同屏，嘉会更卓荦。
得醉何翩翩，当时捐礼乐。
归来无华辞，还关理与学。
时彦参与商，疫疠复待剥。
世事蔽浮云，大梦谁得觉？
风气袭诗人，可怜鲜丹药。
羁縻半边山，秋心空腾踔。
直欲餐明霞，亦或理归棹。
所退惟经书，洗眼辨清浊。
郁郁岁骎骎，瀺瀺复浞浞。
暂忆野晴幽，鹦鹉鸡鹡逐。
醉别不敢言，命驾手一握。

秋日与诸生登大学城风翔山

郁郁凤翔山，忽忽掷云寰。
千载犹闻翙翙羽，卧破鸿蒙如钝顽。
赤火焦明南七宿，托影风黑岩间竹。
瘦石盘木草横斜，似掩象舆之巨辐。
赫赫陨火以轩轩，虎奔鬼烂熊罴熟。
腐骨游魂养翠微，未登已觉衣馥馥。
盘纡小径时一分，坐向松枥看松云。
登到阁子天远大，楚狂歌老共谁闻？
眼底黉宫浮飞宇，中轴一线连龙文。
文气未妨秋飒飒，碧丛摇曳野百合。
何人梦中植梧桐，到此不必绕三匝。

张兴

张兴（1983— ），贵州清镇人。贵阳市诗词学会会员，清镇市诗词楹联学会会员。

花溪春行

来从天地觅青春，百草千花如故人。

每待佳期而绽放，岂因冷遇便沉沦。

桃逢水畔原当味，柳看风中别有神。

最是无言无语处，悄然绿野已茵茵。

次《咏宝剑》新韵兼寄湖潮刘灿吾兄

铁骨磨成凛若霜，无星无月自生光。

机临道上缘刚好，时待匣中血未凉。

卅载藏锋多蕴藉，一朝出鞘尽铿锵。

岂凭指点即雕梦，敢为乾坤而引吭。

绝响不曾歌舜咏，知音到底是刘郎。

渐得盛世十分味，已作愁身几度伤。

洗刃无端因酒醉，逢人却笑贵金装。

如今同向深斋里，莫弃痴兮莫弃狂！

游车田湖次何伟二十六韵

赴约访知交，春风同此列。

文章识偶然，肝胆呈殷切。

梦外泪和愁，人间凉与热。

时生永夜悲，每使浮云决。

国富苦财饕，民穷伤食餮。

笑余还笑君，同道兼同辙。

浩浩匹夫怀，悠悠流水结。

丹心荐国魂，白酒邀诗杰。

日子一安排，盘飧多具设。

言谈尽得心，主客亲如珤。

兴起更贪欢，杯空何忍别。

司机独把持，酒胆颇崩裂。

宴罢转车田，车田风景绝。

欢迎梦客来，厌与时人说。

石壁转栏杆，胡家留洞穴。

残歌拭墨痕，鲜色疑狐血。

但有好行吟，能无生喜悦？

千秋有秉承，一脉无衰竭！

意气若长存，江山皆点缀。

时人竞变通，我辈惟痴拙。

昔往水湍湍，今来泉咽咽。

风光苟独迟，瀑我同相缺。

为我叹枯崖，因谁飞玉屑？

襟怀且放开，浩荡休关闭。

与尔共矜持，无边真皎澈。

春风去复来，天地长铭锲。

史荣华

史荣华，笔名田园牧哥，毕节二中教师，七星关诗词学会会长。

读杨芳《秋日花溪》，忆及大学毕业，与同窗廖承诚兄于花溪农院同居闲游月余，转眼十四载，感慨生焉，倒步和之

青葱岁月恣悠游，几度河滩戏白鸥。
藻荇招摇真有意，云烟散淡不知愁。
一溪灯火三更梦，满眼山川五色秋。
何日抛开身外事，携来旧侣过菱洲。

曾木寒

曾木寒（1989— ），土家族，贵州印江人。乾社社员。有诗集《坠月集》。

诸社诗友贵阳花溪雅集分韵得"花"字

楚塞犹能接客槎，蛮烟已散入苍霞。
风翻青嶂凉如水，月落金樽烂若花。
醉里宁知邦有道，歌中自觉思无邪。
吟怀不断来三径，山鬼频惊时一嗟。

江南好·初冬游花溪黄金大道（二首）

其一

城南去，光景若三秋。到此沙汀随雁集，几人寒水共凫游。葭苇替谁愁。

其二

罗衫薄，高步尚能胜。晚叶沦飘金破碎，沧江蹉跌雪翻腾。何处淡烟升。

重过甲秀楼次韵少白轩人日诗

触眼风梅绽又新，亭亭万本水之滨。
凭高览古他年事，对月吹花此夕人。
错落珠灯依彩树，飞腾檐角接青春。
比肩细认朱梁字，谁识衣前雏凤麟。

汪常

汪常，笔名临枝，穿青人，贵州纳雍人。曾任贵州民族大学黔风诗社社长，有作品发表于《中华诗词》《星星》等。

临湖吊影

水逝花凋泪，天寒月弄人。
临枝拾碎影，惊散数波痕。

花溪公园登高

登高一览山溪水，放眼流云万里来。
窃笑频频忙碌者，如何不肯忘尘埃！

初春

知是春心荡碧霞，谁人来过未觉察。
悄悄不是春风意，已遣山花唤翠芽。

石行

石行（1991—　），字玄清，号待春草堂主人，贵州凤冈人。现任贵州播雅书院理事长、院长，《武威石氏乐谱》中华古诗文吟诵非物质文化遗产传承人，花溪区政协常委、区管专家。

花溪水滨与诸君乐饮作

播雅新址将落，与书院诸君快饮花溪水滨。既咏此地山水之灵，复歌百年人文之盛。文脉不绝，风雅代兴。乐之所至，趁兴咏成。

且把花溪入酒觞，不唯风景比余杭。
黔风复咏魁楼上，播雅重开旧屋旁。
一代功名称以炯，百年诗句数渔璜。
贵州岂是荒凉地，岁岁春风到夜郎。

自注：黔风，意为贵州诗歌。余曾任贵州民大黔风诗社社长。魁楼，指魁星楼，此代指赵家楼。赵以炯为清末贵州状元，幼时曾登楼咏诗，得同族称许。播雅，贵州第一部诗歌总集之名，由遵义人郑珍编撰；亦为播雅书院之名，意为"正心奉道，传播风雅"。指桐埜书屋，周渔璜的故居。

播雅新址地傍桐埜书屋，即兴咏得一绝

桐埜声名三百年，故家乔木已参天。
傍君山水兴书院，谁与弦歌洙泗边。

薛景

薛景（1994—　），女，字宛央，贵州大方人，枌榆社社员。曾参加2018年《中华诗词》新泰青春诗会，有诗集《一指流沙》。

自题诗集《一指流沙》

一方雪魄小桥边，半缕梅魂野岭前。
指点江山花似梦，激扬文字柳如烟。
流年易逝休虚度，去日难留莫等闲。

沙入涓流济沧海，云帆直挂卷狂澜。

注：一指流沙，寓意一捧从指缝中流过的时间沙。

赋得慨然已知秋

不是伤春者，秋来亦慨然。
便知花已落，犹有月将眠。
仰看星天外，遥思枕簟前。
未尝争昼夜，何以舍山川。
浅草因风醉，平沙与海连。
片云青欲雨，流水澹生烟。
凤鸟情非浅，梧桐梦正圆。
所怀皆自得，居处近林泉。

桂枝香·咏白玉兰

自花开后，便云散天涯，听风流走。犹作霓裳舞遍，结霞为友。偷来半日相留醉，饮芳香淡如清酒。去年枝上，三三两两，此情知否。

故飞飞寻常巷口，正懒懒幽幽，牵人衣袖。但许冰心，不似沈郎消瘦。江南漠北莺歌处，道山河与我依旧。一分月色，二分雪色，几番风候。

破阵子·咏绍兴书圣故里

桥上风声依旧，寺中山色长佳。楼在波心闲钓水，云到窗前慢饮茶。去来无际涯。

洒落一河星子，平分两岸人家。万丈迷津舟可渡，满树幽香酒易赊。生当如夏花。

余欢

余欢（1995—　），女，贵州大方人。贵州民族大学本科毕业，现供职于贵阳。

访十里河滩湿地公园

缓慢从容步履轻，笑随流水过云亭。
鸟啼远岫山河杳，鱼跃清波风浪宁。
浅草斜摇低地绿，垂杨倒映半天青。
迷人花色频繁看，深怕春寒夜雨零。

入花溪

春风送我入桃源，便卧花中拟作仙。
碧水翻波出沃野，苍松横岭试新寒。
云开雾海浓如盖，月映舟桥淡似烟。

醉在花溪佳境里，再逢百遍意犹阑。

水调歌头·再访花溪感题

独有去年树，逢雨焕新生。案前探出深绿，终夜静窥灯。只待清风弄影，以慰离人寞寂，时或叱幽声。遥看廊桥月，明到与山平。

星子淡，露初泫，碧空澄。觅来一缕光照，分付入园庭。栽了蔷薇难发，开了无人能寄，疑似我飘零。望里天涯客，回首不相惊。

樊令

樊令（1995— ），号曰茶亭、鹤洲，贵州毕节人。铭社、乾社社员，有作品发表于《中华诗词》。

南乡子·乌蒙大雾

遥处起危崖，彷佛仙人拜月台。倏尔风吹都不见，徘徊，杳杳天低鹊去来。

疑是到蓬莱，修竹苍松隔座栽。拍手茫茫还自笑，尘埃，半点难侵老子怀。

花溪春游

蕙岸春游草未齐，波光如起欲沾衣。
偕行凤侣乘云气，近水渔人坐钓矶。
迟日燕莺啼婉转，东风杨柳发依稀。
湖山满目谁传语，相赏之时不我违。

刘先奇

刘先奇（1997— ），贵州织金人。有诗作发于《诗刊》。

十里河滩

一路春风送鸟声，湖光长照小山明。
倦游向暮人如醉，便卧林亭欲忘情。

桐垫书屋

石径幽斜半是苔，小丘远望似高台。
碑存字老无人识，庙破林深有客来。
香火不兴成古迹，诗书犹在隐新雷。
后人仰止先贤辈，顿觉青春怀抱开。

特辑 —— 雅集花溪

青山飞瀑齐招我　要揽雄奇入句来

2018 年 7 月 27 至 29 日，由贵州南雅诗社和贵阳市花溪区文联主办的"中国诗词社团交流暨当代青年诗人高峰论坛"在花溪举行，贵州南雅诗社、四川岷社、安徽皖雅诗社、广州湘天华诗社、河北邢雅诗社、南京大学林下诗社等 40 余名社团诗人齐聚花溪交流切磋，并举行诗词采风活动。特选部分诗人优秀作品，其中南雅社员补录诗会外写贵阳的作品；本书前面已单列的作者，此处不再选入。

徐钰（南雅）

徐钰，湖南武冈人，遵义师范学院人文与传媒学院教师，遵义师范学院诗词学会副会长，南雅诗社副社长。

戊戌六月随南雅岷皖邢雅诸社诗友访花溪周渔璜故居分韵得"有"字

黔中元气深闷久，山水怪特诗料薮。
铜鼓蛮歌写造化，昂藏不随中原后。
诗人挺出自雪鸿，屯蒙混茫力分剖。
桐埜继起才不羁，试问汉大是耶否。
灯花诗成惊耆宿，下视侪辈同培塿。
公安竟陵何足观，算只东坡堪俯首。
更历魏晋探诗源，清刚浩大是所守。
一朝高騫入京华，声名早腾元揆口。
荡涤馆阁疲苶风，朱王查顾相师友。
高会共写华严钟，并时巨子皆却走。
泛舟西湖参好句，妙悟不独苏门有。
孤旅亦足张黔军，下启柴翁与眲叟。
便挽王气向夜郎，数百年来仰山斗。
我昔尝读桐埜诗，羡公情辞净无垢。
今我来访桐埜居，瞻公遗像貌温厚。
桐埜桐埜人何在，风送桐阴入户牖，
思公心如醉美酒。

甲午十月十四日随花溪区文联诸君过久安姚茫父故里（二首）

其一

不堪人事久消磨，驹隙光阴容易过。
只剩苍山怀旧雨，更怜枯木附新萝。
萧条异代鱼龙泣，寥落斯文鬼魅歌。
最是花开明月夜，凭谁怅望对天河。

其二

曲海昔曾饮一瓢，今来雪厂木萧萧。
几家烟火同牢落，百代文章付寂寥。
枳棘合堪巢燕雀，稻粱还自困鹓鶵。
梅心铜骨遗风在，谡谡寒涛仰翠峣。

花溪十里河滩漫步

盘回小径净无尘，已报啼莺到暮春。
涨水方疑前夜雨，看花不是去年人。
迎风老柳试新妩，浴日肥山改旧身。
时节何须伤落寞，好将独往护兹辰。

刘雄（南雅）

刘雄（1977— ），四川自贡人。南雅诗社副社长。文学博士，贵州师范学院副教授。

贵阳

等是西南远微边，乡音微异听蝉联。
寻幽岂少山川地，值夏仍多风雨天。
困厄阳明来悟道，播迁赤祖此安禅。
经年重到成淹泊，自分前生有宿缘。

冷浪涛游黔同人小饮分韵得"年"字

回首秋风别左绵，我居贵筑汝居滇。
羊肠各叹崎岖路，犊鼻同甘寂寞年。
且置怒三狙叟芋，暂来为八酒中仙。
后期锦里犹难必，乡思重因疫疬悬。

周国庆（南雅）

周国庆（1975— ），字怀昌，号雷泉山人，贵州遵义人。南雅诗社理事，中华诗词学会会员、遵义播州区诗词楹联家协会副主席兼秘书长。有作品发表在《中华辞赋》《中华诗词》《东方诗刊》等杂志。

水龙吟·重游青岩

水天空阔无边，百年往事谁堪记。残墙断壁，黛檐青瓦，夕阳烟里。古道尘埃，状元府邸，怅然凝睇。有闲情一段，悠思几缕，何曾问，游子意。

远了铮铮铁骑，踏霜华，壮心难已。桑田沧海，岁穷人老，高垣睥睨。过客纭纭，相交浅浅，古来如此。正晚来风急，说风流事，也徒然耳。

桂枝香·分韵得"破"字，兼记播雅书院夜饮事

危峰暮锁。问神斧谁持，临渊分破。壁立烟波侧畔，雁随潭沱。清秋初肃苍云远，且凭栏，悠悠风过。听鸿声歇，向林深处，是吟邻么？

入幽所，樛枝袅舻。共一径轻凉，璧月环坐。添酒传杯，良夜绮肴丰伙。

几人迤逦扶将去，纵长歌列次相和。只空留下，印江骚客，窅然横卧。

沁园春·辛丑菊月初，与汪公守先、蔡兄三乐、徐兄遁庐、郭女史玉超游天河潭

环岫被云，枕壑悬湍，叠巘生凉。自垂纶去后，空余幽仄；鸣禽歇了，不见藩墙。衰草沿蹊，寒潭泛渚，入水晴光化碧光。经行处，听溪声逸唱，匀动轻黄。

几人到此怀乡？忆前事，当年曾履霜。问林泉野老，黔中岁序；登临契阔，诸子疏狂。客里吟情，落木含思，似说浮生梦一场。应赴约，与秋风共盏，醉又何妨。

黄勇（南雅）

黄勇（1989— ），字勉之，号惕庵，贵州威宁县人。南雅诗社理事，威宁诗联会长，中华诗词学会会员。有作品发在《中华辞赋》《诗潮》等。

南雅诗会分得"风"字，记夜郎谷夜饮

远山绝壑月朦胧，树影虫声接壑风。
嗟我浮生真一梦，共谁良夜尽千盅。
向来颇有红羊虑，细数应多紫殿崇。
忍负清光情缱绻，松根醉卧忘穷通。

游周渔璜故居

万山排闼叠重重，浩浩诗心谁与同。
一赋灯花成旧事，慧泉脉脉送凉风。

夜郎谷听诸君夜聊

夜郎旧事窈冥冥，话到深宵月亦停。
醉倚栏干青眼乱，钓竿摇动一河星。

李舟（南雅）

李舟（1974— ），贵州威宁人。贵州省作家协会会员，有诗集《废墟的春天》。

与国内各诗社同仁游周渔璜先生故居分韵得"旁"字

千里驱车访渔璜，渔璜已去剩残墙。
还余藤树青青处，犹有文章淡淡香。

慧水掬来清爽爽，龙山望去莽苍苍。
萧萧两鬓书生老，独抱君诗古屋旁。

播雅新址地傍桐垫书屋，即兴咏得一绝

桐垫声名三百年，故家乔木已参天。
傍君山水兴书院，谁与弦歌洙泗边。

冯尧（南雅）

冯尧，又名冯亚东，字钦夫，号月簃、璞庵，贵州印江人，居花溪。擅辞赋，好哲学。南雅诗社成员，作品散见于《中华辞赋》等。

无题

冷香无意到千古，心性梅花偏得宜。
行览雪中观自在，忽疑和靖是前时。

刘显彧（南雅）

刘显彧（1996— ），贵州威宁人。南雅诗社社员，威宁诗联理事。作品散见《南雅集》《中华诗词》《中华辞赋》等。

过桐垫书屋

锦绣文山岁月裁，犹存古道漫青苔。
依稀气象今犹胜，一眼清泉送出来。

播雅书院分韵得"人"字

细数青山似故人，秋风还赠几闲云。
依稀气象今犹胜，未许林泉已释身。

毛蒌松（南雅）

毛蒌松（1998— ），彝族，贵州威宁人。南雅诗社社员，作品散见于《诗刊》《中华辞赋》等。

花溪诗会拈韵得"鸟"字作夜郎谷诗一首

六月黔中开晴昊，名公远来踏芳草。
相传有谷号夜郎，涧壑深藏人不到。
初从街市迷经纬，渐入山林寻窈窕。
冥冥横斜看幽光，啾啾远近闻栖鸟。
黄公垂手立岩扉，迎入山楼榻已扫。
夜久众星悬历历，东方之日出杲杲。

遂陪雍容接高游，便拟逍遥足幽讨。
磴道萦回疑虹霓，石像狰狞象蛮獠。
溪流落地散烟霏，芭蕉照日发清皎。
路尽欲转子猷舟，身回却在山阴道。
宋公高斋倚空出，偶逢客至开怀抱。
自言耕凿二十年，买山适隐壶中小。
夜郎国破独名存，我欲兴为亦难考。
意因地势彰物色，摒弃人工付天巧。
众叹此言皆恻恻，咏歌不足因舞蹈。
复悲野火吞郊原，四望高楼欲萦绕。
空谷逃名非真契，人境嘉遁可终老。
亭午下来两相失，半岭风声空浩浩。

花溪

花溪亦不阔，所爱在其碧。
北流多委曲，乃是乌江脉。
袅垂柳万丝，浮出鹅数只。
虽借城市过，似与人烟隔。
落花属春余，流去不能惜。
自数几回看，分明四载客。
节物入风霜，昏梦横朝夕。
甚欲临水游，小舟待乘舴。

花溪泛舟

倒影溶溶万象闲，方舟缓渡碧波间。
始将戏水观其怒，又欲临流照我颜。

杨启宇（持社）

杨启宇（1948— ），笔名安知，斋号屠龙阁，籍贯四川省自贡市。中镇诗社副社长、四川省诗词学会副会长、《四川诗词》执行主编，中华诗词研究院学术委员，有《杨启宇诗钞》。

花溪雅集分韵得"白"字

黔山莽莽青，黔水茫茫白。
诗坛萃群彦，雅集夜郎谷。
先访茫父居，再吊渔璜宅。
共慨百年间，风骚几断绝。
起衰人何在，抚膺长叹息。
天地本逆旅，人生偶过客。
偏我历忧患，千磨更百折。
空负屠龙伎，独自抱残缺。
算学辟奇奥，徒令俗惊骇。
处世人笑迂，谋身计何拙。
头颅渐憔悴，肝肠尚激烈。
议论屡过秦，吟咏常忧国。
神思接太虚，青霄万古月。

镇山村

湖波绿处一停桡，隔水红开野核桃。
逭暑最宜当槛坐，清风柔胜美人腰。

叶兆辉（岷社）

叶兆辉，重庆荣昌人，祖籍广东梅州，岷社成员。在海内外诗词大赛中多次获奖，吟稿散见于《海内外当代诗词集》《当代律诗钞》等百余种报刊典籍。

次定坤兄韵

万里层云一望开，此行真堪尽千杯。
黔中风物胜巴蜀，故驾坚车火速来。

刘益潋（岷社）

刘益潋，字子潜，号济庵。四川南充人，现居成都。岷社、承社社员。

戊戌夏花溪诗会访周公渔璜桐垫书屋分韵得"千"字

近览清诗不数年，细邦大国亘八埏。
屈指施宋朱王外，熙朝文轨孰与骈。
瀛洲旧颂风人目，簪笔西清尊二贤。
舒啸快洗筝琶耳，蒲牢怒发声訇然。
黔陬风骨始奇崛，凭公导漾万斛泉。
后来郑莫益雄肆，汤汤奔涛衍大千。
今驱劳薪诣公所，桐垫余泽辉故椽。
红莲香护缥缃阁，青藜光启夜郎天。
气象遄飞风云际，仪型谩想馨欬前。
几度衣冠递桑澥，空留贞抱寄遗编。
信矣地灵无偏载，韫玉怀珠竟陶甄。
翻怜钜手难世出，坛坫千秋藉人传。
与游诸君俱芳岁，嘤鸣南雅挥清弦。
谛聆风规调有自，叉手韵成腾先鞭。
隽才岩疆奚足障，骥步鸾姿合高骞。
会看绛霄挐云日，吟情当慰蜀山鹃。

芝兰（岷社）

芝兰，四川嘉州人氏。女子十二词坊成员，岷社成员。

行香子·夜郎谷与诸友夜坐

绝五千尘，枕百千松。谁能道、此刻深衷？是三生愿，开到纤秾。在蜀之南，滇之侧，黔之中。

且抱文章，细数鸿蒙。算幽怀、家国如同。到情深处，相和杨公。有一溪云，一溪月，一溪风。

天许（湘天华）

天许，原名葛勇，重庆人，重庆市政府文史馆诗词研究院副院长，四川诗学会理事，曾任《当代诗词》杂志社编辑。

赴黔州步履霜兄原韵

闻风已使郁颜开，久矣漂零念把杯。
况是诗家高咏会，心生鸿翼竞先来。

骑龙村桐垫书屋

僻乡当日驻先贤，人去庭空生野烟。
应是残膏余馥在，青松翠柏满前川。

潘乐乐（皖雅）

潘乐乐（1973— ），号畏庵，生于安徽巢湖。现为安徽省政府文史馆研究员，曾获首届当代诗词谭克平奖，应邀参加首届中华诗词青年峰会。部分作品入编《二十世纪诗词文献汇编》《诗刊社诗词年选》等选集，也被国务院参事室中华诗词研究院《中华诗词发展报告》收录介绍。

赴贵阳道中次唐履霜兄韵

挺出夜郎王气开，花溪今又泛流杯。
青山飞瀑齐招我，要揽雄奇入句来。

出黔道中作，并简南雅社诸子，用花溪分韵"向"字

入黔方激奋，出黔惟惆怅。
我车万峰间，峰峰皆我向。
取次扑窗来，高下各奇状。
追送千百里，蜿蜒走波浪。
大瀑飞深山，缥缈更谁唱。
忽闻歌慷慨，忽变声凄怆。
有人三百年，句出天下王。
吁嗟蔽榛莽，萧条道久丧。
岂无嵚崎者，风气志辟创。
招盟四海士，把酒斥愚妄。
黔水流萦回，黔山色奇壮。
须得山水气，入笔势跌宕。
轮铁逐日去，孤鸿邈迭嶂。
并世无多子，江湖永相望。

郑力（承社）

郑力（1976— ），生于河北省邢台市，承社社长、邢雅诗社社长，河北省

作家协会会员，邢台市文艺评论家协会顾问。

次韵履霜兄

一揽云烟甲秀开，花溪兰芷共浮杯。

乘幽欲访夜郎古，待我樽倾北海来。

任松林（林下）

任松林（1995— ），别署任公子，土家族，贵州沿河人。诗作见于《90后诗词选》《中华辞赋》。

花溪诗会分韵得"出"字

郑子居天末，悠然挥橼笔。

百年被西南，不惟矜论述。

诗体启同光，骚坛遽宗一。

王气有时尽，永夜其谁出。

贵筑姚茫父，诗书何俊逸。

声名动京华，炎炎比赤日。

性情嗜高古，西籍颇周悉。

演辞飞鸟集，浑化皆协律。

往矣当年事，忆罢恍相失。

环顾萧条世，坐睹巨著佚。

风雅前贤志，我曹谁得匹。

辜负黔川水，昼夜空汨汨。

追韵舀水兄夜郎谷与诸君夜坐

饮罢金沙酒，归宿夜郎堡。

野静星淡月，宵深露凝草。

同行二三子，众皆善养浩。

微醺彰性情，坐论诗篇好。

曾君析构造，如叶秋风扫。

安南辩叙事，谈吐漫摘藻。

别也王居之，还议世荣槁。

陈晏独无言，幽怀未可道。

兴来俱忘我，南风觉盈抱。

群公雅煮茗，林下富吟稿。

时或遥相呼，一座不为倒。

旧境谁得会，何当复催讨。

李瑞

李瑞（1975— ），男，中国书法家协会会员，四川省诗词学会会员，重庆诗词学会常务理事，巴渝印社副秘书长，作品在《诗刊》等发表。

夜饮

潺流叠翠阁中来，故旧新知一笑开。

绝唱金沙云树暖，应酬玉液月光杯。

投簪几欲归兰棹，击筑相呼系史材。

正喜翰飘弥馥郁，兴浓飞镜忽西颓。

游青岩古镇

阛阓喧阗感故新，曾从蛮壁忆何人。

久怀宰相经纶腹，竟赏山川气骨神。

游兴消磨频放眼，建瓴连缀欲生鳞。

清明河上能添墨，应取黔中曲水滨。

编者的话

　　盛世展旗红，诗词各有宗；一书经四月，编者兴犹浓。

　　《花溪古今诗词选》终于杀青付梓了，这是花溪文化界的一大喜事。这本诗词普及读物，具有系统性、知识性、史料性的特色，实乃花溪诗词之集成。由于历史跨度长，其所涉及的诸多资料，大大超出了我们的认知，须查证先贤典籍、文史期刊、个人诗集、印抄谱牒、书信唱和、读书笔记、海外飞鸿、学者论文、网络信息……不胜枚举。所集诗词，我们尽可能应收尽收，择优而录。花溪建区前为贵筑县，因贵州省、贵阳市治所在贵筑，故总督、巡抚及在贵筑境内求学之人等，均与本土籍相同，亦将他们的佳作收入本书。

　　系统性。是书以"金水木火土"序分五编，加上特辑，共六个部分，每一部分题下用一联诗句导读，当为点睛。金编·元以前部，实为序曲，主要介绍元代前的少数名人诗词作品，作一个铺垫，犹如一首歌的前奏。水编·明朝之部，这部分是重点。明代建省前，与贵州、贵阳有关的诗词有限，选录部分，以增读者的历史印象。木编·清朝之部，沿袭明朝之部体例，为重中之重。当代国学大师钱仲联在《论近代诗四十家》中写道："清诗三百年，王气在夜郎"。此言不虚，读者在品读中自有感悟。火编·民国之部，主要汇集1911年1月至1949年9月这一时期与贵阳、花溪关系密切的文人诗词作品，或有代表性的竹枝词。这一时期，烽鼓不息。大批文化人来到作为抗战大后方的贵阳，创作了不少反映城乡生活世态的诗词作品，为后人留下了宝贵的精神财富。土编·新中国部，主要收集1949年10月1日至今，与贵阳、花溪有关的诗词作品。特辑部分，主要推介省内外诗词社团雅集花溪采风唱和作品。贵州建省六百余年，花溪解放七十三载，诗词作品卷帙浩繁，很有必要披沙拣金，汇集出版，以便查阅研习。

知识性。通过阅读古人的诗词作品，可以获取新的知识。读《赠周载公起渭》，我们了解到名宿吴中蕃得知周渔璜前来拜访时，高兴得连鞋子都穿反了。读《送张志尹暂假还黔》，我们可以了解到周渔璜与晚三年入翰林院的铜仁人张志尹关系密切，常有诗作唱和。读黄侃的诗，可知其与贵阳青岩人平刚情谊深挚，二人同时留学日本，加入同盟会，师事章太炎，肝胆相照，悲欢离合，鸿爪可寻。读刘剑魂的诗，我们可知花溪公园龟山上原有座"清晖楼"，惜之不存；还可知晓花溪洛平，古时称为"酸汤堡（pù）"，本土地名，耐人回味。还有如孟关、打铁关、桐木岭等也是古人吟咏的题材。

历史性。阅读古人诗词，可以拓展视野，丰富历史知识。读周渔璜《万寿寺大钟歌》，知其"通过一口大钟的铸造原委，总结了明王朝三百年间骨肉相残的悲剧及其历史教训"（黄万机语）。读周钟瑄的诗，可增强对台湾历史、风土人情的了解，激发向往统一、热爱祖国的热情。读马文卿的《守城诗》，我们可以感知动荡年代下"烽火连霄"中贵阳城内百姓的生存状况，更加珍惜今天的优渥生活。读杨恩元的《花溪分韵得"到"字》，就会惊叹，啊！花溪山水这么美啊，花溪的美景如此的迷人啊！诗人情不自禁，六百余言，娓娓道来，"但使此诗传，可作先路导"，多自豪啊！其实，在杨之前，早就有人写过赞美过花溪真山真水的诗了，这个人就是明末清初隐居花溪芦荻的吴中蕃，说他是"诗颂花溪第一人"，当之无愧。我们收集诗词，大致以作者生年为序，突出历史上与贵筑县、花溪区有关的人、事、物，特别收录部分老革命、老领导诗作，一方面学习他们的精神、胸襟、气魄；另一方面感谢他们为贵阳、花溪解放和建设做出的贡献。

编辑过程中，感谢花溪区委、区政府的领导；花溪区委宣传部关心支持；花溪区文联领导多次约编者面谈或电话交流，关注编辑工作；首部《花溪区志》主编李祖运提供周钟瑄主编的《诸罗县志》；贵阳市诗词楹联学会吴若海会长、贵州师范大学唐定坤教授审稿并提出宝贵意见；贵阳市诗词楹联学会副秘书长庞仕蓉老师提供帮助；诗人贵州播雅书院毛菱松先生帮助校对并提出宝贵建议；孔学堂书局黄文华老师指导出版；诸多作者及亲属的大力支持。限于篇幅，不一一列出。在此，致谢促成此书面世的所有热心人士。同时，我们努力联系入选诗词的作者或亲属，但仍有不少联系不上，对此深表歉意！若见此书，烦请作者或亲属联系贵阳市花溪区文联，奉上本书一册为谢！

现在，我们为读者献上《花溪古今诗词选》一书，希望抛砖引玉，帮助人们了解花溪古今人文风物，激发人们对优秀传统诗词的热爱，创作更多优秀作品。

成书数十万言，错漏在所难免，若有贤者续编，我们翘首以盼。

樊晓文

二〇二三年五月